LA DOROTEA

LOPE DE VEGA

Edición, prólogo y notas de
Juan Bautista Bergua

Colección La Crítica Literaria
www.LaCriticaLiteraria.com

Copyright del texto: ©2011 Ediciones Ibéricas
Ediciones Ibéricas - Clásicos Bergua - Librería Editorial Bergua
Madrid (España)

Copyright de esta edición: ©2011 LaCriticaLiteraria.com
Colección La Crítica Literaria
www.LaCriticaLiteraria.com
ISBN: 978-84-7083-195-9

Imagen de la portada: Nude, Nicolae Grigorescu (1838-1907)

Ediciones Ibéricas - LaCriticaLiteraria.com
Calle Ferraz, 26
28008 Madrid
www.EdicionesIbericas.es
www.LaCriticaLiteraria.com

Impreso por LSI (Internacional) y SAFEKAT S.L. (España)

ÍNDICE

PRÓLOGO

Lope Félix de Vega Carpio, "el monstruo de la naturaleza", el que "alzose con el cetro de la monarquía cómica", el ingenio sin segundo, fénix de los españoles, que "llenó el mundo de comedias propias, felices y bien razonadas", nació en Madrid el día 25 de noviembre de 1562 y en Madrid murió el 28 de agosto de 1635, a los setenta y tres años de edad, siendo enterrado en la parroquia de San Sebastián, hasta donde fue acompañado por Madrid entero, que lloraba a su gloriosísimo vate, "como quien echa de menos una joya que le han hurtado".

Prodigioso en todo, su vida no fue menos varia y peregrina que su obra. Extraordinario y precoz desde niño, a los diez años traducía en verso, a los doce componía comedias, a los diecisiete ardía ya en amores por Elena Osorio (la *Dorotea,* heroína de la obra que aquí ofrecemos, la *Filis* de muchísimas de sus endechas), a los veintiuno tomaba parte en la expedición a las Azores, a los veintitrés era ya bastante célebre como poeta para ser alabado por Cervantes en *La Galatea;* a los veinticinco, abandonado por su *Filis,* se venga componiendo libelos contra la ingrata y su familia, libelos que le valen proceso y destierro; a los veintiséis se casa con doña Isabel de Urbina, a quien había raptado al salir de la cárcel; apenas casado se alista en la Armada Invencible, y durante la funesta expedición de esta flota escribe *La hermosura de Angélica.* A la vuelta cumple su destierro en Valencia, disfrutando de la paz del hogar. Seis años más tarde, teniendo treinta y tres y siendo ya el amo de los escenarios de la Corte y de fuera de ella, pierde a su mujer en Alba de Tormes, donde había ido en seguimiento de los duques de Alba, y tras ella a sus hijas Antonia y Teodora, pérdida que le llenó de dolor, bien que no muy duradero, cuando, apenas un año más tarde, amaba, y tal vez a un tiempo, a Antonia Trillo de Armente y a Micaela de Luján.

Los amores de la primera le acarrearon disgustos y persecuciones judiciales; los de la segunda, una abundante paternidad, pues tuvo con ella siete hijos (entre los cuales Marcela y el turbulento y díscolo Lope Félix). Dos años más tarde, a los treinta y ocho de su edad y en plena pasión por la Luján, contrae segundas nupcias con doña Juana Guardo, hija de un rico abastecedor de carnes y pescados, matrimonio que le valió la burla y el escarnio de más de uno de sus compañeros de letras (Góngora entre ellos, que le lanzó un mordacísimo e ingenioso soneto), compañeros a los que él con mil trazas y en mil ocasiones burlaba a su vez y escarnecía. Con doña Juana vive en Toledo varios años y luego en Madrid, donde se instala en una casa que compra y en la que "entre librillos y flores" vuelve a conocer días de tranquilidad junto a su mujer y a su hijo Carlos Félix. Pero la muerte de éste a los siete años y la de su mujer acaecida en 1613, le lanzan de nuevo a la azarosa vida de antes, y tal vez por consolarse—que el amor para él, al revés que suele ocurrir a los demás mortales menos favorecidos de los dioses, parecía ser el mejor consuelo—, se enreda en amores con Jerónima de Burgos *(Gerarda)*, y aunque un año después, teniendo cincuenta y dos, se ordena sacerdote en un arranque de misticismo, nada puede contener aquel torrente de vida y de pasión que era en él llama constante, y dos años más tarde corre a Valencia a entrevistarse con Lucía Salcedo, cómica que llegaba de Nápoles y con la que ya había tenido amores; lo que no le impide prendarse apasionadamente aquel mismo año de doña Marta de Nevares, mujer de un "hombre de negocios", con la que tuvo a Clara Antonia.

Y por esta época empiezan sus grandes desdichas.

Envidiado, y tal vez envidioso, si hemos de creer a Ruiz de Alarcón, ataca y es atacado y asaeteado por muchos de los ingenios de su época; pretende ser nombrado cronista real, sin conseguirlo; doña Marta, a la que sigue adorando con ese fuego angustiosísimo de la última pasión, se vuelve ciega y loca; sufre apuros económicos; muere su hijo Lope Félix, a quien tanto amaba a pesar de sus rebeldías, y tal vez por ello mismo (en una expedición levantada para pescar perlas allá por aguas de la remota Venezuela); en fin, el rapto de su hija Antonia Clara (¡último refugio de aquel humanísimo corazón que para vivir necesitaba amar y ser amado!) tronchó su ya tristísima existencia, haciéndole morir en la fecha indicada, cuatro días después de haber compuesto su último soneto y la silva titulada *El siglo de oro*.

* * *

Lope, grande en todo cuanto a las letras atañe, tanto épicas como líricas, en la dramática fue inmenso.

Cultivó ampliamente la poesía narrativa. Entre sus obras de este género las hay propiamente narrativas, como *La hermosura de Angélica, La Dragontea, La Jerusalén conquistada, Corona trágica*, el *Isidro, La mañana de San Juan y La Tapada;* burlescas, como *La Gatomaquia;* mitológicas, como la *Circe, Andrómeda y Filomena*, y didácticas, como *El laurel de Apolo*, el *Arte nuevo de hacer comedias* e *Isagoge o los estudios de la Compañía*.

Entre las propiamente narrativas, las mejores son *La hermosura de Angélica*, poema en octavas reales hecho a imitación del *Orlando furioso y* en el que canta las aventuras de Angélica y Medoro; *La Jerusalén conquistada*, poema en veinte cantos con los que quiso alcanzar a Tasso y a su *Jerusalén conquistada; La Dragontea*, poema alegórico cuyo protagonista es Drake, el célebre corsario inglés, y el *Isidro*, en el que narra en primorosas quintillas la vida de este Santo, Patrón de Madrid.

En la deliciosa *Gatomaquia*, demostrando que nada hay imposible para un verdadero poeta, hizo el portentoso Lope, con un asunto insignificante (los amores de una gata coqueta, Zapaquilda, con dos gatazos, Marramáquiz y Micifuz), un poemita encantador que será siempre leído con agrado.

En la lírica, con ser tantos y tan notables los poetas que pulsaron la lira en el siglo XVII, tan sólo Quevedo y Góngora, en algunas ocasiones, son capaces de medirse con Lope. Sus poesías de este género pueden dividirse en dos grupos: sagradas y profanas. Entre aquéllas tiene sonetos y poemas cortos notabilísimos, romances muy buenos y excelentes traducciones de los *salmos,* más algunos poemas de menor interés. Entre las profanas hay églogas magníficas, sonetos de extraordinaria belleza, romances que son verdaderos modelos en su género, e infinidad de canciones, letrillas y otras rimas, ora bucólicas, ora festivas, ya tiernas y delicadas, ya chispeantes; aquí serias, allá burlescas y satíricas. Mucho y muy bueno todo, sin contar los magníficos trozos líricos engarzados como joyas en la riquísima trama de su teatro.

Lope, como lírico, maneja el idioma con tanta "pureza, sencillez, blandura y propiedad" como Garcilaso, y no le desmerece como bucólico; en elegías y epístolas raya donde raye el poeta más alto; como romancista está a la altura de Quevedo y Góngora, astros de este género; a sus sonetos amorosos y devotos no les aventajan ni los de Cervantes, ni los de Argensola, ni los de Arguijo, de tan justa y merecida fama; en fin, su lírica tiene tal variedad y riqueza y tantos momentos en que linda con la perfección, que se puede asegurar que Lope es uno de los grandes líricos universales, y en nuestra patria, considerando en conjunto, difícilmente otro alguno puede sostenerse a su lado, a no ser el incomparable, magnífico y perfecto Fray Luis de León.

Es decir, que no hubo género literario que el prodigioso Lope no cultivase con éxito. Fue, repitámoslo de nuevo, poeta épico religioso en el *Isidro;* épico-heroico en *La hermosura de Angélica, La Dragontea* y *La Jerusalén conquistada* (no cito sino lo principal en cada uno); épico-didáctico en *El laurel de Apolo* y en el *Arte nuevo de hacer comedias;* épico-descriptivo en *La mañana de San Juan;* épico-burlesco en *La Gatomaquia;* como satírico díganlo sus enemigos y muchas de sus letrillas; sus romances, a los mejores nadie los ha superado. Como novelista ahí están, si de narraciones pastoriles se trata, *La Arcadia* y la joyita titulada *Pastores de Belén;* si de aventuras, no hay más que recordar *El peregrino en su patria;* si en novelas cortas, las *Novelas a Marta y Leonarda;* si de las amoroso-dramáticas, excelente de todo punto es la que va a continuación: LA DOROTEA. Como historiador le vemos mostrarse en el *Triunfo de la fe en los reinos del Japón.* Como asceta, en los *Soliloquios.* Como lírico, ya he dicho que ningún otro español le aventaja, a excepción de Fray Luis de León en algunos momentos. En fin, como dramático, supo fundir en el potente crisol de su genio los balbuceos teatrales anteriores a él y crear de la nada, o poco menos, todo un teatro nacional: el nuestro. Un teatro fecundo, flexible, variadísimo, alegre, real. Toda nuestra historia y nuestra leyenda dramatizadas. Toda la enjundia y toda la psicología, defectos y excelencias de nuestro pueblo y de nuestra raza en versos magníficos y admirables y donosas escenas. Un teatro, en fin, que así como antes de él era poco más que nada, después no ha habido quien le mejore, pues ni Tirso sin él hubiera sido tanto, ni Calderón, con ser mucho, le alcanza.

Menéndez y Pelayo, único capaz con su inmenso talento crítico de bucear sin perderse en el mar de obras dramáticas de Lope (que por fortuna aún se conservan más de 500 de las 1.800 comedias y 400 autos que el propio Lope, en la égloga *A Claudio,* declara haber escrito), las ha dividido del siguiente modo: Piezas cortas y Comedias. En las *piezas cortas* comprende, de una parte, los *autos,* y de otra los *coloquios, loas y entremeses.* Las *comedias* las ha subdividido en religiosas, mitológicas, históricas, legendarias, pastoriles, caballerescas, novelescas, de enredo y de costumbres.

Las mejores son las *legendarias,* inspiradas en las crónicas o leyendas nacionales, y que abarcan puede decirse que toda nuestra historia, desde los bárbaros (*El último godo*) hasta su época (*El Marqués de las Navas*). Entre ellas sobresalen y deben ser recordadas: *El mejor alcalde el rey, La Estrella de Sevilla, Peribáñez o el Comendador de Ocaña y Fuente Ovejuna.* Notables son también, aunque de otros géneros, *La dama boba, Dineros son calidad, La discreta enamorada, Lo cierto por lo dudoso, La hermosa fea y El perro del hortelano*[1].

* * *

Dos palabras aún sobre LA DOROTEA.

Lope de Vega, que como se ha visto llegó con su genio poderoso a todos los rincones y matices de las letras, muy particularmente en lo que al teatro respecta, no podía desconocer la obra inmortal de Rojas ni dejar de rendirla un homenaje digno de ambos, y este homenaje palpita en LA DOROTEA, sin disputa la más entretenida, rica, lozana y variada de las muchas y gloriosas hijas de *La Celestina.* Pues, aunque inspirada en todas ellas (me refiero, claro está, a las principales: la de Rojas, la de Feliciano de Silva y la de Sancho Muñón), les lleva de ventaja el haber entremezclado la verdad con la fábula y de ofrecernos con ello, junto a los primores literarios, un interesantísimo fondo autobiográfico.

En efecto, hoy sabemos, gracias a las investigaciones de los señores Tomillo y P. Pastor[2], que *Dorotea* es Elena Osorio; *Teodora,* su madre Inés Osorio; *Don Bela,* don Juan Tomás Perrenot de Granvela, y que el propio

---

[1] Todas ellas, así como lo principal de Lope en cada género, se publicará en esta misma "Colección La Crítica Literaria".

[2] *Proceso de Lope de Vega por libelos contra unos cómicos;* Madrid, 1901. Libro clave para *La Dorotea.*

Lope, como ya había sospechado Fauriel, está representado en la figura de *Don Fernando.*

Es decir, que lo mucho de personal que hay en LA DOROTEA es lo que la hace doblemente interesante, bien que aún sin ello y mirada bajo el prisma puramente literario, bastaría su admirable prosa y el haber dado vida al tipo de *Gerarda* (que sin gran desventaja puede medirse con la Celestina primitiva), para que sea entre todas sus continuaciones la obra sin disputa mejor y más digna de parangonarse con ella.

"Lope—dice el señor Menéndez y Pelayo con su característico acierto—adopta todos los procedimientos de *La Celestina,* incluso la afluencia de sentencias y proverbios, los largos y a veces impertinentes discursos, la afectación de citas pedantescas, que llega al colmo; pero su Gerarda no es ya el tipo convencional de la alcahueta que mecánicamente repiten los otros. Es Celestina, que vuelve al mundo con su antigua y persuasiva elocuencia y su caudal de tercerías y malas artes: es una genial *resurrección,* bien distinta de aquella otra que toscamente inventó el autor de la historia de *Felides y Poliandria*[3]. Los demás personajes de la pieza no están sacados de la tragicomedia antigua: son el mismo Lope, sus amigos, sus rivales, sus dos enamoradas Dorotea y Marfisa (preciosos retratos ambos); todo un mundo de pasión loca, de mundana alegría y de acerbo, aunque mal aprovechado, desengaño".

En fin, recordaré que aunque LA DOROTEA no fue compuesta para ser representada—ni cabe intentarlo en su total integridad—, no deja por ello de acercarse más al teatro que a la novela[4], y que no fue la única muestra, bien que sí la mejor, que dio Lope de conocer y gustar muy mucho de la obra inmortal de Rojas. En efecto, en *El anzuelo de Fenisa,* en *El Arenal de Sevilla,* en *El rufián Castrucho* y sobre todo en la admirable tragicomedia—así la denominó el propio Lope—titulada *El caballero de Olmedo,* se advierte la profunda huella que el autor de la primera de las Celestinas ejerció en el primero de nuestros dramaturgos.

JUAN B. BERGUA

---

[3] "Véase *La Celestina,* de Rojas, seguida de *La segunda Celestina,* de Feliciano de Silva, publicadas en esta misma "Colección La Crítica Literaria".

[4] D. F. E. Castrillón hizo y consiguió que se representase en el teatro de los Caños del Peral, el día 13 de junio de 1804, un compendio de *La Dorotea,* no exento de méritos, y cuyo título era: *La Dorotea,* comedia en tres actos.

LA DOROTEA

LOPE DE VEGA

DEDICATORÍA

AL ILUSTRÍSIMO Y EXCELENTÍSIMO SEÑOR DON GASPAR ALFONSO PÉREZ DE GUZMÁN EL BUENO, CONDE DE NIEBLA

Escribí *La Dorotea* en mis primeros años, y habiendo trocado los estudios por las armas, debajo de las banderas del excelentísimo señor duque de Medina Sidonia, abuelo de vuestra excelencia, se perdió en mi ausencia, como sucede a muchas; pero restituida o despreciada (que así lo suelen ser después de haber gastado lo florido de su edad), la corregí de la lozanía con que se había criado en la tierna mía, y consultando mi amor y obligación la vuelvo a la ilustrísima casa de los Guzmanes, por quien la perdí entonces; donde si viniere de buen semblante, será en ella alguno de los armiños de sus generosas armas; y si vieja y fea, la opuesta sierpe a la insigne daga del coronado blasón de su glorioso timbre. Vuestra excelencia tiene el nombre de Bueno por naturaleza y sucesión de tantos príncipes que lo fueron; con esto sólo lisonjeo su grandeza, pues es título que se traslada del mismo Dios, que guarde a vuestra excelencia muchos años.

FREY LOPE FÉLIX DE VEGA CARBIO

LAS PERSONAS QUE SE INTRODUCEN

DOROTEA, *dama.*
TEODORA, *su madre.*
GERARDA, *su amiga.*
DON FERNANDO, *caballero.*
JULIO, *su ayo.*
CELIA, *criada de Dorotea.*
FELIPA, *hija de Gerarda.*
CÉSAR, *astrólogo.*
LUDOVICO, *su amigo, y de D. Fernando.*
DON BELA, *indiano.*
LAURENCIO, *criado suyo.*
MARFISA, *dama*[5].
CLARA, *criada*[6].
La Fama[7].
Coro de Amor.
Coro de Interés.
Coro de Celos.
Coro de Venganza.
Coro de Ejemplo.

---

[5] Falta en el original.
[6] Falta en el original.
[7] Falta en el original.

ACTO PRIMERO

ESCENA PRIMERA

TEODORA, GERARDA

GER.—El amor y la obligación, no sólo me mandan, pero porfiadamente me fuerzan, amiga Teodora, a que os diga mi sentimiento.

TEO.—¿En qué materia, Gerarda?

GER.—De Dorotea, vuestra hija.

TEO.—No es tanto que ella yerre como que vos lo advirtáis.

GER.—Como eso puede nuestra amistad antigua y el amor que la tengo.

TEO.—Bien se conoce del afecto con que desde el principio de nuestra plática me le habéis encarecido.

GER.—La mayor desdicha de los hijos es tener padres olvidados de su obligación, o por el grande amor que los tienen, o por el poco cuidado con que los crían.

TEO.—¿Puédese negar a la naturaleza el amor de la sangre, ni el de la crianza a sus gracias, desde la lengua balbuciente hasta el discurso de la razón?

GER.—Puede, cuando el castigo importa.

TEO.—En la parte de la naturaleza, sería quebrar un hombre su espejo, porque le retrata, pues el inocente cristal lo que le dan eso vuelve, y en la de la crianza, lo que sucede a los animales y aves, que se crían todo el año para matarlos un día.

GER.—Si el hijo retrata al padre en las costumbres, perdónele porque le parece; si no, bien puede quebrar el espejo, pues que no le retrata, que cuando vos erais moza, lo mismo hacíais con el cristal que no os hacía buena cara.

TEO.—Eso de "cuando erais moza", pudierais haberlo excusado, que ahora también lo soy.

GER.—Desconfío de persuadiros a lo que vengo, porque si vos os dais a entender que sois moza, mejor perdonaréis a vuestra hija sus defectos; que ningún juez sentencia animosamente, si es culpado del mismo delito, y en vuestra edad sería poca prudencia acercarse a morir y comenzar a vivir.

TEO.—¿Tanta edad os parece que tengo?

GER.—En buena fe, que es punto el de vuestros años que cualquiera jugador le quisiera más que la mejor primera.

TEO.—El tema de este mundo más general es quitarse años a sí y ponérselos a los otros; y es necedad inútil, porque lo mismo piensa a un tiempo el que se los pone al otro, y cada uno se los quita.

GER.—¿Pues yo qué me quito?

TEO.—Gerarda, Gerarda, si vos queréis haceros odiosa y que huyan de vos vuestras amigas, no hallaréis mejor invención que andar calificando las edades; porque no hay secreto que más se sienta descubrir que el de los años, y ya sé que hay personas tan curiosas de esta impertinencia que por su gusto buscan los libros del bautismo de los otros, y encubren con invención la parroquia donde se bautizaron; yo tengo, gracias a Dios, todos mis dientes cabales, que si no son tres, no me falta ninguno.

GER.—*Galana es mi comadre, si no tuviera aquel Dios os salve?*

TEO.—Mi brío suple cualquier defecto.

GER.—*La casa quemada, acudir con el agua.*

TEO.—Yo sé que envidian mis amigas la tez de mi rostro.

GER.—Como esas necedades hará la envidia.

TEO—Que como nunca me afeité, no me la quebraron los aderezos fuertes, tan opuestos a la verdad que adelgazan y quiebran.

GER.—Harto es que el tiempo no haya echado surcos por tierra tan suya.

TEO.—Lo que no puedo negaros es que estoy un poco más fresca de lo que solía; pero por eso gozaré de dos mocedades.

GER.—*La mula buena, como la viuda, gorda y andariega.*

TEO.—Las canas aún se dejan entresacar de los demás cabellos, y yo siempre tuve lunares; además de ser indicio de poco sentimiento no tener canas a su debido tiempo.

GER.—Siempre fuiste muy sentida.

TEO.—*Cuando éstas sean canas, la luna tiene manchas.* ¿Y por qué no ha de valer a las mujeres lo que se permite a los hombres? Y en verdad que creo que no sois vos tan niña, que, si no me acuerdo mal, me trajisteis dé las andaderas en casa de mis padres.

GER.—Nunca yo hubiera dicho aquello de "cuando erais moza", que tan fuertemente me habéis castigado; si así riñerais a Dorotea, no os murmuraran vuestras vecinas, y tuvierais mejor opinión en la corte. Pero direisme vos que *quien tunde el paño, quita la cresta al gallo.*

TEO.—¿Pues qué hace Dorotea que merezca mi indignación?

GER.—¿Para qué fingís ignorancia, pues no sois marido bien acondicionado? ¿Pensáis persuadirme que no lo sabéis, como aquello de los años?

TEO.—Diréis que la festeja don Fernando: ¡qué gran delito! ¿Y para eso, Gerarda, veníais tan armada de sentencias y tan prevenida de advertimientos?

GER.—*Hoy es día de echad aquí, tía.* Yo, amiga, no soy de aquellas que lo son de la merienda, del presente, del juego y del coche al río, ni me ha conocido nadie por sumillera del ajeno gusto. ¿Qué ropas ni basquiñas tengo por eso? ¿Qué moza he conducido? ¿En qué sala he estado mirando los retratos o hablando con los pajes? A lo que venía me movieron dos cosas: el servicio de Dios y vuestra honra.

TEO.—Diréis que no la tengo porque aquel señor extranjero regaló a mi hija; eso fue con mucha honra y con palabra de casamiento.

GER.—*Robles y pinos, todos son mis primos.*

TEO.—Fuese a su tierra. ¿Qué milagro? También se fue Eneas de la reina Dido, y el rey Don Rodrigo forzó a la Cava.

GER.—Que no me espanto de eso, Teodora, que ya se sabe que *libro cerrado no saca letrado.*

TEO.—Siempre fue la cartilla de los maldicientes la hipocresía; no veréis memorial que no comience diciendo que es por excusar la ofensa de Dios, y es por enemistad o celos. ¡Ay, Gerarda, Gerarda! Parecéis al negrillo de Lazarillo de Tormes, que cuando entraba su padre decía muy espantado: "¡Madre, coco!"

GER.—¿Pues qué tengo yo para que me parezcan los otros negros porque no me veo? Mi hija Felipa ya está casada, y cuando no fuera mujer de bien, como lo es, ¿corre eso por mi cuenta, o por la de su marido?

TEO.—*Quien al asno alaba, tal hijo le nazca.*

GER.—Los padres, Teodora, somos como las aves; en sabiendo volar el pájaro, ayúdele el aire y válgale el pico; pero Dorotea, que no está fuera de vuestras alas, y que cada día vuelve a reconocer el nido, y que ha cinco años que este mozo la tiene perdida, sin alma, sin remedio, y tan pobre (por no darle disgusto, o por miedo que le ha cobrado), que ayer vendió un manteo a una amiga suya, y dice que por devoción y promesa trae un hábito de picote, la que solía arrastrar Milán y Nápoles en pasamanos y telas. ¿Para qué será bueno que ande de recoleta por un lindo, que todo su caudal son sus calcillas de obra y sus cueras de ámbar, esto de día, y de noche broqueletes y espadas, y todo virgen, capita untada con oro, plumillas, banditas, guitarra, versos lascivos y papeles desatinados? Y ella muy desvanecida de que se canten por el lugar, a vueltas de sus gracias, sus flaquezas. ¡Qué gentil Petrarca para hacerla Laura! ¡Qué don Diego de Mendoza, la celebrada Filis! ¡Ay, Teodora, Teodora! La hermosura, ¿es pilar de iglesia, o solar de la montaña que se resiste al tiempo, para cuyas injurias ninguna cosa mortal tiene defensa? ¿O es una primavera alegre de quince a veinticinco, un verano agradable de veinticinco a treinta y cinco, un estío seco de treinta y cinco hasta cuarenta y cinco? Pues desde allí, ¿para qué será bueno el invierno? Que ya sabéis que las mujeres no duran como los hombres.

TEO.—Más cincos habéis dado que un juego de bolos.

GER.—Pues sabed que todos son de largo, y que se pierde el juego. Los hombres en cualquiera edad hallan sus gustos, y son buenos para los oficios y para las dignidades: tienen entonces más hacienda y son más estimados; pero como las mujeres sólo servimos de materia al edificio de sus hijos, en no siendo para esto, ¿qué oficio adquirimos en la república? ¿Qué gobierno en la paz? ¿Qué bastón en la guerra? Volved, volved en vos, Teodora; no acabe este mozuelo la hermosura de Dorotea, manoseándola; que ya sabéis con qué olor dejan las flores el agua del vaso en que estuvieron. Yo he sabido que un caballero indiano bebe los vientos desde que la vio en los toros las fiestas pasadas, que estaba en un balcón vecino al suyo; y sé yo a quién ha dicho, que me lo dijo a mí, que le daría una cadena de mil escudos con una joya, y otros mil para su plato, y le adornaría la casa de una rica tapicería de Londres, y le daría más dos esclavas mulatas, conserveras y laboreras, que las puede tener el rey en su palacio. Es hombre de hasta treinta y siete años, poco más o menos, que unas pocas de canas que tiene son de los trabajos de la mar, que luego se le quitarán con los aires de la corte; y yo vi el otro día un rótulo en una calle que decía: "Aquí se vende el agua para las canas". Tiene linda presencia, alegre de ojos, dientes blancos, que lucen con el bigote negro, como sarta de perlas en terciopelo liso; muy entendido, despejado y gracioso; y finalmente, hombre de disculpa, y no mocitos cansados, que se llevan la flor de la harina y dejan una mujer en el puro salvado, que ya entendéis para lo que será buena.

TEO.—*Gritad, niños, que baja el vino; hoy a cuatro, mañana a cinco.* Si traíais, Gerarda, esa correduría, ¿para qué era menester tanta retórica? ¿Veis cómo os dije yo que el memorial comenzaba por el servicio de Dios y acababa, en el del diablo?

GER.—Yo, amiga, vuestro bien miro, vuestra honra y la de esa pobre muchacha, que mañana se marchitará como rosa y buscaréis dineros para curarla; que esto le dejará don Fernandillo, y no los juros y regalos del indiano. Para todo acontecimiento, Teodora, hombres, hombres, y no rapaces, que con la saliva de las mujeres les sale el bozo. Con esto me voy a rezar a la Merced, que en verdad que no me iré a casa sin encomendar a Dios vuestros negocios.

ESCENA II

DOROTEA, TEODORA

DOR.—¡Brava conversación has tenido con la bendita Gerarda! ¿Piensas que no lo he oído? Pues aunque me estaba tocando, más tenía los oídos en su plática que los ojos en mi espejo. ¿Esto quieres tú oír, y que se atreva una vil mujer, por el interés que le han dado, a decirte en tu cara que des lugar a un hombre para que yo le admita?

TEO.—Quedo, señora dama, quedo; que si a mí me pierden el respeto, ella ha dado la causa.

DOR.—¿Yo la causa? ¡Gracia tienes! ¿Cuándo tuve yo más dicha contigo? ¡Qué presto diste crédito a Gerarda! ¡Qué presto pudo persuadirte lo que deseabas! Buena eras para juez: dichosa contigo la primera información, desdichada la segunda.

TEO.—¿Puedes tú negar cosa alguna de cuanto ha dicho, ni poner falta en una mujer honrada, que sólo pretende el servicio de Dios y nuestra honra?

¿Debe de ir ahora a que la premie por ventura el indiano? Pues en verdad que fue a rezar a la Merced por nosotras, y que es mujer que le encargan lo mismo enfermos, necesitados y presos.

DOR.—Enfermos de amor, necesitados de remedio para sus deseos y presos de su apetito.

TEO.—¡En esta mujer pones falta! ¡Buena lengua se te ha hecho! ¡Qué cierto es perder la vergüenza tras la honra! ¿Qué día se fue a comer Gerarda sin haber visitado todas las devociones de la Corte? ¿En qué jubileo no la hallarán devota? ¿Qué sábado no fue descalza a Atocha? ¿Qué doncella no ha casado? ¿Qué casada no ha puesto en paz con su marido? ¿Qué viuda no ha consolado? ¿Qué niño no ha curado de ojo? ¿Qué criatura no se ha logrado, si ella le bendice las primeras mantillas? ¿Qué oraciones no sabe? ¿Qué remedios como los suyos para nuestros achaques? ¿Qué hierba no conoce? ¿Qué obstrucción no quita? ¿A qué partos secretos no la llaman? Finalmente, para la dicha de una casa, no es menester más de que ella la perfume.

DOR.—No te desvanezcas en su alabanza, que todas esas gracias tienen diversos sentidos, y si no son ironías, no se han de entender literalmente.

TEO.—La bachillera ya comienza a hablar en el lenguaje de su galán; aprovechada está de palabra. ¿Es eso lo que le enseña? De *ironías* quedará rica *literalmente*. ¿Sacolas de los sonetos? Pierda la ignorante la flor de su juventud en esas boberías, que cuando más medrada salga, quedará celebrada en un libro de pastores, o la cantarán en algún romance, si de cristianos, Amarilis; si de moros, Jarifa; y el galán, Zulema.

DOR.—¡Notable batería hizo en el muro de tu entendimiento la fisonomía liberal del rico indiano! ¡Así suelen ser ellos, como te le pintó la Circe! Y ¡qué bien supo apocar y disminuir las partes de don Fernando! ¡Qué bien la pagas en elogios el gusto que te ha hecho! Con esa información, ¿quién no la tendrá por santa, sus devociones por verdaderas y sus medicinas por milagros? Añade a las hierbas que conoce las habas que ejercita, y en vez de las bendiciones, los conjuros que sabe. Pues si hablas en el mal de ojo, ten por cierto que son más los que contenta que los que quita. Ella fue por quien conociste al conde; ponga faltas a don Fernando, que no podrá decir con verdad ninguna más de que es pobre; pero ¿qué riqueza como la de su entendimiento, persona y gracias?

TEO.—¡Oh loca, desdichada, perdida, engañada de otro loco! ¿Qué gracias, qué persona, qué entendimiento tiene, si le confiesas pobre? ¿Cuándo has visto sobre sayal pasamanos de oro? Estarás muy desvanecida con que te llama la divina Dorotea... Yo visitaré tus escritorios, yo te quemaré los papeles en que idolatras y esas locuras en que estudias vocablos que no nacieron contigo; no te quedará señal de este mozo, si yo puedo, y ojalá te le pudiera sacar del alma. ¿Qué me miras? ¿Gestos me haces? Por el siglo de tu padre, que si te doy una vuelta de cabellos, que no has de haber menester rizos; y dile a don Fernando que haga versos a este sujeto, y que me llame

Nerona, sacrílega, atrevida a la cabeza del sol, y que cuantas hebras te quite se me vuelvan rayos.

DOR.—Haz burla, no importa; afea mis pensamientos, infama mis costumbres. ¿Qué muertes de hombres has visto a nuestra puerta, por vanidades mías? ¿Qué casada se ha quejado de la mala vida que le ha dado su marido por mi causa? ¿A qué fiesta voy? ¿De qué ventana me quitas? ¿Qué galas me murmuran adonde voy a misa?

TEO.—¡Eso que no es nada! Pues ¡triste de ti!, ¿por quién haces esa penitencia? Di que eres virtuosa, porque ese mozo te tiene hechizada, por darle gusto; porque ya debe de amenazarte, que es lo último del trato de semejantes hombres. Pues desengáñate, Dorotea, que no le has de ver ni hablar más en tu vida. ¡Tú pobre, yo sin honra; tú con hábito de picote todo un año, y yo molestada de mis amigas todos los días! Resuélvete, que te tengo de cortar el cabello, y encerrarte donde aún el sol tenga asco de entrar a verte, o has de dejar esa perdición, esa locura, esa costumbre, ese trato infame. (*Asela del cabello y la maltrata.*) ¿Lloras? Bien haces; pero no pienses enternecerme, que no hago yo aquí papel de galán celoso, sino de madre honrada. (*Vase.*)

ESCENA III

DOROTEA SOLA

¡Ay, infeliz de mí! ¿Para qué vivo? ¿Para qué solicito conservar la más triste vida que se ha dado a esclava? ¿Qué mujer de mis años la pasa con tantos sobresaltos y desdichas? ¿Dónde me lleva este amor desatinado mío? ¿Qué fin me promete tan desigual locura de lo que pudieran haber merecido las partes de que me ha dotado el cielo? Cuando haya pasado lo mejor de mis años en este laberinto amoroso, ¿qué tengo de hallar en mí, sino arrepentimiento para los que me quedaren, cuando a los que desprecio les dé venganza? Fernando mío, no querría que mi alma, que allá tienes, te dijese lo que está pensando: cosa tan nueva, que jamás pensé que llegara a mi pensamiento. No puedo más; que me veo cercada de tantos enemigos que no podré escapar la vida si no es perdiendo el seso; pero si allá te dijere esta novedad en tu agravio, consulta con prudencia tu entendimiento, no con tu amor tus años. Pero ¿cómo es posible que el[8] primer movimiento de lo que digo haya llegado a mi imaginación? ¿Qué puedo querer sino quererte? ¿En qué puedo emplear mis años como en servirte? ¿Qué puedo yo desear como

---

[8] *Así* 1675; en 1632, 1654 *falta* el.

agradarte? ¿Qué riqueza como oírte? ¿Qué tiempo más bien empleado que en tus brazos? ¿Cómo viviré yo sin ti? Menos falta me puede hacer la vida que tus ojos. ¿Quién me consolará de no verte, después de tantos años de gozarte? Ese agrado tuyo, ese brío, ese galano despejo, esos regalos de tu boca, cuyo primer bozo nació en mi aliento, ¿qué Indias los podrán suplir, qué oro, qué diamantes? May ¡ay triste!, que desta amistad nuestra está ofendido el cielo, mi casa, mi opinión y mis deudos; mi madre me persigue, las amigas me riñen, los vecinos me murmuran, las envidias me reprenden, mi necesidad ha llegado a lo último. Fernando no tiene más que para sus galas; mira las otras mujeres con ellas; ya le parecerán mejor; que el adorno y la riqueza añaden hermosura y estimación, y la pobreza del traje descuida los ojos y hace que una mujer cada día parezca la misma, y la diferencia causa novedad y despierta el deseo. Esto no podrá durar para siempre; y como no hay cosa más pública que el amor, aunque jamás lo crean los amantes, será imposible librarle de algún fin desdichado o en la vida o en la honra y, lo que más se debe temer, en el alma. ¿Para qué quiero aguardar a que te canses y me aborrezcas? ¿A que te agraden las galas de otras, y este sayal que visto sea cilicio de tus brazos y penitencia de tus ojos? No quiero aguardar al fin que tienen todos los amores; pues es cierto que paran en mayor enemistad cuanto fueron más grandes. Si hemos de ser enemigos después, más vale que ahora nos concertemos con amistad; que cuando el trato cesa sin agravio, bien se puede conservar en llaneza sin represión, y en voluntad sin miedo. Celia, Celia, dame el manto y di a mi madre que voy a misa. Resuelta estoy. ¿Qué aguardo? ¡Jesús! Parece que tropecé en mi amor. ¡Oh amor!, no te pongas delante; déjame ir, pues me dejaste determinar; que en las mujeres la resolución es difícil; la ejecución es fácil. *(Vase.)*

ESCENA IV

Sala en casa de don Fernando

DON FERNANDO, JULIO

JUL.—Con poca gracia te levantas.
FER.—Mil desasosiegos he tenido esta noche.
JUL.—¿No has dormido?
FER.—Poco, y con mil congojas.
JUL.—Del calor serían.
FER.—No, sino del primer sueño.
JUL.—¿Qué soñabas?
FER.—Una confusión de cosas.

JUL.—¿Qué sueño hay tan claro que no sea confuso? Los que grave y suavemente duermen, dice el filósofo que no sueñan; pues soñaste y con fatiga, no tenías quieto el ánimo. Los que sueñan, no por otra causa piensan que ven lo que sueñan que porque la inteligencia está constante y sosegada; lo que acontece al ligero sueño, no al que por mucho calor se recoge a la parte interior. Soñamos lo que hemos hecho o queremos hacer, y también de lo que deseamos nacen tales imaginaciones y pensamientos; por eso es opinión del mismo que los virtuosos sueñan mejores cosas que los malos, viciosos y de perversas costumbres.

FER.—Ya comienzas a cansarme con tus filosofías. Déjame, Julio.

JUL.—Dime, por tu vida, el sueño.

FER.—Ya te digo que me dejes, Julio; ¿por ventura presumes interpretarle? ¡Qué gentil José estaba preso conmigo!

JUL.—Anfitrión fue el primero que interpretó los sueños; y porque esto es de Plinio, él mismo dice que poniéndose la parte siniestra del camaleón al pecho, sueña un hombre lo que quiere, o lo hace soñar a quien quiere.

FER.—Como eso dirá Plinio.

JUL.—Cornelio Rufo soñó que perdía la vista, y despertando se halló ciego.

FER.—Maldito seas, bachiller histórico, que así me quieres dar pena, entendiendo por conjeturas la causa por que la tengo. Soñaba, ¡oh Julio!, que había llegado el mar hasta Madrid, desde las Indias.

JUL.—Ahorrárase mucho porte desde Sevilla a Madrid Di adelante.

FER.—Llegaba furioso hasta el puente.

JUL.—¡Pobre de Illescas!

FER.—En una famosa nave enramada de jarcias y vestida de velas, venía un hombre solo, que desde el corredor de popa arrojaba a una barca barras de plata y tejos de oro.

JUL.—¡Quién estuviera en la barca!

FER.—Estaba..., ¡ay de mí!...

JUL.—Dilo: ¿qué tiemblas?

FER.—Estaba Dorotea.

JUL.—¿Y tomaba el oro?

FER.—Con las dos manos.

JUL.—Hacía muy bien, y ¡pluguiera a Dios que yo estuviera con ella!, que aun durmiendo no tuve tanta dicha en mi vida. ¡Oh!, si fuera verdad eso que soñaste, ¡cómo salieran mujeres a la mar de Madrid! Y más si arrojaban oro.

FER.—¿Salieran muchas?

JUL.—Más que al Prado. Pero ¿en qué paró la mar? Que estás más triste que si temieras anegarte en ella.

FER.—En que al salir de la barca Dorotea y Celia cargada de oro, llegué yo a hablarla, y se pasó dé largo sin conocerme.

JUL.—¿Y de eso estás triste?

FER.—¿Es poca la causa?

JUL.—Pues ¿qué querías? ¿Que te diese del oro?.

FER.—No, sino que me hablase.

JUL.—¿Soñando pides correspondencia?

FER.—¿Por qué no? Pues como yo me quejé de su desprecio, también podía Dorotea hablarme.

JUL.—Quiero interpretar el sueño.

FER.—Habrás leído a Artemidoro.

JUL.—Como deseas dar a Dorotea lo que no tienes, de ese pensamiento y solicitud ha nacido que la soñases rica.

FER.—Amor quiera que esa sea la interpretación legítima.

JUL.—Dichoso eres, pues la enriqueces.

FER.—No creas en ensueños.

JUL.—No sé lo que te responda, pues siempre sueño que soy pobre, y despierto soy lo mismo.

FER.—¿Con oro han de vencer a Dorotea?

JUL.—Tendrá disculpa.

FER.—Ovidio dijo que más daño había hecho el oro que el hierro.

JUL.—Estaría mal con el oro, cuyas virtudes no digo porque le temes; pero ¿qué muerte se ha dado con él, si no es la de Creso, que por su codicia se le dieron derretido? Y sabemos que hay oro potable que conserva la vida, y al fin entra en la confección de Alquerines.

FER.—Si yo tuviera oro, no le comiera, aunque me diera mil vidas.

JUL.—¿Pues qué le hicieras?

FER.—Diérale a Dorotea.

JUL.—Basta el que le ha venido de las Indias; pero pídele hoy algunos tejos, y haremos el potable, que es de esta suerte, según doctrina de León Suavio. Toman en hoja o en polvos una onza y resuélvenla en humor, añadiendo de vinagre destilado lo que basta; destílase después a veces separado, hasta que no queda sabor de los dos juntos; échase luego en cinco onzas de aguardiente, y conservado un mes y reposado, se toma poco a poco.

FER.—No hay cosa de que no quieras saber algo, y de todo no sabes nada. ¿Qué filósofo antiguo o moderno no ha dicho mal del oro?

JUL.—El oro es como las mujeres, que todos dicen mal de ellas y todos las desean; y al fin es hijo del sol, retrato de su resplandor, y vivifica naturaleza.

FER.—No es por eso amarillo.

JUL.—Pues ¿por qué?

FER.—Por el miedo que tiene de que le busquen tantos.

JUL—¡Qué cosa tan trivial y vieja! Perdóneme Diógenes.

FER.—Más viejo es el oro.

JUL.—Es verdad, y sus canas son la plata.

FER.—Ni la cama dorada alivia al enfermo, ni la buena fortuna hace al necio sabio.

JUL.—También te puede perdonar Sócrates.

FER.—Dame aquel instrumento, estudiante de pesadumbres.

JUL.—De ellas y de filosofía estoy graduado.

FER.—Saltó la prima.

JUL.—Sería de la puente, aunque no hay río.

FER.—Yo la oí esta noche.

JUL.—Desvelado estabas.

FER.—En Dorotea.

JUL.—Yo pensé que en ir a la mar a buscarla.

FER.—El que dijo que fuera comodidad hallar a comprar cartas y barbas hechas, ¿por qué no dijo instrumentos templados?

JUL.—Porque fuera imposible, siendo las cuerdas de la materia que ves, porque con la humedad bajan y con mucha calor suben. Finalmente son como algunas mujeres, que siempre es menester templarlas.

FER.—Por eso tiran de su condición, para que alcancen al punto del que las templa.

JUL.—Muchas quiebran.

FER.—Buscar las finas y arrojar las falsas, que así hacen los músicos.

JUL.—Una curiosidad hace a ese propósito.

FER—¿Cómo?

JUL.—Que cuando desatan la madeja, la dan con el dedo, teniendo en la boca el cabo de la cuerda; y si hace dos sombras, la dejan por falsa y pasan a otro tercio. Y así se ha de probar la mujer, y en haciendo dos sombras a cada parte, mudarse al tercio de otra.

FER.—Yo he templado.

JUL.—A mi costa, que lo he oído.

FER.—Oye un romance de Lope.

JUL.—Ya te escucho.

FER.—*(Canta):*

A mis soledades voy,
de mis soledades vengo,
porque para andar conmigo
me bastan mis pensamientos.
No sé qué tiene la aldea
donde vivo, y donde muero,
que con venir de mí mismo,
no puedo venir más lejos.
Ni estoy bien ni mal conmigo;
mas dice mi entendimiento
que un hombre que todo es alma
está cautivo en su cuerpo.
Entiendo lo que me basta,

y sólamente no entiendo
cómo se sufre a sí mismo
un ignorante soberbio.
De cuantas cosas me cansan,
fácilmente me defiendo;
pero no puedo guardarme
de los peligros de un necio.
Él dirá que yo lo soy,
pero con falso argumento;
que humildad y necedad
no caben en un sujeto.
La diferencia conozco,
porque en él y en mí contemplo

su locura en su arrogancia,
mi humildad en mi desprecio.
O sabe naturaleza
más que supo en este tiempo,
o tantos que nacen sabios
es porque lo dicen ellos.
"Sólo sé que no sé nada",
dijo un filósofo haciendo
la cuenta con su humildad,
adonde lo más es menos.
No me precio de entendido,
de desdichado me precio;
que los que no son dichosos,
¿cómo pueden ser discretos?
No puede durar el mundo,
porque dicen, y lo creo,
que suena a vidrio quebrado
y que ha de romperse presto.
Señales son del juicio
ver que todos le perdemos,
unos por carta de más,
otros por carta de menos.
Dijeron que antiguamente
se fue la verdad al cielo:
tal la pusieron los hombres
que desde entonces no ha vuelto.
En dos edades vivimos
los propios y los ajenos:
la de plata los extraños,
y la de cobre los nuestros.
¿A quién no dará cuidado,
si es español verdadero,
ver los hombres a lo antiguo,
y el valor a lo moderno?
Todos andan bien vestidos,
y quéjanse de los precios,
de medio arriba romanos,
de medio abajo romeros.
Dijo Dios que comería
su pan el hombre primero
en el sudor de su cara
por quebrar su mandamiento;
y algunos, inobedientes

a la vergüenza y al miedo,
con las prendas de su honor
han trocado los efectos.
Virtud y filosofía
peregrinan como ciegos;
el uno se lleva al otro;
llorando van y pidiendo.
Dos polos tiene la tierra,
universal movimiento;
la mejor vida el favor;
la mejor sangre el dinero.
Oigo tañer las campanas,
y no me espanto, aunque puedo,
que en lugar de tantas cruces
haya tantos hombres muertos.
Mirando estoy los sepulcros,
cuyos mármoles eternos
están diciendo sin lengua
que no lo fueron sus dueños.
¡Oh!, bien haya quien los hizo,
porque sólamente en ellos
de los poderosos grandes
se vengaron los pequeños.
Fea pintan a la envidia;
yo confieso que la tengo
de unos hombres que no saben
quién vive pared en medio.
Sin libros y sin papeles,
sin tratos, cuentas ni cuentos,
cuando quieren escribir
piden prestado el tintero.
Sin ser pobres ni ser ricos,
chimenea y huerto;
no los despiertan cuidados,
ni pretensiones ni pleitos,
ni murmuraron del grande,
ni ofendieron al pequeño;
nunca, cómo yo, firmaron
parabién, ni Pascuas dieron.
Con esta envidia que digo,
y lo que paso en silencio,
a mis soledades voy,
de mis soledades vengo.

JUL—¿Cómo no has cantado alguna cosa de Dorotea?

FER.—Por la pesadumbre que me ha dado aquello del oro.

JUL.—Pues ¿por qué no había de tomarlo?

FER.—Porque, como la perdiz conoce el halcón que la ha de matar, conozco yo que me ha de matar el oro.

JUL.—Tienen oro y mujer correspondencia y simpatía; ni hay requiebro que las agrade como decirles que son como un pino de oro, y esto, no porque son altas y dispuestas, sino porque es el árbol más grande para que sea más el oro.

FER.—Paréceme que siento chapines.

JUL.—Ese ruido y el de las cantimploras dicen que es el mejor.

ESCENA V

DOROTEA, CELIA, FERNANDO, JULIO

DOR. *(en la calle).*—Llama recio, si no te duele la mano.

CEL. *(en la calle).*—Si ha rondado don Fernando, dormirá, como se usa, haciendo noche lo mejor del día.

FER.—Mira, Julio, que nos quiebran la puerta.

JUL.—Alguno habrá rodado desde el cuarto de arriba, o es pobre y sordo. ¿Quién está ahí?

CEL. *(en la calle).*—Abre, asaeteado.

JUL.—Celia, señor, Celia; papelito tendremos.

FER.—¿De esa manera lo dices, hombre sin alma?

JUL.—¿Dónde vas, que has quebrado la guitarra por salir de prisa?

FER.—A recibir el arco embajador de los dioses, la aurora de mi sol, la primavera de mis años y el ruiseñor del día, a cuya dulce voz despiertan las flores, y como si tuviesen ojos, abren las hojas. *(Abre y entra con Celia.)*

CEL.—No vengo sola.

FER.—¿Quién viene contigo, que me has turbado? ¡Jesús! *(Sale Dorotea.)* ¿Es Dorotea? ¡Bien mío! ¡El manto sobre los ojos! Entra, entra. ¿Qué traes, que tropiezas? ¡Ni Celia alegre, ni tú descubierta! Cometa hay en el cielo: el príncipe Amor debe estar enfermo. ¿Aún no hablas? Siéntate, mi señora, siéntate; la escalera te ha desalentado. Un poco de agua, Julio.

JUL.—¿Traeré con ella otra cosa?

FER.—Pensé que habías venido. *(Vase Julio.)* Señora, ¿qué es esto? ¿Por qué me matas? ¿Hante dicho algo de mí? Tu madre me habrá levantado algún testimonio por que me dejes. Pues plega al cielo que si he mirado, visto, ni oído ni imaginado otra cosa de cuantas él ha hecho, fuera de tu hermosura, que la mar que esta noche he soñado me anegue y me sepulte, y el oro que te daban te conquiste. *(Vuelve Julio.)*

JUL.—Aquí está un búcaro y unas alcorzas.

FER.—Come, bebe, o aquí están mi corazón y mi sangre. ¿Qué tienes? ¡Desmayose! ¿Qué es esto, Celia? ¡Muerto soy; acabóse mi vida! ¡A mi señora! ¡A mi Dorotea! ¡A mi última esperanza! Amor, tus flechas se quiebran; sol, tu luz se eclipsa; primavera, tus flores se marchitan; a oscuras queda el mundo.

JUL.—Celia, encender quiero un hacha.

CEL.—Calla, pícaro, que no estás en la comedia.

JUL.—Tenle bien esa mano, que se araña el rostro.

FER.—¡Oh Venus de alabastro! ¡Oh aurora de jazmines, que aún no tienes toda la color del día! ¡Oh mármol de Lucrecia, escultura de Miguel Ángel!

JUL.—Ahora yo juraré que es casta.

FER.—¡O Andrómeda del famoso Ticiano! Mira, Julio, ¡qué lágrimas! Parece azucena con las perlas del alba. Desvíale los cabellos, Celia; veámosle los ojos, pues se deja mirar el sol por la nube de tan mortal desmayo.

DOR.—¡Ay, Dios! ¡Ay, muerte!

FER.—Ya volvió a concertarse cuanto habías dejado descompuesto; ya el amor mata, ya el sol alumbra, ya la primavera se esmalta, y yo estoy vivo. Pero ¿cómo la primera palabra ha sido las dos cosas más poderosas, Dios y la muerte?

DOR.—Porque Dios me libre de mí misma, y la muerte ponga fin a tantas desventuras como cercan mi afligido corazón y flaco espíritu; que la mujer más fuerte al fin es obra imperfecta de la naturaleza, sujeto del temor y depósito de las lágrimas.

FER.—Cuando naturaleza, atendiendo a lo más perfecto, por falta de la materia no hizo lo que pretendía, que es el hombre, sacó muchas excepciones de la común flaqueza.

JUL.—Dice muy bien don Fernando; y así vemos Artemisas para la memoria, Carmentas para las letras, Penélopes para la constancia, Leenas para los secretos, Porcias para las brasas, Delboras para el gobierno, Neeras para la lealtad, Laudomias para el amor, Cloelias para el valor y Semíramis para las armas, que con el peine en los cabellos salió a ganar victorias, mejor que Alejandro con la fuerte celada.

FER.—Y entre ellas, Julio, cuenta la perfección de la hermosura de Dorotea, la limpieza de su aseo, la gala de su donaire, la excelencia de su entendimiento, en que fue superior a todas; y esto no lo digan mis ojos, no mi amor, no mi conocimiento; calle mi voluntad y hable la envidia, que no hay mayor satisfacción que remitirle las alabanzas.

DOR.—¡Ay, Fernando, que no hay en la desdicha letras, en la fortuna gobierno, aunque fuese próspera, lealtad en los imposibles, brasas en la influencia, valor con las estrellas, amor en las violencias, secreto en las tiranías, constancia en las envidias y armas en las traiciones!

FER.—¿Qué es esto, mi bien? ¿Por qué me sangras a pausas? Dime: "Fernando, muerto eres"; irá Julio a que vengan por mí; y no me suspendas el dolor en la duda, que es más fuerte de sufrir el temor que el mal suceso, porque, imaginado, se piensa en que ha de venir, y venido, en que se ha de remediar.

DOR.—¿Qué quieres saber de mí, Fernando mío, mas de que ya no soy tuya?

FER.—¡Cómo! ¿Ha venido alguna carta de Lima?

DOR.—No, señor mío.

FER.—¿Pues quién tiene poder para sacarte de mis brazos?

DOR.—Esa tirana, esa tigre que me engendró (si yo puedo ser sangre de quien no te adora); ese cocodrilo gitano, que llora y mata; esa serpiente que imita la voz de los pastores, para que, llamando sus nombres, los devore vivos; esa hipócrita, siempre las cuentas en la mano, y ninguna con su vida. Hoy me ha reñido; hoy me ha infamado: hoy me ha dicho que me tienes perdida, sin honra, sin hacienda y sin remedio, y que mañana me dejarás por otra. Respondile; pagáronlo mis cabellos... Ves aquí los que estimabas, los que decías que eran los rayos del sol, de quien hizo amor la cadena que te prendió el alma, los, que llamaban red de amor tus versos, esta color que tú decías que deseabas tener en la barba antes que te apuntase el bozo. Estos, en fin, mi Fernando, lo pagaron; aquí te traigo los que me quitó, que los que quedan ya no serán tuyos; de otro quiere que sean; a un indiano me entrega: el oro la ha vencido. Gerarda lo ha tratado; entre las dos se consultó mi muerte. ¡Oh cruel sentencia! Supo que había vendido los pasamanos del manteo de tela el mes pasado, y anteayer el de primavera de flores: dice que es para darte el dinero que juegues, cómo si tú jugases, siendo tu mayor vicio libros de tantas lenguas; y que con versos me engañas, y con tu voz, como sirena, me llevas dulcemente al mar de la vejez, donde los desengaños me sirvan de túmulo y el arrepentimiento de castigo. ¡Ay Dios! ¡Ay de mí! Déjame deshacer estos ojos, pues ya no son tuyos; no hay que respetarlos; no me ha de gozar con ellos quien ella piensa, porque verá en sus niñas tu retrato, que sabrá defenderlos. ¡Ay Dios! ¡Ay muerte!

JUL.—Volvió al estribo.

FER.—¿Pues para ocasión de tan poca importancia tanto sentimiento, Dorotea? Vuelve a serenar los ojos; suspende las perlas, que ya parecían arrancadas de sus niñas. No marchites las rosas, ni desfigures la armonía de las facciones de tu rostro con descompuestos afectos; que te aseguro, por el amor que te he tenido, que me habías dejado sin alma.

DOR.—¡Tenido, Fernando!

FER.—Tenido y tengo; que no es amor sombra, que se desvanece en faltando el cuerpo. Pensé que te desterraba algún memorial celoso, o que se había tu madre muerto súbito del mal del mismo nombre con los achaques de cosas agrias, o que venía tu dueño de las Indias. ¡Para tan débil causa tan fuerte sentimiento! Restitúyeme al corazón la alegría de verte, que me había quitado la tristeza de escucharte..., y vete en buen hora, que aguardo un amigo para un negocio, y no es justo que te vea; que las damas, y tan hermosas, sólo pueden estar sin sospecha en casa de jueces y de letrados, no en aposentos de mozos, donde sólo hay espadas de esgrima, baúles de vestidos e instrumentos de música.

DOR.—Pienso que no me has entendido.

FER.—¿Tan mal he repetido la lección, que te parece que no hice de ella concepto?

DOR.—¿Pues cómo, si te digo que ce acaba nuestra amistad, tan fácilmente te has consolado?

FER.—Como tú lo estuviste para decírmelo.

DOR.—Yo vengo muerta.

FER.—Si lo estuvieras en tu casa, no hubieras llegado a la mía.

DOR.—¿Mas piensas que te he burlado?

FER.—¿Cómo lo puedo pensar, si estas veras vienen desde las Indias? Vete, mi bien, que es tarde

DOR.—¿Aún quieres echarme de tu casa?

FER.—Pues ¿para qué quieres estar en ella, si no piensas volver a verla, como dices?

DOR.—¿Por qué no volveré a verla?

FER.—Porque te vas a las Indias, y hay mar en medio.

DOR.—El de mis lágrimas.

FER.—Las de las mujeres son entretelas de la risa; no hay tempestad en verano que más presto se enjugue.

DOR.—¿Qué has hecho tú por mí en tantos años, que me obligue a fingir el amor que te he tenido?

FER.—¿También tú dices "que te he tenido"?

DOR.—Y estará bien dicho, que no lo merece quien no siente perderme.

FER.—Engáñaste, que tú sola te pierdes.

DOR.—Extraños sois los hombres.

FER.—Antes muy propios, que nuestra primera patria sois las mujeres, y nunca salimos de vosotras.

DOR.—Vámonos, Celia, que este caballero debe de haber hallado estos días lo que decía Gerarda.

FER.—Antes tú has hallado lo que Gerarda decía; que si no fuera por ti, yo pudiera estar casado, con más oro que el que te han traído; pero aún no he cumplido veintidós años.

DOR.—Y yo, ¿tendré quinientos?

FER.—¿Dígolo yo por eso, o porque, si Dios quiere, me queda vida para valerme de ella? Que de diecisiete llegué a tus ojos, y Julio y yo dejamos los estudios, más olvidados de Alcalá que lo estuvieron de Grecia los soldados de Ulises.

CEL.—¡Qué sequedad de hombre! Dios me libre. ¿Ahora cuenta fábulas?

DOR.—Déjale, Celia, que no es sin causa. Bien decía yo que andaba divertido: ya tendrá dueño; que a no ser esta la causa, no estuviera tan bravo de corazón y tan valiente de ojos. *(Vase.)*

JUL.—¡Celia, Celia!

CEL.—¿Qué quieres, Julio?

JUL.—Háblame tú a mí, y no me niegues el postrero abrazo, si no es que te ha venido alguna carta de las Indias con los criados del indiano.

CEL.—Déjame bajar, que se va mi señora sola. *(Vase.)*

FER.—Cierra esa puerta, necio, y mira desde esa ventana si Vuelve la cabeza Dorotea.

JUL.—Ni le pasa por el pensamiento.

FER.—Muerto soy, Julio; cierra todas las ventanas, no entre luz a mis ojos, pues se va para siempre la que lo fue de mi alma; quita de allí aquella daga, que el trato es demonio, la costumbre infierno, el amor locura, y todos me dicen que me mate con ella.

JUL.—Quedo, señor; detente. ¿Qué ceguedad es ésta?

FER.—Déjame, que como estanque detenido rompe la presa el alma, y quiere salir la furia por los ojos. ¡Ay de mi vida! ¡Ay de mis esperanzas! Julio, déjame, y pues a los principios de este amor no fuiste prudente maestro, no seas ahora molesto amigo.

JUL.—Por el balcón no se baja bien a la calle; mejor irás por la puerta.

FER.—Ábrala el alma por el pecho a mis desdichas. ¿Qué tomaré para matarme? ¿Qué veneno será más breve? Solimán es de esclavos; yo, que lo fui de Dorotea, me mataré con él bajamente, que los venenos honrosos son para césares.

JUL.—Leamos a Nicandro, que él nos dará venenos.

FER.—¡Qué falsa risa!

JUL.—¡Qué fina locura!

FER.—Llámame un barbero presto; sangraréme de la vena del corazón, y luego que se haya ido, me quitaré la venda; que si el amor a los principios pasa por aquellos espíritus sutiles de átomo en átomo a inficionar la sangre, y en la más pura tiene asiento, sacándola saldrá también con ella; que si hasta los desmayos del ánimo es aforismo físico en casos lo piden; ¿cuál se puede ofrecer como este?

JUL.—No me agrada el argumento; porque si amor es lo mismo que la sangre, ningún semejante puede expugnar su semejante, que es imposible, como el calor al calor y el frío al frío.

FER.—Bestia, eso es por sí, pero no por accidente. ¡Qué gentil filósofo!, sabiendo que por el mío ya son contrarios.

JUL.—Lo que yo sé es que aquel gran médico Triberio, dijo en su método que la buena figura de la cabeza indicaba el temperamento del cerebro; nunca me pareció que la tenías bien hecha; fuera de que un excelente calor vicia las operaciones, y este de tu amor desatinado no te deja conocer la razón con la templanza que en tales ocasiones tienen los hombres cuerdos; si no te vales de la prudencia, mortal te juzgo, sin ir a los pronósticos de la nosomántica de Moufeto; que para esto yo sé más que Hipócrates. ¿Qué andas en ese escritorio? ¿Qué buscas? ¿Qué rasgas? Deja los papeles; deja el retrato. ¿Qué te ha hecho esa divina pintura? Respeta en ese naipe los pinceles del famoso Felipe de Liaño, que no es justo que prives al arte de este milagro suyo, ni des este gusto a la envidia de la Naturaleza, celosa de que pudiese, no sólo ser imitada en sus perfecciones, sino corregida en sus defectos.

FER.—¡Vive Dios, que te mate!

JUL,—Mátame; pero no has de tocar el retrato, que está inocente.

FER.—Pues yo tengo de irme.

JUL.—¿Adonde?

FER.—A Sevilla; porque estar adonde vea mi muerte es sufrir tantas cuantos instantes tuviere el día.

JUL.—¿No es mejor no ver la causa?

FER.—Es imposible, no habiendo tierra en medio.

JUL.—No me desagrada que te ausentes; pero ¿con qué dinero?

FER.—Marfisa, a quien siempre he despreciado, aunque nos hemos criado juntos, y que la dejé injustamente por esta ingrata, socorrerá nuestra necesidad liberalmente.

JUL.—¿Con qué achaque?

FER.—Con algún engaño.

JUL.—Bien dices; vamos a verla.

FER.—Guarda esos papeles y ese retrato, pero de suerte que no le vea.

JUL. *(aparte)*.—¡Pobre mancebo! Perderá el seso; pero ¿cómo puede perder lo que no tiene?

FER.—¿Qué dijiste?

JUL.—Que no tiene qué perder quien ha perdido a Dorotea.

FER.—¡Ay, Julio, qué bien dices! Pues ¡si vieras el entendimiento que tiene sobre tanta hermosura!

JUL.—El entendimiento no se ve; antes bien, se diferencia del sentido en que aquél es una potencia aprehensiva de las cosas exteriores, sin real sujeción, sino por sola recepción de las especies; y el entendimiento, por quien el hombre aprehende, no la misma cosa ni sus partes, o alguna corporal calidad de ella, sino recibiendo dentro de sí la especie de aquello que aprehende.

FER.—Bestia escolástica, ¿ahora me repites las palabras? ¿Estoy yo para sentir lo que digo? Méteme por tu vida en la opinión con que Aristóteles disentía de Platón en las especies que pensó que se criaban con el entendimiento. Lo que yo quiero decir bien lo entiendes; que por lo que se habla o se escribe, se conoce el que los hombres tienen, y en esos papeles se puede ver y conocer el entendimiento de Dorotea, como en sus *Rimas* el de Laura Terracina o la marquesa de Pescara; y por eso que has dicho, muestra esos papeles.

JUL.—¿Ahora los descoges? No tienes tú mucha gana de ir a Sevilla.

FER.—Escucha este. *(Lee.)* "Fernando mío, ¿para qué son buenas tantas satisfacciones? Las que me diste anoche fueron bastantes; que más me desenojaron tus lágrimas entonces que ahora tus palabras; que no hay retórica para persuadir corazones airados como efectos tan humildes; sólo me deja cuidadosa tu poca edad, no sea que el haberte enternecido naciese de tus años, y no de tus sentimientos. Si yo alabé a Alejandro de airoso y gentilhombre, no fue en comparación de tu persona, sino en descuido de mi ignorancia. Pusísteme la mano en el rostro; el agravio consiste en ser por celos, que por amor no importara. Pero dirás tú que de él nacieron ellos, y estaranos bien el creerlo, a mí y al rostro. Si querías errarme para que supiesen que era esclava tuya, ¿de dónde has imaginado que yo reparo en que todos lo sepan? Pero puedo asegurarte que cuando del golpe del rostro sonó el eco en el alma, dijo ella humilde: "Sufre, Dorotea, que el mismo que te ha ofendido, te ha vengado, pues mayor que tu dolor será su sentimiento". Pero entre estas amorosas humildades, advierte que en las mujeres de bien no es burla para tomar ejemplo; que si con esto hemos sabido los dos a lo que llega la llaneza del trato, no hay que aguardar a segunda experiencia; porque aunque dicen que la mujer es animal que gusta del castigo, no todas son tan seguras que no derriben al dueño, y se le vayan donde no las alcance. Lo que ahora te pido es que vengas a ver el rostro que ofendiste, para saber cuál está más encendido: o el tuyo, con la vergüenza de lo que hiciste, o el mío con las señales que me dejaste".

JUL.—Yo me acuerdo de esa noche y de esas locuras tuyas.

FER.—¡Oh, quién la hubiera matado!

JUL.—Señor, mira que es tarde para hablar a Marfisa.

FER.—Este papel es de mi letra. Versos son... Ya me acuerdo, que me los devolvió para que se los cantase. Quiero leerlos. *(Lee.)*

Zagala, así Dios te guarde,
que me digas si me quieres;
que aunque no pienso olvidarte,
impórtame no perderme.
A tus ojos me subiste;
en ellos vi cómo llueven,
cuando quieren, perlas vivas,
y rayos cuando aborrecen.
Si fue verdad, tú lo sabes;

mis desconfianzas temen
que, como hay gustos que gañan,
habrá lágrimas que mienten.
Los hechizos de tu llanto
divinamente me prenden,
pues mis ojos de los tuyos
veneno de perlas beben.
Tus lágrimas me aseguran,
tus regalos me entretienen,

tus favores me confían
y tus celos me enloquecen;
mas en medio de estas cosas,
por cualquier enojo leve,
si quieres, ¿cómo es posible
que te vayas y me dejes?
Tres días ha que te fuiste
a los prados y a las fuentes,
dejando las de mis ojos,
adonde pudieras verte.
¿En qué mejores cristales
quien ama mirarse puede,
si espejos del alma vivos
fueron las lágrimas siempre?
O me quieres, o me olvidas.
Si me olvidas, ¿cómo vuelves?
Y si me quieres, zagala,
¿cómo gustas de mi muerte?
Por hablar con las serranas

acaso y sin detenerme,
¡ay, Dios, qué duras venganzas
de culpas que no te ofenden!
Traen del baile a tu choza
mil almas tus ojos verdes,
y no los riño celoso
(Dios sabe si culpa tienen),
y tú me matas a mí,
que si he pensado ofenderte,
antes que mire otros ojos,
los míos llorando cieguen.
Zagala del alma mía,
vuelve, por tu vida, a verme;
mas ninguna obligación
te traiga, si me aborreces;
que yo me sabré morir
desesperado y ausente,
porque me debas matarme,
porque no te canse el verme...

JUL.—Pues bien: ¿qué hemos de hacer con repetir ternuras? Si estás arrepentido de partirte, conmigo no hay para qué hacerte valiente.

FER.—¡Ay, Julio! ¡Qué bien dijo Séneca que mientras el ánimo está dudoso por instantes se muda, impelido a diversas partes de varios pensamientos! ¿Soy yo quien se determina de no ver a Dorotea? No es posible. Pero ¿cómo puedo verla con este agravio? Mayor desdicha sería quedarme a verle. Animo, corazón desesperado, que nadie le puso en tanto mal que no le pudiese sufrir.

JUL.—¿Ataré los papeles?

FER.—Aguarda, veamos éste. ¿Qué piensas que dice? ¿No te acuerdas cuando fuimos al arroyo?

JUL.—Como si ahora fuera.

FER.—Respóndeme a unos versos que le hice al brío y gracia con que anduvo aquel día, que fue el de mayor perdición para mis ojos.

JUL.—De los versos me acuerdo yo, y podría decírtelos.

FER.—Dímelos, Julio; hagamos con toda solemnidad las honras a esta ausencia.

JUL. —

Unas doradas chinelas,
presas de un blanco listón,
engastaban unos pies,
que fueran manos de amor.

Unos blancos zapatillos,
de quien dijera mejor
que eran guantes de sus pies,
justa, aunque breve prisión;

descubriendo medias blancas
poco espacio, de temor
de que no pudieran serlo
sin esta justa atención;
asiendo las blancas manos
un faldellín de color,
alfileres de marfil,
que dieron uñas al sol;
me enamoraron un día
que, con esta misma acción,
la bellísima Amarilis
un arroyuelo saltó.
Riéronse los cristales;
¡ojalá tuvieran voz,
porque dijeran su dicha
sin murmurar la ocasión!
Bien hayas tú, la serrana;
mil años te guarde Dios;
que aún para saltar arroyos
tienes brío y perfección.
Tu gusto goce otros tantos
el venturoso pastor
a quien amorosa has dado
de tus brazos posesión.
Cuando sales en chinelas,
me ha dicho más de una flor
que la pisas sin quebrarla;
tus pies tan ligeros son.
No suele pasar la aurora
por los prados tan veloz,

aunque en no dejar estampas
se quejan de tu rigor.
Mas la que en ellas no dejas,
les dará mi corazón,
que, envidioso de las flores,
a recibirte salió.
Años ha, bella Amarilis,
que el alma a tus ojos doy,
mas no a tus pies, que aún apenas
los vio mi imaginación.
Cuando te calzas, sospecho
que es dificultad mayor
el hallar tus pies tus manos
que el encarecerlos yo.
Tus zapatillos un día
han de pensar, y es razón,
que se te han ido los pies,
o que son un pie los dos.
Sólo me ha dado cuidado
(quiero bien, temiendo estoy)
que puedan tener firmeza
pies que tan ligeros son.
¡Ay, serrana! ¿Quién pensara
(mas no digas que yo soy)
que de unos pies tan ligeros
hiciera flechas amor!
Esto le dijo a Amarilis
un villano que la vio
que saltaba un arroyuelo;
que lo demás murmuró.

FER.—Estaba por alabarte la hermosura, la gracia, el brío, el gusto, la alegría (que es una de las partes que constituyen una mujer hermosa) que tuvo aquel día Dorotea; mas ¡ay, Julio, que es poner imposibles a mi partida! Mejor es imaginar que soy muerto, y que mi alma sola es la que va a Sevilla. Ea, Julio, buen ánimo.

JUL.—No te he oído en todos estos amores tan gracioso disparate. ¿Quién te ha dicho que las almas de los amantes ausentes van a Sevilla?...

FER.—La mía digo, Julio.

JUL.—Los que aman y se ausentan suelen decir, por encarecimiento, que dejan el alma a lo que aman, porque está más donde ama que donde anima; que apartada del cuerpo no perece, ni se seca de la potencia de la materia; y así les parece a los amantes que no la llevan, pues que no viven, y que ella asiste como inmortal donde la dejan.

FER.—Estoy por tenerlo por cierto.

JUL.—Esa razón sólo se puede perdonar a un loco, y en este propósito te quiero decir lo que siento de algunos melindrosos Catones, que en viendo en las comedias un galán muy tierno, presumen que el poeta imita sus costumbres mismas: censura indigna de hombres cuerdos, que de cosas naturales hacen milagros, porque allí sólo se imita un mozo desatinado que sigue a rienda suelta su apetito, y mientras mejor fuere el poeta que le pinta, más vivos serán los afectos y más verdaderas las acciones. Dijo Claudiano que si sus escritos eran lascivos, su vida era honesta; mas respondiendo a tu pensamiento, que imagina bárbaramente que deja a Dorotea el alma (aunque bien sé que no lo entiendes así), por loco que te tiene la fuerza de esta pasión invencible, digo que sucede a los amantes lo que a las brujas, que piensan que van con el cuerpo donde las llevan imaginariamente; y así suelen ellos ver las acciones de sus damas y dar crédito a sus celos.

FER.—Yo te confieso, Julio, que en mi tierno y amoroso natural tiene esta pasión más fuerza.

JUL.—Toda causa de limitada virtud puede producir efecto más intenso en la materia dispuesta que en la que no lo está.

FER.—¿Y qué hará donde la virtud es grande?

JUL.—Lo que se ve en esta precipitada locura.

FER.—Yo hago lo que manda mi honra.

JUL.—¡Qué amor tan honrado, para ser libre!

FER.—No toda la honra está sujeta a leyes.

JUL.—La que no está sujeta a ellas no es honra.

FER.—Los hombres hacen honra de lo que quieren.

JUL.—Un hombre ha de querer lo que es justo para ser honra.

FER.—Justo es huir de perderla.

JUL.—No la perdieras si huyeras dentro de Madrid de Dorotea.

FER.—Las ocasiones cerca el peligro es cierto; a la ausencia me remito, si bien con desconfianza.

JUL.—Siguiéndote cumpliré con tu amistad, no con mi obligación.

FER.—Yo vi, yo amé; este error vive en mí, como dijo el Damón de Virgilio.

JUL.—La raíz de todas las pasiones es el amor; de él nace la tristeza, el gozo, la alegría y la desesperación.

FER.—Esa me lleva, no sé si dejando el alma.

JUL.—Amor tiene fácil la entrada y difícil la salida.

FER.—Mucho me ha de costar el deshacerme de la tenacidad de la costumbre.

JUL.—Así dijo un poeta:

Pintarle de colores como a loco,
y no llamarle amor, sino costumbre.

(*Vanse.*)

ESCENA VI

Sala en casa de Marfisa

MARFISA, CLARA, DON FERNANDO, JULIO

MAR.—¿Clara?

CLAR.—Señora...

MAR.—¿A qué hora vino a acostarse don Fernando?

CLAR.—Sentí la puerta y despertome más el cuidado que el ruido, y antes que me volviese a dormir dieron las cuatro.

MAR.—¡Qué perdición de hombre!

CLAR.—Los años le disculpan.

MAR.—¿Sabes lo que pienso?

CLAR.—Ya sé yo que siempre estás pensando.

MAR.—Que le tiene hechizado Dorotea.

CLAR.—¿Hechizos llamas cinco años de trato?

MAR.—Esos habían de cansarle.

CLAR.—Si estuviera casado, que aún no quiso la lengua castellana que de casado a cansado hubiese más de una letra de diferencia.

MAR.—No es tan hermosa como dicen.

CLAR.—¿Dónde la viste?

MAR.—En la Merced, un día.

CLAR.—Pues no tienes razón; que es linda moza de gentil disposición, buen aire y talle; los ojos son bellísimos, aunque algo desvergonzados.

MAR.—Eso quieren los hombres.

CLAR.—Mientras que no los tienen, que después más los querrían honestos.

MAR.—Eso es donaire, que cuando conquistan las mujeres, las querrían libres, y después santas.

CLAR.—Son unos ojos que antes que los enviden, quieren.

MAR.—¿Por naturaleza o por artificio?

CLAR.—Lo uno y lo otro, como respondió el convidado al paje que le preguntó si lo quería tinto o blanco. La boca es graciosa, y no le pesa de reírse aunque no le den causa Pica en flaca, pero no de rostro.

MAR.—Es muy de caras redondas. ¿Cómo le va de color?

CLAR.—Trigueño claro.

MAR.—¿El cabello?

CLAR.—Algo crespo, efecto de aquel color.

MAR.—Si fuera hombre, fuera atrevida y cobarde.

CLAR.—¿Quién te lo ha dicho?

MAR.—Yo lo he leído.

CLAR.—Lo que es el entendimiento es notable; la condición amorosa, el despejo desenfadado, el hablar suave con un poco de ceceo, con que guarnece de oro cuanto dice, como si no bastara de las perlas de los dientes.

MAR.—¡Maldita seas, pintamentiras! ¡Qué pesadumbre me has dado! ¿Qué más hiciera don Fernando en sus versos?

CLAR.—De ellos lo he sabido más que de mis ojos.

MAR.—¡Nunca tengas dicha! Aunque por ser tan necia, no te alcanzará esta maldición.

CLAR.—Pues aún no te he dicho cómo canta y danza.

MAR.—Ya se enmienda la ignorante, grosera, descortés y bachillera, que por hablar dice lo que no sabe. ¡Qué de parte está la tonta de su don Fernando!

CLAR.—Más es tuyo que mío.

MAR.—¿Cuándo fue mío? Pues con habernos criado juntos, aún no he merecido más amor que la llaneza de tratarnos sin cumplimientos.

CLAR.—El y Julio, su ayo o su perdición, vienen muy a prisa, y a la puerta se queda su amigo Ludovico. (*Salen don Fernando y Julio.*)

MAR.—¿Cómo vienes desta suerte?

FER.—No sé cómo te lo diga; ponte, Clara, a la reja, y mira si viene alguna justicia. (*Vase Clara.*)

MAR.—¿Qué has hecho? ¡Triste de mí!

FER.—Anoche...

MAR.—Di, adelante.

FER.—Anoche, entre la una y las dos, estaba hablando..., no sé cómo la nombre.

MAR.—Yo lo diré por ti, si se te ha olvidado. Hablabas con Dorotea.

FER.—Con ese demonio, Marfisa.

MAR.—¿Ella o yo? Que juntas el demonio con mi nombre, y siempre te lo parezco.

FER.—Déjame, por Dios te lo suplico; que no es tiempo de quejas. Hablaba, en fin, con ella, contándole que había soñado mil disparates de la mar, de las Indias, de los galeones y de la plata; pasaron dos hombres, amo y criado; deteníanse más de lo que pueden dar licencia aquellas horas; desvíeme de la reja, díjele que cerrase la ventana y senteme en una piedra que sirve a los caballos y a los amantes de la calle, que todo es uno; volvieron tan descorteses que quisieron reconocerme, metiendo los embozos de sus capas en la mía, mayormente el que la traía con oro; púseme en pie ligero, no de otra suerte que el toro que cerca de la vaca estaba echado, cuando por la senda que divide el prado siente latir los perros del cazador, que en confianza del plomo no le teme. "¿Qué quieren?", dije.

MAR.—Eso no dijera el toro.

FER.—Parece que te burlas.

MAR.—Pues ¿qué he de hacer, sabiendo cuán mal se juntan una comparación y un sobresalto? Pero eso te ha quedado del curso de los versos.

JUL.—Señor, mira el peligro.

FER.—Ya lo veo, Julio.—Marfisa, escucha. Respondiéronme: "Saber lo que hace en aquella reja". "Estaba—le dije—preguntando si había de venir a aquellas horas algún hombre tan necio que me lo preguntase". Puse el broquel al pecho, porque es grande y hace más daño que provecho quitando la vista; y sacando las espadas se la puse al uno de los dos con gentil aire.

JUL.—Y yo, ¿no era nada entonces?

MAR.—No hagas más efectos, por Dios, que temo lo que queda. Di presto, que bien puedes, pues vienes vivo.

FER.—Maté al uno y herí al otro.

JUL.—Y yo, ¿mondaba nísperos?

FER.—No se ha visto en el mundo valor como el que tuve.

JUL.—Y yo, ¿quedeme en casa?

FER.—Bien lo hizo Julio.—¿Qué tienes? ¿Lloras por mí o por el muerto?

MAR.—Lloro por entrambos.

FER.—Mira si tienes qué darme, que me voy a Sevilla mientras pasa esta furia; porque temo que sepan quién lo ha hecho, o me conozca el que ha quedado vivo.

MAR—¡Triste de mí! Que si no es mis joyuelas, no tengo otra cosa que darte; pero piérdanse, pues te pierdo, que eras mi mejor joya; estas arracadas tienen diez diamantes.

FER.—No te las quites, Marfisa.

MAR.—Quien no ha de oír tus palabras, ¿para qué quiere galas en los oídos? Voy por mis cadenas y lo demás que tenga algún valor. *(Vase.)*

JUL.—Gran ceguedad es la tuya, pues esto no te obliga.

FER.—No puedo más, que no hay fuerzas contra la influencia del cielo y el albedrío del alma. Mas ¡cómo lo ha creído!

JUL.—Es uno de los defectos de, las mujeres.

FER.—¿Quedaron las muías a punto?

JUL.—Con sus maletas y cojines.

FER.—¿Qué pusiste en la mía?

JUL.—Un vestido negro y alguna ropa blanca en una manga verde que me prestó Ludovico.

FER.—¿Tienes botas?

JUL.—Una sola.

FER.—De cuero digo.

JUL.—De lo mismo la llevo; pero de estas botas la sed son las espuelas.

FER.—Por la calle de Dorotea habremos de pasar, que quiero que vea con sus ojos mi sentimiento; tú harás ruido para que se ponga a la ventana.

JUL.—No será menester; que en sintiendo que miran, ella se tendrá el cuidado.

FER.—¡Válame Dios! ¡Y lo que ha pasado por mí desde las nueve hasta las doce!

JUL.—La comida me holgara yo que hubiera pasado.

FER.—En Getafe comeremos.

JUL.—No saldré yo de Madrid en confianza de Getafe.

FER.—¿Qué te parece si fue verdadero el sueño?

JUL.—Calla, que viene. (*Vuelve Marfisa con Clara.*)

MAR.—Mis cofres he revuelto, y cuanto he hallado que sea oro llevas en este lienzo.

FER.—Mi alma sale a la fianza, y en prenda de esta liberalidad te dejo mi memoria. Escribiré en llegando, y escribiré en mi corazón la escritura de este recibo, para que la cobres de él, si Dios me deja volver a verte; testigos tus ojos. Mira con qué quieres que la firme.

MAR.—¿Qué firma como tus brazos?

FER.—No llores, Marfisa mía, que no acertaré a partirme; porque no hay rémoras para detener un alma como las lágrimas de lo que se adora.

MAR—En tu rostro las estampo, a efecto de que te acuerdes que las lloraron mis ojos casi en los tuyos, por engañarme de que eran tuyas.

FER.—Alguna mía se ha mezclado en ellas, y yo te juro que las que me has puesto han hecho en mi rostro las letras de tu nombre; pero ¿qué esclavo trujo en el mundo hierros de diamantes? Yo me parto.

MAR.—Yo me quedo muriendo. (*Vanse don Fernando y Marfisa.*)

JUL.—¡Ah, señora Clara! ¿Qué manda para Sevilla?

CLAR.—Que saludes en mi nombre a la Giralda.

JUL.—¿No me das algo para el camino?

CLAR.—Esta sortija de azabache.

JUL.—Cosa de precio, digo.

CLAR.—La fineza de los amores es estimar las cosas de poco precio, que las que le tienen, sin amor se estiman.

JUL.—También el amor se prueba en socorrer la necesidad de lo que ama.

CLAR.—¿Quién te ha dicho que te amo yo, para socorrerte?

JUL.—Dame esa gargantilla, que ¡por vida tuya que estás mejor sin ella! Porque esa nieve no ha menester más adorno que su hermosura.

CLAR.—Resfriareme si me la quito.

JUL.—Yo te daré una liga.

CLAR.—Pareceré caballo con banda al cuello.

JUL.—¿Qué traes en esta bolsilla?

CLAR.—Unos pedazos de búcaro, que come mi señora; bien los puedes comer, que tienen ámbar.

JUL.—No los gasto de Portugal; mejor como búcaros de Garrobillas.

CLAR.—Mi ama llora; voy a consolarla.

JUL.—No lo voy yo de ti; pero algún día...

CLAR.—Pues ¿qué pensabas? ¿Que era yo la mentecata de Marfisa, que paga los celos de Dorotea con sus joyas? Vete, Julio, que no es nobleza comprar caro y vender barato, vestir locos y no pagar criados, y dar una mujer a un hombre lo que ha menester para sí misma, si no es que ya con lo que nos hurtan del traje también quieran que les valga el privilegio de nuestras condiciones. Pero en llegando a esto, tómense nuestros aliños, nuestros rizos, nuestros moldes y nuestros espejos; pero al pedir no toquen, porque lo tenemos ejecutoriado desde el principio del mundo, revalidando esta exención cuantos siglos hasta el presente han presidido al tiempo. *(Vanse.)*

ESCENA VII[9]

Sala en casa de Teodora

TEODORA, GERARDA, CELIA, DOROTEA

GER.—Esté en buena hora la honra de las viudas, el ejemplo de las madres, la maestra primorosa de las cortesías, la caritativa huéspeda de las desamparadas, maguer[10] aunque con poca dicha, que merecía ser princesa de Transilvania[11].

TEO.—Notable vienes, Gerarda, hablando a lo moderno y a lo antiguo. ¿Cómo has casado el *Magüer*[12] y la *Primorosa*, ésta moza y aquél viejo?

GER.—Ya, Teodora, nuestra lengua es una calabriada de blanco y tinto.

TEO.—Con eso la hablas de tan buena gana.

GER.—*Un asno entre muchas monas, cócanle todas.*

TEO.—No te enojes, por mi vida. ¿De dónde vienes?

GER.—Vengo de donde nací, y voy adonde tengo de morir. En la Merced he cumplido con alguna de mis devociones.

TEO.—*¿Tose el padre prior? Bueno será el sermón.*

---

[9] Todas las ediciones del siglo XVII, por error: *Octava.*

[10] 1632, mujer; corregido en 1654.

[11] El original: *Transilvavania.*

[12] 1632, mujer; corregido en 1654.

GER.—Pues en verdad que no vengo a predicar, sino a tomar doctrina de vuestra virtud.

TEO.—*Tal sea mi vida, cual es la perdiz con lima.* Ya, Gerarda, no querría más de que saliese esta moza bien morigerada de mi educación.

GER.—Y esas dos palabritas, ¿de dónde son, Teodora? Bien digo yo, que se pega el habla como la sarna.

TEO.—*Comer a gusto y hablar y vestir al uso.* ¿Rezaste por nosotras, como lo prometiste?

GER.—A los cinco rosarios me deparó mi dicha... ¿quién dirás, Teodora? ¿No lo adivinas?

TEO.—¿Era aquella beata mortificada, que anda enseñando las cadenillas de hierro en las muñecas?

GER.—¡Sí, por cierto! *Viene de la huesa y pregunta por la muerta.* No, sino aquel caballero indiano, que os dije esta mañana que miraba con buenos ojos a Dorotea. Allí estaba rezando como un cordero. Debe de ser un bendito; que mirad, amiga, no todos los hombres comen la caza que matan: amores hay honestos que se causan naturalmente por no sé qué sinfonía o simpatonía, que dicen estos que saben poco latín y mucho griego.

TEO.—*Vieja que baila, mucho polvo levanta.*

GER.—Por mi vida que no seáis aguda, sino discreta. ¿Es mejor la perdición de Dorotea por Fernandillo? A peso de oro habíais vos de comprar *un hombrón de hecho y de pelo en pecho;* que la desapasionase de estos sonetos, y de estas nuevas décimas o espinelas que se usan; perdóneselo Dios a Vicente Espinel, que nos trujo esta novedad y las cinco cuerdas de la guitarra, con que ya se van olvidando los instrumentos nobles, como las danzas antiguas, con estas acciones gesticulares y movimientos lascivos de las chaconas, en tanta ofensa de la virtud, de la castidad y el decoroso silencio de las damas. ¡Ay de ti, alemana y pie de gibao, que tantos años estuviste honrando los saraos! ¡Oh poderosa fuerza de las novedades! Pero volviendo al señor don Bela, me dijo que no era su intento enamorar las rejas y dar materia de nota a las vecinas, sino con todo recato y decencia servir a Dorotea y regalarla magnífica y espléndidamente; y dígolo como él lo dijo.

TEO.—*Temas hay de gavilán, que está cocido y quiere volar.* Mirad, Gerarda; no es buena razón de estado que para sacar a mi hija de este lodo la metiésemos en otro. Confieso la necesidad de esta casa y las obligaciones de ella; pero aunque sean mayores, no es bueno romper la seda por sacar la mancha. Bien creo que ese caballero indiano fuera remedio de Dorotea, pero es muy costoso,

GER.—*Tres cosas hacen al hombre medrar: ciencia y mar y casa real.* Comadre, comadre, este mar no le navegáis vos; ya le pasó el indiano; deshonor por deshonor, troquemos el perdido por el que trae provecho. Discreta sois; miradlo bien y consultad esta noche las almohadas, que podría ser que este caballero se casase con Dorotea, como lo han hecho otros muchos de mejor calidad, aunque la suya es grande, con personas más desiguales y de menores méritos.

TEO.—Eso es cuando se brindan el amor y la fortuna, y hechos unos zaques, levantan caídos y derriban levantados; pero cuando esto llegase a casamiento, que ya tenemos verdadera noticia de que su esposo Ricardo es muerto en Lima (¡Bien haya Lima que deshizo y rompió tales prisiones!), ¿cómo se ha de remediar Dorotea para el honesto tálamo?

GER.—En verdad que la dificultad ha menester a Hipócrates. ¡Miren qué cadeneta en el aire para ponerse antojos! Como si los de un novio fuesen de larga vista, donde la mentira hace el papel del melindre y la confianza el del engaño. En verdad que pienso que de estas desgracias han pasado por estas manos más de sesenta y cinco, y que ninguno hasta ahora se ha quejado. No es tan boba Dorotea que no sabrá llevar lo blanco de la pluma de un palomino entre el cabello para teñir a su tiempo con arte lo que ya era imposible por naturaleza.

TEO.—Gerarda, no paséis adelante, que ella y Celia están fuera, y pienso que vienen.

GER.—Voyme por esa otra puerta. *(Se va.)*

ESCENA VIII

TEODORA, DOROTEA, CELIA

TEO.—¿De dónde vienes a las dos de la tarde, Dorotea? ¿Qué templo hay ahora abierto? ¿Qué devoción te excusa? Así se harán las haciendas de casa. Dos meses ha que comenzaste ese cañamazo para los taburetes. *Quien no ha mesura, toda la villa es suya.* Habrase comunicado mi enojo con el Caballero de la ardiente espada. ¡Cuál me habrá puesto! ¿Qué don Diego Ordóñez diría tales retos sobre Zamora la bien cercada? Miren allí cómo viene: ¡Qué encendida! ¡Qué descompuesta! ¡Plegue a Dios que yo mienta!

DOR.—Esto es lo que yo había menester.

CEL. *(aparte a Dorotea).*—Ten paciencia, que importa.

DOR.—Más me importa acabar de todo punto mis desdichas que tener paciencia.

TEO.—¿Qué estáis hablando las dos? Haréis burla de mí a coros: *Ríñeme mi madre, y yo trómposelas.* Dame de comer, Bernarda, que esta señora no vendrá en ayunas; que pasteles y fruta no habrán faltado a aquel pobre hidalgo; que hasta regalos hechos bien alcanza su renta. ¿Qué hace esa negra? ¿Por qué no sale de la cocina? Yo lo habré de hacer todo, que estas damas querranse recoger a contemplar en algún soneto. *(Vase.)*

CEL.—Déjala ir, no la repliques.

DOR.—¿Qué ruido es ese que hay en la calle?

CEL.—Unos caballeros que van de camino, y en el habla me parece que he conocido a Julio.

DOR.—El alma me has turbado; voy a verle. ¡Ay triste! Aquel de las plumas y la cadena, ¿no es don Fernando?

CEL.—Ahora vuelve el rostro.

DOR.—Él es, sin duda; él se va por lo que le dije. ¿Cómo podré llamarle?

CEL.—No es posible, que va muy aprisa.

DOR.—¡Qué coléricos son los celos! ¡Muerta soy! ¡Oh qué mal hice! Mi Fernando se va; no quiero vida.

CEL.—¿Qué haces, señora? ¿Qué has metido en la boca? ¡Jesús! La sortija de los diamantes se ha tragado para matarse. ¡Señora!... ¡Señora!... *(Vuelve Teodora.)*

TEO.—¿Qué quieres, Celia?

CEL.—Dorotea se muere.

TEO.—¡Ah, niña! ¡Ah, mis ojos! ¡Dorotea! ¡Dorotea! ¿Cómo ha sido esta desgracia?

CEL.—No lo será pequeña si se muere. ¡O más firme que Porcia y con más noble muerte!; que la de Roma se mató con brasas, y con diamantes ésta.

CORO DE AMOR

SAPICOS ADONICOS

Amor poderoso en cielo y en tierra,
dulcísima guerra de nuestros sentidos,
¡oh cuántos perdidos con vida inquieta
tu imperio sujeta!
Con vanos deleites y locos empleos,
ardientes deseos y helados temores,
alegres dolores y dulces engaños
usurpas los años.
Tirano violento de tiernas edades,
el bien persuades y al mal precipitas,
el fin solicitas del mismo a quien quieres:
tan bárbaro eres.
Huid sus engaños; haced resistencia
a tanta violencia, ¡oh locos amantes!,
que son semejantes al áspid en flores
sus vanos favores.
Templa las flechas en agua de olvido,
amor bien nacido de iguales extremos,
porque cantemos tus loores divinos
en sáficos himnos.

ACTO SEGUNDO

Sala en casa de don Bela

ESCENA I

GERARDA, DON BELA, LAURENCIO

BEL.—No digo yo lo prometido, pero todo el oro que el sol engendra en las dos Indias me parece poco, y aunque se añadieran los diamantes de la China, las perlas del mar del Sur y los rubíes de Ceilán; y a ti, discreta Gerarda, a cuyo entendimiento se debe esta victoria, quiero servir por ahora con estos escudos.

GER.—El cielo te dé la vida que tus liberales manos merecen. No sé qué se dicen de los indianos, o tú eres excepción de la generalidad con que se habla de ellos, o por algún miserable quedaron con mal nombre, como los calabreses nobles; porque se dice que aquella tierra fue la patria del hombre más infame.

BEL.—Laurencio...

LAU.—Señor...

BEL.—Dale a Gerarda aquella tembladera de plata para que haga chocolate, y una de las dos cajas.

LAU. *(aparte).*—¡Qué presto dejarán en cueros a mi amo estas bellacas! ¿A que volvemos a las Indias en calzas y en jubón, como el hijo pródigo? Tome, madre.

GER.—La tembladera tomo; las cajas, guárdalas, que el chocolate que yo bebo, por acá se hace en Sanmartín y en Coca.

LAU.—Coca y Mona son dos lugares que caen juntos, como Manzanares y la Membrilla.

GER.—¡Qué delgada es esta tembladera!

BEL.—No se repara en el peso, sino en la capacidad.

GER.—Ninguna cosa de plata perdió por el peso.

BEL.—Así es verdad; pero pon la voluntad dentro, y será pesada.

GER.—Dársela quiero a Dorotea.

BEL.—No, por Dios, Gerarda, que es destruirme. ¡Hola, Laurencio!

LAU.—Señor...

BEL.—Dame aquel búcaro dorado, que tiene el Cupido tirando al dios marino.

LAU. *(aparte).*—¿No lo digo yo? Me quemen si no andan los conjuros.

GER. *(aparte).*—Este pícaro murmura; menester he contentarle.

LAU.—Éste es el búcaro.

BEL.—Toma y dale a Dorotea, que si pone en él los rubíes de la boca, le volverá diamante, digno de la ambrosía de los dioses; y si quieres alegorizarle estas figuras, di que el Cupido es ella y yo el dios marino, pues vine por la mar a que me tirase las flechas de sus ojos.

GER.—¡Qué discreción, qué gracia, qué aplicación tan linda! ¡Oh entendimiento, dulce parte del alma! Morirase por ti Dorotea, que está desvanecida de discreta, y no hay regalos que la enamoren como conceptos, ni tesoros que la obliguen como estas aplicaciones. ¿Qué dicen estas letras?

BEL.—*Omnia vincit amor,* que es un hemistiquio de un poeta latino.

GER.—¡Jesús, don Bela! Concertados estáis los dos, que es muerta por hemistiquios.

LAU.—Deben de ser en oro. *(Aparte.)* ¡Oh taimada vieja!

GER.—Si tú tienes algo de poeta, ganarasle el alma; porque como las mujeres son desvanecidas porque las alaben, esto hacen los versos con tanta bizarría que las vuelven locas.

BEL.—Yo le diré tales hipérboles y energías que no me igualen cuantos ahora escriben en España.

GER.—Acabose; si ella te oye eso de hipérboles y energías, como suele un niño ir con los brazos abiertos a quien le regala, se irá a los tuyos; que en oyendo un vocablo exquisito, le escribe en un librillo de memoria, y que venga o no venga, le encaja en cuanto habla. ¿Cómo dijiste esas dos voces?

BEL.—Hipérboles y energías.

GER.—Parecen frutas de las Indias, como plátanos y aguacates. Ahora bien, voy a darle este búcaro y a comprarle destos escudos algunas tocas; que como la moza es virtuosa y su madre miserable, ándase todo el año en cabello. ¡Y qué cabello! Cuando le peina y tiende, parece una Magdalena en el desierto; apenas le puedo coger con entrambas manos.

BEL.—No, Gerarda; eso no. Guarda tus escudos y llévale estos doblones para que ella los compre.

GER.—¡Oh generoso caballero! ¡Oh hidalgo pecho! Dame esas manos, que te las quiero comer a besos.

LAU. *(aparte).*—Como eso le habéis de comer tú y la doncella. ¡Hay tan grande invención como la de esta hechicera!

GER.—Comprarele de camino medias y zapatos. ¿Zapatos dije? Zapatillos, y aún no es bastante diminutivo. Si la vieses... No tiene tres puntos de pie, con ser la pantorrilla bizarra cosa; y esto efectivo, efectivo, que no comprado.

LAU.—Los diablos tiene en el cuerpo esta hechicera. ¿Mas le da más oro?

BEL.—No compres las medias, Gerarda; que yo se las enviaré hoy, con pasamanos y tabí para un manteo.

GER.—Pues si vas a la puerta de Guadalajara...

LAU. *(Aparte).*—Mala jara te pase.

GER.—No se te olvide la pobre vieja, que traigo este monjil más hecho andrajos que el sayo del hijo pródigo.

LAU. *(aparte).*—Ese será mi amo.

BEL.—Yo te sacaré monjil y manto.

GER.—¿Mas qué se te olvida algún manteo de frisa o de palmilla? Allí los hallarás colgados; no es menester aguardar la lista de los sastres. "Daca para el angeo", "No hay harta seda", y otras impertinencias y socaliñas.

BEL.—¿De qué color eres, amiga?

GER.—De todos, príncipe; que cuando era moza, me inclinaba a verde, porque *quien se viste de verde, a su rostro se atreve;* pero ya, ¡mal pecado!, no hay color para mí como el abrigo, y más cuando veo que se aderezan los tejados, que es la mayor señal del invierno. Y espánteme de los poetas, que cuando le pintan, diciendo que ya braman los aires, las fuentes se quejan, las aves hacen defensa a los futuros hielos, no hayan dicho: "Ya se aderezan los tejados y se limpian los braseros".

LAU. *(aparte).*—¡Óh vieja futura! ¡Qué de palabra mete!

BEL.—Tendrás manteo, Gerarda, que será el tejado de tu invierno.

GER.—Dios te cubra de su gracia, y te abrigue de su gloria.

LAU. *(aparte).*—Debe de acabar el sermón.

GER.—En los ojos te veo que me le has de dar guarnecido...

LAU. *(aparte).*—¡Y pedíale de frisa!

GER.—Que aunque vieja, no me pesa de que me digan que llevo buenos bajos, que dan autoridad a la persona y buena opinión a la limpieza. Un poeta dijo que los pajes y lacayos eran los bajos de los señores, que si van mal puestos, le desautorizan. No hay galán con mal pie y pierna; no hay casa firme sin buen cimiento; el lodo respeta las cosas nuevas, y no se pega tanto. Finalmente, de tres jornadas que tiene la mujer, conviene a saber, la cara, la cintura y la planta, los bajos son el acto tercero. La mayor gracia en ellas y en los hombres es el andar bien; quien no está bien calzado, ha de andar mal por fuerza, y apenas se ha mirado la cara del que pasa, cuando los ojos bajan a registrar los pies; y si no van tales, no hay pavón tan lindo que no deshaga la rueda. Quédate con Dios, y a la tarde podrás ver a Dorotea, que ya está levantada.

BEL.—Madre, ¿qué fue aquello de la sortija?

GER.—Un testimonio, celos de casadas, envidia de doncellas, malas lenguas de mujeres libres. ¡Pobre de la hermosura! A nadie sin pensión la ha dado el cielo.

BEL.—No sé qué me dijeron de un caballero que se iba, y que quiso matarse.

GER.—¡Matarse! Para eso está el tiempo. Como que no hubiese alma, y se hubiese de dar cuenta a aquel justo Juez de muertos y de vivos.

BEL.—¿Por eso lloras?

GER.—Soy tan devota, que en hablando en el Señor no puedo contener las lágrimas.

LAU. *(aparte).*—Todo aquello es vino.

BEL.—No llores, madre.

LAU. *(aparte).*—Sálese el cuero.

GER.—Voyme a rezar un poco, que tengo no sé qué devociones; que no me dejan doncellas para casarse, ni enfermos para tener salud.

LAU. *(aparte).*—Hará milagros.

BEL.—Mira que estaré a las tres a la puerta de Dorotea.

GER.—¡Y yo esperándote! *(Vase.)*

LAU.—Señor, ¿tienes juicio? ¿De esa manera gastas?

BEL.—Necio, las entradas del amor son éstas; en ganando la plaza, retiraré la artillería.

LAU.—¿Qué importa, si has gastado la munición y no puedes cuando quieras?

BEL.—Yo me conozco.

LAU.—Y yo la corte.

BEL.—Ya es tarde para persuadirme: sirve y calla, Laurencio, que no te traje para consejero, sino para criado. *(Vanse.)*

ESCENA II

Sala en casa de Teodora

DOROTEA, CELIA

CEL.—¡Qué hermosa te hace el, hábito de convaleciente! Que, fuera de la compuesta armonía de tus facciones, como a otras lo macilento desmaya, a ti te adquiere gracia lo descolorido.

DOR.—Pienso que estoy muy fea, que la perfecta lisonja siempre tuvo fundamento sobre defectos.

CEL.—En ti es imposible, que yo he oído decir que el cielo no admite peregrinas impresiones, ni tu rostro cosa indigna por lo mismo.

DOR.—¡Qué docta te dejó el buen Julio, maestro o ayo de aquel caballero ausente!

CEL.—Para esto no he menester yo sus libros bien conozco que ellos sabían, pero más he aprendido yo de ti que de ellos, que sabes más que entrambos.

DOR.—En lo que más presumo que no estoy como dices es en lo que me encareces; que los encarecimientos mentirosos más son consuelo de las partes defectuosas que, alabanzas; como cuando a una persona de mayor edad le dicen que no pasa día por él; y dicen bien, porque parece que ya los días le han dejado, y que él se pasa sin ellos.

CEL.—No le has tenido mejor en tu vida, di lo que quisieres; porque fuera del escapulario azul sobre el hábito blanco, miras por lo condolido con tanta garabatosa suavidad, que provocas a amor y a lástima: dos efectos que atraen la voluntad entre la piedad y el gusto.

DOR.—Yo me contento con haber quedado viva. Dame un espejo, que las mujeres, en viendo que nos alaban, deseamos ver lo que alaban, no porque no lo creemos, sino por vanagloria de gozarlo.

CEL.— Éste es el que tú llamas Felipe Liaño, porque retrata divinamente; pregúntaselo, y verás si no dice lo mismo.

DOR.—Él dice verdad, y tú mientes. Toma, toma, cuélgale, que ni esta mañana ni ahora me ha engañado. Bien muestra mi rostro, como espejo de las facciones del alma, lo que tengo en ella: que yo no enfermé de destemplanzas de la sangre, sino de accidentes del espíritu. ¡Ay de mí, que tan necia resolución tomé cuando tan atrevida a mi amor dije tales locuras a Fernando.

CEL.—No comencemos esa plática, por Dios, que volveremos a los desmayos pasados, y si el primero mal te ha perdonado, porque te halló robusta, no lo hará el que le sucediere, porque te hallará débil.

DOR.—¿Qué hará mi bien ahora?

CEL.—Estará en aquella gran ciudad, Babilonia de España, divertido por ventura en otro gusto; que quien tuvo ánimo para irse, le habrá tenido para mudarse. Mal conoces la inconstante naturaleza de los hombres.

DOR,—De nosotras la tomaron.

CEL.—Primero fueron ellos.

DOR.—Nosotras salimos de sus espaldas.

CEL.—Con eso nos tienen en poco.

DOR.—Eso es por dos cosas que no caen en su culpa.

CEL.—¿Cuáles son?

DOR.—Guardarles poca lealtad, o nacer desdichadas.

CEL.—¿Y qué lealtad nos guardan ellos?

DOR.—¿Tú no ves que son hombres?

CEL.—¿Que son hombres? Yo me holgara de ver el privilegio de la naturaleza por donde consta la libertad de que usan.

DOR.—¿Piensas tú que se les dio de balde?

CEL —¡Y como si lo pienso, pues nacen como nosotras!

DOR.—¿No ves que está a su cargo nuestro sustento y vestido, y que corre por su cuenta nuestro amparo?

CEL.—¿Y que padecen las mujeres con su crianza? ¡Eso no es nada! Fuera de los dolores que les cuestan. ¡Quién los ve tan humildes, diciendo taita y mama, jugando con los pezones de los pechos, y a las pobres madres llamándolos reyes, emperadores y papas, y haciéndolos reír con las cosquillas!

Y después, hechos unos leones, con tan malas palabras, con tan crueles obras; y lo que es más de llorar, ensangrentando a veces esos mismos pechos que los criaron.

DOR.—Yo, Celia, no quiero defenderlos, que soy mujer; pero así como entre nosotras hay buenas y malas, hay también entre ellos malos y buenos. No es lo que yo siento ahora ni su bondad ni su malicia; la ausencia de uno que quise me atormenta. Este bien sé yo que era bueno para mí.

CEL.—Ya lo será para otra.

DOR.—No me des celos, que rodea con ellos el amor para el olvido. Dime que piensa en mí, revolviendo la memoria de nuestras cosas pasadas, sin descanso de noche sin gusto de día que le enfadan los amigos; que le parecen las mujeres feas; que va y viene desde Sevilla a Madrid más veces su imaginación que tiene el tiempo instantes; que con las desconfianzas despierta la voluntad y el olvido duerme. Verdad es que yo no tengo esperanza, porque solicité conmigo estos engaños, y podría decir lo que Luis de Camoens, con tanta gracia, como otras muchas cosas, en su lengua portuguesa, quejándose de amor.

Que naon pode tirarme as esperanças,
que mal me tirará o que eu naon tenho.

CEL.—¡Con qué gracia hablaste la lengua portuguesa! ¿Para qué no la tendrá tu donaire?

DOR.—Ella es dulcísima, y para los versos lo más suave.

CEL.—Por tu vida, que con tu raro juicio arrojes de ti este pensamiento; y pues dices que estás sin esperanza, que te esfuerces a estar sin memoria, o que la tengas de las ofensas que ahora te hace con la ira o con la condición este sujeto de tu injusta tristeza.

DOR.—No lo creas, Celia; que los hombres nunca están más inhábiles para ofendernos que cuando maltratados; que mejor les va de ánimo cuando están satisfechos de que los queremos.

CEL.—Sí, en verdad. Sevilla es para eso, dicen de la hermosura de sus damas y aquellas bocas desenfadadas, donde tan lindos dientes brillan, que como de las Indias traen perlas a España, pueden ellas enviar perlas a las Indias. Pues el río, ¡es bobo para no ser el del olvido! ¿No ves que entra en el Guadalete, aquel río del romance de la estrella de Venus? Que, preguntándole yo a Julio qué río era este que se cantaba más que nuestro Manzanares, me dijo que los antiguos pusieron allí el Leteo, que eso es Lete; porque Guada es río, nombre arábigo, como Guadarrama, Guadalquivir, Guadalajara. Pues ¡lo que cuentan de sus barcos, con los tendales de ramos de naranjos, en que pasan a Triana y al Remedio!

DOR.—¡Nunca Dios te le dé, necia. ¡Qué alivio el mío cuando pudiera decir mi amor aquellos famosos versos:

Que ya mis desventuras han hallado
el término que tiene el sufrimiento!

CEL.—Ves ahí lo que te ha dejado don Fernando versos, acotaciones y vocablos nuevos, de estos que no se precian de hablar como los otros.

DOR.—¿Qué mayor riqueza para una mujer que verse eternizada? Porque la hermosura se acaba, y nadie que la mira sin ella cree que la tuvo; y los versos de su alabanza son eternos testigos que viven con su nombre. La Diana de Montemayor fue una dama natural de Valencia de Don Juan, junto a León; y Exla, su río, y ella serán eternos por su pluma. Así la Fílida de Montalvo, la Galatea de Cervantes, la Camila de Garcilaso, la Violante de Camoens, la Silvia de Bernaldes, la Filis de Figueroa, la Leonor de Corte Real. Amor no es margarita para bestias: quiere entendimientos sutiles, aborrece el interés, anda desnudo, no es para sujetos bajos; después de muerta, quiso y celebró el Petrarca su bella Laura. Fernando me quiso en Madrid, y me querrá en Sevilla; y si se le olvidare, yo le enviaré allá mi alma que se lo acuerde.

CEL.—Yo, señora, deseo divertirte; no juzgues a malicia esta pintura breve del lienzo de Sevilla puesto en práctica. ¿Pensabas que era el Betis como nuestro Manzanares, río con mal de piedra, todo arenas, por quien dijo don Luis de Góngora, aquel famoso cordobés, que un jumento le orinó el invierno, y otro se le bebió el verano?

DOR.—Manzanares no se precia de profundo; que es como ingenio cortesano, oropel y ruido; de orillas sí y de seguridades; no es traidor como otros ríos, que han menester cada verano treinta ahogados, como aquel Minotauro que se comía los hombres; y más vale una noche de San Juan suya entre verbenas, álamos y mastranzos, que los días que dices de barcos enramados. Además que, si por el Betis vienen barcos de plata a la torre del Oro, por el Manzanares vienen coches de perlas y diamantes, en mil hermosas damas, adonde para cuanto crían las Indias.

CEL.—Sí; pero ¿cómo puedes negar la culpa que tiene en que, siendo los veranos tan humilde, se deja entrar de mil géneros de hombres y mujeres, hecho un valle de Josafat? Lastimosa libertad de la corte, no poco murmurada de los que saben cuánto importa en las mujeres la honestidad y en los hombres el recatarla de tantos ojos. Liñán de Riaza, ingenio ilustre, habló en los paños que lava, cuando dijo que era Manzanares

Rico de plantas de pies,
y de agua menguado y pobre.

Pero más satírico el otro poeta, que dijo por el mismo:

Que no son álamos todos
los que en el agua se ven.

DOR.—Déjame, Celia; vete a tu labor, que más me quiero estar sola que con quien me pone en las heridas cáusticos para matarme.

ESCENA III

MARFISA, CLARA, DOROTEA, CELIA

MAR *(a Clara, dentro)*.—Abierta está la puerta, y el estrado enfrente.

CLA. *(dentro)*.—Ésta es la falsa, que la principal cae en la otra calle, que corresponde a ésta, aunque todas deben de ser falsas. *(Salen Marfisa y Clara.)*

MAR.—¿Habrá, señoras mías, un jarro de agua para una mujer que viene del campo, y fatigada de poca salud?

DOR.—Désela Dios a tan gentil disposición, bizarro talle, gallardo aseo y hermosa cara. Entre, y siéntese para bebería; descansará también, y si es servida, enviaré por una silla para que vuelva a su casa.

MAR.—¡Qué conformes palabras con la hermosura del dueño! Conformáronse el cuerpo y el alma: tal licor para tal vaso.

CEL.—El del agua está aquí, no sé si fresca, que ya no enfrían las cuevas.

DOR.—No bebáis, que os hará mal sin comer algo. Trae una caja, Celia, o mira si ha quedado algún bizcocho de los que me envió mi confesor.

MAR.—Bésoos las manos; el agua quiero sólo.

DOR.—No bebáis tanto.

MAR.—Buena está, y no pierde por el olor del búcaro.

DOR.—Lleváosle, con otros dos que son de la misma tierra.

MAR.—¡Tantas mercedes! Este solo llevo por vuestro. Toma, muchacha; que es grande para la manga, donde le llevara por estimarle; y si fuera menor, le colgara al pecho.

DOR.—Más habéis dado que recibís, aunque fuera de oro.

MAR.—Cuanto hay en vuestra casa lo es. ¡Qué aseo! ¡Qué limpieza! Un nácar parece esta sala, y vos la perla.

DOR.—Después que estáis vos en ella, podrá parecerlo.

MAR.—Dejando la respuesta a vuestra cortesía, ¿qué contiene este hábito?

DOR.—Una promesa.

MAR.—¿Habéis estado indispuesta?

DOR.—Y con gran peligro.

MAR.—No se os parece. ¿Qué mal tuvisteis?

DOR.—Un castigo.

MAR.—¿De qué?

DOR.—De un atrevimiento.

MAR.—Parecen males de amor, y en vos no pueden ser otros.

DOR.—Dije lo que no pensaba, y pensando en lo que dije, solicité mi muerte.

MAR.—Creo que he oído que a vuestra puerta mató un don Fernando a otro caballero.

DOR.—¿Quién os dijo tan gran mentira? Mas pienso que debió ser él mismo.

MAR.—No le conozco; mas sí a una dama muy suya a quien: él lo dijo.

DOR.—¿Dama muy suya?

MAR.—Ella se alaba de eso.

DOR.—Celia...

CEL.—Señora...

DOR.—¿No escuchas esto?

CEL.—Habrán engañado a esta dama.

MAR.—También pudo ser posible; perdonad mi desalumbramiento, si este caballero os importa, o es acaso el dueño de vuestra casa.

DOR.—Ni me importa, ni es el dueño; pero tengo una amiga a quien él engañaba, y por ella me pesa.

MAR.—¿Con qué la engañaba?

DOR.—Con amores, con caricias, con idolatrías, con papeles discretos, con versos amorosos, con amanecer a su puerta, con celos y con lágrimas.

MAR.—¿Lloran los hombres?

DOR.—Éste era tan lisonjero, que decía que ya él no era hombre; porque, transformado en su dama, había perdido el ser, y podía tener con disculpa esta condición; que en las mujeres la tiene, en quien las lágrimas son piedad, hermosura y consuelo, como mayorazgo de su imperfección.

MAR.—Si él las llorara por vos, disculpado estaba; que sois un ángel, y más ahora, que el vestido blanco os sirve de alba y el hábito azul de estola.

DOR. No era yo, cierto; que si lo fuera, no le hubiera dado causa para que se partiera.

MAR.—¿Luego no está en Madrid?

DOR.—Fuese a Sevilla; pero cierto que me hacen sospechas vuestras preguntas, y si es que venís a informaros, ¿para qué tomasteis agua? Que mejor era para mí, pues vos sois el juez de este tormento.

MAR.—Ni vengo a dárosle, ni vos le merecéis; pasé acaso, y las conversaciones nuevas traen mil despropósitos, y hacen caer en semejantes yerros; mas no debéis de maravillaros que, como es ordinario en los hombres, en sacando una espada para ver los filos, sacarlas todos los que están presentes; así en nosotras, en sacando una sus pensamientos, las demás desenvainan los que tienen por mejores. Aseguraros puedo que en mi vida vi a don Fernando.

DOR.—Pues si queréis verle, podréis presto. Dame, Celia, el escritorillo de los embustes. No os haga escrúpulo el nombre, que en verdad que no soy hechicera; que le llamo así por las bagatelas que tiene: vocablo de un señor italiano, que me le ferió a un instrumento que yo tenía y que él codiciaba.

MAR.—Debíais ser vos el instrumento, porque el escritorio es el mejor que vi en mi vida, y tengo dos muy buenos.

DOR.—No seré galán con vos, aunque le alabéis, porque le estimo en mucho.

MAR.—¿Qué tiene esta naveta?

DOR.—Papeles son.

MAR.—¿Podré ver la letra?

DOR.—Parece que venís celosa.

MAR.—Díjelo pensando que era vuestra, para ver cómo escribís, que para todo tenéis gracia, y si es como habláis, escribiréis altamente.

DOR.—Lo uno y lo otro hago mal. Éste es el retrato.

MAR.—¿Tan mozo es este caballero?

DOR.—Hízose cuando le apuntaba el bozo; ya le tiene aunque poco.

MAR.—¡Buena cara!

DOR.—No es lindo, pero todo junto es gentil hombre.

MAR.—Perdonad que os pregunte: ¿Cómo le, tenéis vos, si no es vuestro?

DOR.—Por la buena mano de Felipe, que todos estiman tanto.

MAR.—¿Queréismele feriar, si no os importa?

DOR.—Si vos decís que no le habéis visto, ¿para qué queréis su retrato?

MAR.—Por saber si os importaba.

DOR.—Ya os dije al principio que éste era el escritorio de los embustes.

MAR.—Disculpa bastante.

DOR.—No la tenéis vos de pedírmele.

MAR.—Ya os dije la causa porque he codiciado ser amiga vuestra, y quisiera que desde luego no me encubriérades nada.

DOR.—¿Sobre qué trato queréis vos tan aprisa mis pensamientos? Lo cierto es que, aunque más los encubráis, se os ven los vuestros.

MAR.—Soy agente de la amiga que os dije, y solicito su pleito. ¿Habéis tenido cartas de este caballero?

DOR.—Más parecéis juez que solicitador; amainad la libertad, que como tengo pocas fuerzas y me lleváis cuesta arriba, me voy cansando.

MAR.—¿Es clavicordio aquél?

DOR.—Es clavicordio.

MAR.—¿También tenéis arpa?

DOR.—Si la tañéis, holgaré de oíros.

MAR.—Nunca tuve más gracias que el desearlas. Ya soy vuestra amiga; cuando estéis más fuerte y de mejor humor, vendré a oíros.

DOR.—Vos me le dejáis tal que no acertaré a serviros.

MAR.—No ha sido mía la culpa, sino del mal que tenéis. Vamos, Clara, y no quiebres el búcaro.

CLAR. *(aparte a su ama).*—¡Qué bueno estaba don Fernando!

MAR.—Tal es el pintor que le hizo. ¡Quién pudiera tomársele!

CLAR.—Perdida queda. ¡Qué discreta has andado!

MAR.—Pocas veces lo suelen ser los celos. (*Vanse Marfisa y Clara.*)

DOR.—¿Qué te parece de esta visita, Celia?

CEL.—Que nos engañó al principio.

DOR.—¡Dama Fernando, y más si es ésta! No sin causa se le dio tan poco de lo que yo le dije.

CEL.—Pues ¿cómo se fue tan aprisa?

DOR.—Porque ya debía tener prevenida su jornada. ¿Así, traidor?... Pues está cierta, Celia, que no he tenido primero movimiento de rendirme, ni al indiano ni a las Indias, hasta este punto en que he oído de la boca de esta dama traición tan grande. ¡Oh fementido, oh falso, oh caballero indigno de este nombre! ¡A una mujer de mis prendas, ingrato, y que ha dejado por ti cuanto puede atraer la hermosura, la gracia y el entendimiento en la corte! ¿Esto merecía mi verdad? ¿Esto mis brazos? ¿Esto lo que he padecido con mi madre y deudos, las necesidades que me han combatido, y que vencí con tan honrada resistencia? ¿Qué Penélope fue más perseguida? ¿Qué Lucrecia más rogada? ¿Qué Porcia más firme? ¡Por ti me mataba yo con espada de diamante, que no pudiera labrarse mi firmeza con muerte menos firme! ¿Aquel valiente ánimo pagabas con traiciones? ¿Gustos ajenos ocupaban tus brazos, cuando mis ojos lágrimas en las violencias de una madre airada? No más, injustísimo amor, no más; hoy sale Fernando de mi pecho, como espíritu, a los conjuros de esta mujer. Bien se ve que es ella, claro está: en sus razones se conoce, en sus preguntas se confirma. ¡Qué confiada hablaba! ¡El retrato me pedía! Mal hice en no dárselo; pero mejor será el del alma, pues hoy le saca de ella la justicia de mi verdad y el delito de su mentira. Quédese aquí ese otro para sacarle cada día a la vergüenza, dándole mil golpes.

CEL.—Temo que sean con la boca.

DOR.—¿Yo había de poner allí mis labios? ¿Yo, Celia? Plegue a Dios que cuando tal haga, se me peguen y junten.

CEL.—Al naipe.

DOR.—Sí, sí; muy tierna me dejan estos celos; no celos que son de lo que se imagina, sino de lo que se prueba. Tú verás lo que pasa: con una aguja le tengo de picar los ojos.

CEL.—Quejaranse los tuyos.

DOR.—No le miraré entonces.

CEL.—Pues ¿cómo verás dónde le picas?

DOR.—Un pintor tengo de llamar que le pinte una soga al cuello.

CEL.—¡Pobre Fernando! Mira que los caballeros no llevan soga; que el suplicio de su nacimiento es el acero, por lo que tiene de espada, que es la profesión de la nobleza; pero hazme una merced.

DOR.—¿Qué quieres?

CEL.—Que no le mates sin confesarle. Déjale venir y pregúntale.

DOR.—Dirá mil mentiras. Ea, vuélveme a dar el escritorio, que hoy soy Julia con la cabeza del orador de Roma.

CEL.—¿Eras tú la que volvías por los hombres? *Escarbó el gallo y descubrió el cuchillo.*

DOR.—Nunca pensé hallarle en tan hermosa vaina.

CEL.—Con celos todo parece mejor; que por eso los llamaron anteojos de larga vista.

DOR.—Ahora por mi mal creo sus alabanzas.

CEL.—En verdad que no es tan linda; y para dama, con demasiada frescura.

DOR.—Si es hermosa, ¿qué importa fresca?

CEL.—Ser ganapán de leche.

DOR.—Más sientes de lo que dices.

CEL.—No lo hago por consolarte, pues ya lo estás de suerte que quieres rendir tu rebeldía a un hombre extraño.

DOR.—Ningún español lo es, aunque viva en la China.

CEL.—A mí me parece demasiado hombre para la delicadeza de aquel tu ausente.

DOR.—La indignación facilita lo imposible.

CEL.—Debes de imaginar que al amor de Fernando le han crecido los bigotes con el tiempo, y nuestro don Bela se precia tanto de ellos que los trae con sotacola los unos a la sombra de los otros.

DOR.—Cierto que es gentilhombre don Bela.

CEL.—Eso no lo oye don Fernando, ni yo puedo decírselo.

DOR.—Escríbeselo, Celia.

CEL.—¿Para qué? Pues de la primera dama que se le ofrezca dirá lo mismo.

DOR.—¿Tan presto ha de hallar dama?

CEL.—*En Toledo, el abad a huevo; y en Salamanca, a blanca.*

DOR.—Yo tendré quien me lo diga.

CEL.—¿Para qué, si has de querer a don Bela?

DOR.—Dios lo sabe; yo te digo que vuelvan presto, y que Julio me diga cuanto ha pasado en mi ausencia.

CEL.—El callará por mí lo que Fernando hiciere contra ti.

DOR.—Yo le sabré obligar.

CEL.—¿No has oído aquel refrán que se hizo para los malos jueces? Pues encomiéndale a la memoria.

DOR.—¿Cómo dice?

CEL.—*Beba la picota de lo puro; que el tabernero medirá seguro.*
DOR.—Ya no se me da nada de don Fernando.
CEL.—Pareces loca.
DOR.—Al clavicordio me llego, a divertirme.
CEL.—Y yo a escucharte.
DOR. *(canta):*

Al son de los arroyuelos
cantan las aves de flor en flor,
que no hay más gloria que amor
ni mayor pena que celos.
Por estas selvas amenas,
al son de arroyos sonoros,
cantan las aves a coros
de celos y amor las penas.
Suenan del agua las venas,
instrumento natural,
y como el dulce cristal
va desatando los hielos,
al son, etc.
De amor las glorias celebran
los narcisos y claveles,
las violetas y penseles
de celos, no se requiebran;

unas en otras se quiebran
las ondas por las orillas,
y como las arenillas
ven por cristalinos velos,
al son, etc.
Arroyos murmuradores
de la fe de amor perjura,
por hilos de plata pura
ensartan perlas en flores;
todo es celos, todo amores;
y mientras que lloro yo
las penas que amor me dio
con sus celosos desvelos,
al son de los arroyuelos
cantan las aves de flor en flor,
que no hay más gloria que amor
ni mayor pena que celos.

ESCENA IV

GERARDA, DOROTEA, CELIA

GER. *(dentro).*—Paz en esta casa, *et omnibus habitantibus in ea.*
CEL.—En los latines conozco a Gerarda; demonio es esta vieja. *(Sale Gerarda.)*
DOR.—Seas bien venida, madre.
GER.—Buena sea tu vida, angelito, ramillete de flores, retrato de la limpieza, estanco del aseo, cifra de la hermosura.
DOR.—¿Tantos requiebros? ¿Tantos?
GER.—Pues ¿qué quieres que te diga, si no he oído jamás tales palabras en tu boca? Que siempre me has recibido con otra cara de la que Dios te ha dado; y ¡qué cara! Él te bendiga; toma, toma, que quisiera ser higuera para darte dos mil en cada rama. ¡Qué niña de los ojos de amor! ¡Qué rapaza para quitarle el arco, y con la cuerda de la flecha darle dos mil azotes! Que como le

pintan desnudo, no fuera menester quitarle los gregüescos. ¿De qué te ríes? Niño es, no le imagines hombre como unos bellaconazos que se van al río y delante de todo el mundo están en cueros, que parecen ristra de azotados. Cuando yo tenía marido, nunca me dejaba ir a esas fiestas; desde allí quedé tan bien enseñada; a los hospitales me voy, y les llevo mi jarrillo de vino y mis bizcochos. Verdad es que se lo pruebo en el portal, porque no les haga mal si es nuevo. Siempre que oigo cantar aquel romance que comienza: "Dejome amor de su mano", me acuerdo del río de Madrid y de sus aventuras el mes de julio, en cuyos baños se pudiera echar un arbitrio, que no le pagaran de mala gana los poco honestos ojos.

DOR.—Madre, bien se puede ir a parte que no se vean hombres, o pasar con tanta honestidad que no los vean las mujeres.

GER.—¡Ay, hija, que no sé qué tenemos en la imaginación, que parece que siempre nos está diciendo, cuando no queremos mirar: "¡Míralo, míralo!". Otra vez te vuelvo a dar higas, que por muchas que te dé, más hermosura tienes donde quepan. ¡Qué bizarra te hace el hábito! En esa religión cualquiera se fuera fraile; a fe que no dijera Cupido, si te viera, lo que dijo a Venus cuando se quería meter monja en Roma, en el templo de la diosa Vesta: "Cuando yo fuere fraile, madre; madre, cuando yo fuere fraile".

DOR.—Gerarda mía, estoy muy triste.

GER.—Calla, bobilla, desconfiadilla, que estás abrasando el mundo con la nieve de ese hábito, partido de ese escapulario azul, como miran los astrólogos el cielo con la banda de los signos. ¿Qué piensas que te traigo? Mira, mira ¡qué búcaro tan lindo! Aquí está Cupidillo, aquel de tu edad, aquel dulce matadorcillo. Toma, azótale, por el mal que te ha hecho; bien lo merece. Pero no, por el siglo de mi confesor, que primero me has de dar algo.

DOR.—¡Qué lindo es!

CEL.—A ver, señora.

DOR.—Déjale, que le ensucias, Celia. Pero ¿qué quieres que te dé, madre?

GER.—No más de recibirle. Di: "Yo le recibo".

DOR.—¿Es casamiento?

GER.—Pues a fe que me dieron a mí una tembladera de plata, que me ha hecho temblar hoy a la comida, porque hace tres cuartillos; aunque, si digo verdad, ya estaban hechos.

CEL.—Serían seis, madre.

GER.—*Contigo me entierren, que sabes de cuentas.* Pedí para ti medias y zapatos, y están sacando un manteo de tabí y unos pasamanos escarchados, que no se los puso Cleopatra tales, aquella que molía perlas para brindar a Marco Antonio; en que verás las necedades de los antiguos, pues era más a propósito brindarle con un torrezno

CEL.—Madre, ¿no caen en Egipto las Garrobillas?

GER.—Anda, ignorante, que los que salieron de él suspiran por las ollas que dejaban, y no hay olla sin tocino.

CEL.—Si pruebas con la Escritura, ¿quién puede contradecirte?

GER.—En mi tiempo la había en romance, y estuvo muy bien quitada y con santo acuerdo; porque somos muy bachilleras las mujeres, y no hay pocos ignorantes hombres.

DOR.—¿Y cómo sabes tú que tomaré ese manteo?

GER.—Como has tomado ese búcaro.

DOR.— Éste es niñería, y está aquí amor presente; y siendo suyo el agravio, no me dice que no le tome.

GER. (aparte).—Bueno va esto; no me engañaron el chapín y las tijeras: diferente está Dorotea de lo que solía.

DOR.—¿Qué dices entre dientes?

GER.—Que me dan envidia tus años y tus gracias. ¡Qué piedra imán tan atractiva de voluntades y de oro tienes en esos ojos, y más después que se están riendo sus niñas de verse con el manteo! No dejó mayorazgo la naturaleza a las mujeres como la hermosura; sacará a este indiano el corazón y los escudos. Las navetas de los escritorios tiene llenas de ellos; a la fe, niña, que me dio no sé cuántos, que no te los enseño, porque los dejo guardados para mi entierro; allí estarán con el hábito pardo; no he de tocar a ellos, porque, hija, lo que importa es pensar en el fin y temer la muerte; que nos ha de pedir cuenta estrecha aquel Señor que sabe hasta los pensamientos, y no hay cabello de que no se la hayamos de dar cuando en el valle de Josafat nos veamos todos.

DOR.—¡Qué presto te enterneces!

GER.—Soy pecadora, Dorotea, y temo que no hay donde huir aquel tremendo día. Tú, como eres moza, estás pensando en tus galas; que, aunque dicen que el *mozo puede morir y el viejo no puede vivir,* lo cierto es ir con las leyes de la naturaleza; y es ignorante el que se persuade que puede vivir, siendo viejo, más que los que mira mozos; que si esto fuera, no hubiera él llegado a la edad en que está.

DOR.—¿Qué es eso, tía, que te suena en la manga?

GER.—Un papelillo que estaba encima de la mesa de este caballero magnífico; pareciéronme versos; y aunque es verdad que soy más aficionada a una bota de Alaejos que a las trescientas de Juan de Mena, por si es cosa que puede aprovecharte, me le puse en la manga; léemele, por tu vida.

DOR. (lee).—"Receta para dar sueño a un marido fantástico".

GER.—¡Que no es ese, rapaza! Muestra, que le he trocado. Este debe de ser.

DOR. (lee).—"Jarabe famoso para desopilar una preñada dentro de nueve meses, sin que lo entiendan en su casa".

GER.—Tampoco es ese. Este pienso que es.

DOR. (lee).—"Oración para la noche de San Juan".

GER.—Creo que lo haces adrede.

DOR.—Tía, yo leo lo que tú me das; que traes en esa manga tantos papeles que no se pueden buscar sin tabla.

GER.—Solos estos dos me quedan; que esta bolsilla era de una abuela mía, con no sé qué cosas en latín, que debían ser de sus devociones.

CEL.—Heredada tienes la virtud, Gerarda.

GER.—Si yo fuera como ella, ¿qué me faltaba? Acontecíale estar tres días elevada.

CEL.—¿En pie, madre?

GER.—No, sino dormida.

CEL.—¡Qué pura virtud!

DOR *(lee)*.—"Arancel con que ha de andar un caballero indiano en la corte.

Primeramente se acomodará en posada limpia, y tendrá cuidado de que nadie la sepa.

Dirá en todas las conversaciones que posa en casa de un amigo.

No convidará a nadie por ningún caso.

No tendrá coche, por no obligarse a prestarle.

Dará ración a sus criados.

Harase pobre, contando siempre que se le hundió su plata en los galeones, o que le robaron los navíos de la reina de Inglaterra.

Su plato, una gallina para dos días, y su olla, en que haya para él y dos pajes.

No tenga ama, que acechan mucho y callan poco.

No haga estrecha amistad con señores, porque no le pidan prestado.

Con las damas sea liberal de palabras, sin ponerse a peligro de gastos impertinentes. No se enamore, que en la corte lo que se alcanza nunca fue de uno solo, y engáñase el que lo piensa.

En viendo que murmuran, diga que tiene que hacer, y váyase.

Su traje sea honesto y limpio, y procure hablar poco, aunque parezca imposible.

No se acueste sin haber dicho o hecho alguna lisonja donde pretende, que es la doctrina cortesana, ni se levante sin haber pensado cómo guardará lo que tiene.

De noche ha de salir los inviernos, por lo que es perjudicial a la cabeza el sereno de Madrid, con el aderezo de orejas que llaman bonete de Roma.

Y si quiere parecer señor, no pague lo que debiere, o por lo menos lo dilate tanto que se muera de pesadumbre el que lo pide".

¿Este hombre me alabas, tía? Lo que había menester un vidriero era un gato que le anduviese retozando con los vidrios.

GER.—Mira, Dorotea; ese papel le ha dado algún trajinante cosario, de éstos que andan a enseñar bisoños, imponer moscateles y enviar gacetas y relaciones por todo el mundo. Son los primeros que saben a qué hora murió el turco en Constantinopla, cuándo hay estafeta para El Cairo, cómo se dará un arbitrio para que Madrid sea tan grande como París, juntándole con Getafe; qué nuevas hay de la China, y otras impertinencias a este tono.

CEL.—Tía, ¿nunca tú has dado algún arbitrio?

GER.—Uno famoso para que un soldado solo pudiese defender la entrada en la Florida, o en otro puerto indiano, desde su fortaleza, a los holandeses.

CEL.—¡Sólo un soldado! ¿Cómo?

GER.—Mira, Celia; éste había de tener una tinaja de aceite y una jeringa, y en viendo desembarcar los holandeses, y que venían marchando por la playa, no había de hacer más que tomar aceite y disparar a los primeros; pues claro está que por no verse manchar habían de retirarse y advertir a los otros de que tiraban aceite; con que volviéndose a embarcar se irían a su tierra.

CEL.—Buena estaba tu lámpara cuando soñaste aceite.

GER.—Lee ese otro papel, Dorotea, que bien se ve que es de versos.

DOR. *(lee):*

"Así Fabio cantaba
del Tajo en las orillas,
oyéndole las aguas,
llorándole las ninfas.
La perezosa tarde
con sombras fugitivas
bajaba de los montes
en brazos de sí misma.
Las aves vagarosas
callaban, recogidas,
en tanto que la noche
se revelaba el día.
Las ruedas sonorosas
el silencio rompían,
haciendo a rayos de agua
esferas cristalinas.
Juntando las ovejas
tuerce la honda y silba,
porque el redil nudoso
temprano las reciba.
Tendido yace Fabio
en su choza pajiza;
no habla, que está solo;
no duerme, que suspira;
no sosiega, que piensa;
no engaña, que imagina;

no muere, que está muerto,
entre memorias vivas.
Ya lloraba la aurora,
y abriendo clavellinas,
como miraban perlas,
pensaban que era risa;
cuando a las solas peñas,
que el eco repetían,
cantó, pasando el arco
a la sonora lira:
—Amar tu hermosura,
gracia y discreción,
no quiero, Amarilis,
que se llame amor.
Méritos del alma,
justicia y razón,
quiere amor que sea
el amarte yo.
No quieren mis ojos
querer por favor;
rendirme a los tuyos
es obligación.
No tengo esperanza,
toda me dejó;
que en amar sin ella
peregrino soy.

Del amor me dicen
que es definición
desear lo hermoso:
pónenme temor;
que si tú lo eres,
es contradicción;
que amor y deseo
uno son los dos.
Si de la belleza
los efectos son,
parece imposible,
pero al alma no.
Negar tu hermosura
es notable error,
y no desearla
parece mayor.
Pero dice el alma
que ella se obligó
a vencer deseos
y amar tu valor.
Para no perderte,
(si en tu gracia estoy)
traigo tan rendida
la imaginación,
Afréntase el alma
que amase mi amor
cosa tan perfecta
sin gran perfección.
Por eso, Amarilis,
a mis penas hoy,
para más fineza,
hice esta canción:
Que no quiero favores
para mis penas
pues me basta la causa
de padecerlas.
De mi amor la esencia
amor sólo es;
que aún es interés
la correspondencia.
Con tal diferencia,
mi propia pasión
llama galardón
del penar las penas;
pues me basta, etc.

GER.—¿Qué te parece?

DOR.—Extremadamente.

GER.—Yo te prometo que no es de los poetas que andan en cuadrilla; nuestro don Bela ya puede andar aparte.

DOR.—Llámale tuyo, madre; que no es religión este conocimiento, para que sean todas las cosas comunes.

GER.—No lo digo yo por eso, sino por encarecer su ingenio; que los entendimientos son como los instrumentos, que es menester tocarlos para saber qué consonancias tienen; y si el divino tuyo pusiese las manos en este chapetón de la corte (que así llaman ellos a los modernos), yo te aseguro que él descubriese el oro oculto.

CEL.—Eso es lo que tú deseas...

GER.—De su entendimiento digo.

CEL.—Y yo de sus cofres.

DOR.—Mucho se precia en estos versos de amante casto; pero todos los hombres tienen esta traza. Entran diciendo que quieren ver; ven y dicen que quieren oír; oyen y dicen que quieren gozar; y al fin los hemos de creer, si no los arrojamos al principio.

GER.—Dorotea, Dorotea; mientras eres niña, toma como vieja, que cuando seas vieja no te darán como a niña. Deja de pensar en tus locuras; piensa en tu manteo; que ya me parece que te veo con él tan resplandeciente como estaba armado el señor don Juan de Austria en la batalla naval entre aquellos capitanazos honradores de su nación

CEL. (*aparte a Dorotea*).—Extraña es esta vieja. Mira a los despropósitos que salta.

GER.—Entonces sí que se buscaban las espadas de filos negros para robustas manos, y no moldes vergonzosos para cabellos viles.

DOR.—No enmiendes el mundo, madre, que te harás malquista; que a los españoles no los afemina el traje que el valor de las almas siempre es uno. Pero dime: ¿hallástete tú en la batalla naval?

GER.—No lo digas a nadie: allá fuimos tres amigas por nuestro gusto.

CEL.—¿En coche, o por el aire?

GER.—Malicias nunca faltan.

CEL.—Pues ¿cómo fuiste?

GER.—Unos capitanes nos llevaron entonces.

CEL.—¿Con pies de gano?

GER.—¿Qué dices de gallo, Celia?

CEL.—Que debías de ser polla, cuando te llevaba el gallo.

GER.—Y ¡qué tal polla! No había en Italia española demás lindo brío.

CEL.—¿Y desde dónde viste la batalla? ¿Qué ventana alquilaste? O andarías, como Santelmo, de gavia en gavia.

GER.—Ese Santelmo es una estrellica como un diamante.

CEL.—Tú, Gerarda, bien conocerías entonces al Uchalí y a Barbarroja.

GER.—¿Búrlaste, Celia? Déjate de preguntas, y mira quién llama, que parece galán en lo temeroso con que bate la puerta.

CEL.—¡Ay Dios, señora! El señor don Bela.

DOR.—¿El indiano?

CEL.—El mismo.

DOR.—Pues ¿quién le ha dado esa licencia? Di que no estoy en casa.

GER.—¡Ay, niña, qué término tan cruel para un caballero de tales prendas!

DOR.—Esta visita tú la trazaste, Gerarda.

GER.—¿Qué preguntas? ¿Si trae el manteo? ¡Y cómo! ¡Hombre es de los que se descuidan!

DOR.—No digo sino que estáis concertados.

GER.—¿Si son los pasamanos escarchados? Y ¡cómo si lo son! Un dedo de alto tienen de oro.

DOR.—Que no te digo eso.

GER.—¡Ay, hija, que con la edad estoy de estos oídos perdida! Anoche me puse en ellos unto de conejo.

CEL.—Bien oye cuando le dan algo.

GER.—Mira, Celia; ya estoy como los perros, que cuan do ven alargar la mano se llegan, y cuando la ven alzar se apartan, porque conocen que lo uno es pan y lo otro es palo; pero no tengas, mis ojos, en la calle descortésmente a quien llegó a tu puerta, que no te ha de comer este caballero a la primera visita.

DOR.—Tú harás que mi madre riña si le halla aquí cuando venga.

GER.—Ella me ha dado licencia. Entre, señor don Bela, entre, que no está hondo. ¿De qué tiene miedo? Aquí estamos tres mujeres, que entre todas tres tenemos ciento veinticinco años; pero yo sola tengo los ochenta.

ESCENA V

DON BELA, LAURENCIO, GERARDA, DOROTEA, CELIA

BEL.—No me tire de la capa, señora Gerarda, que a quien trae su voluntad no es menester hacerle fuerza. Dios guarde tanta hermosura para testigo de su poder, aunque a costa de cuantas vidas mata.

DOR.—Llega una silla, Celia.

BEL.—No dejéis el estrado, señora Dorotea, que no soy tan gran señor que merezca que salgáis de la tarima: tomad la almohada.

DOR.—Cuando estéis sentado, y perdonad el no haber salido más pasos; que me ha cogido vuestra venida tan de súbito que no halla el corazón lugar donde se afirme.

BEL.—Mientras es vuestro, padecerá inquietud con la imaginación de emplearle en quien le merezca.

DOR.—Siempre querría que fuese mío.

BEL.—Puertas tiene el corazón por donde suelen robarle.

DOR.—Si él las tiene con guarda, estará seguro.

BEL.—Los ojos no la tienen.

DOR.—Antes muchas, como son la honestidad, el recato y la obligación a la honra.

BEL.—Cuando esas guardas vienen desde el corazón a los ojos, ya suelen ellos haber mirado. Cien ojos tenía aquel pastor de Ovidio, y todos se los durmió con su encantada música Mercurio; y por eso ahora los pavones, en cuyas plumas los puso Juno, tienden la rueda, como solicitando que estén despiertos, y en oyendo cantar, se alteran; que piensan que vienen a matarlos.

DOR.—Con vos a lo menos ya no importará guardar los ojos, si podéis robar los corazones por los oídos.

BEL.—No es mi entendimiento capaz de tanta dicha, que halle vuestra atención dispuesta a la música de mis palabras.

GER.—¿Queréis que me ponga en medio, aunque lleve la peor parte? Paz, señores, y démoslos por entendidos. ¿Qué trae Laurencio, que está más cargado que sardesco de convento?

BEL.—Un poco de tela y unos pasamanillos.

GER.—Descoje, descoje, muestra, desembózate. ¡Qué atado estás! Más difícil es de sacar está tela de tus brazos, que de la tienda del mercader. ¡Qué cosa tan linda! ¿Es Milán esto? Bien hayan las manos que te labraron.

DOR.—Por cierto que es bellísima.

GER.—¿Pintó la primavera un prado ni le imitó un poeta con más flores?

DOR.—¡Qué bien asientan estas clavellinas de nácar sobre lo verde!

BEL.—Así se casarán dos voluntades como estos dos colores.

DOR.—Lo verde es esperanza y lo encarnado crueldad.

BEL.—La crueldad será vuestra color, y la esperanza la mía: pero ¿quién las podrá casar, siendo contrarias?

DOR.—Contrarias sí; pero no enemigas.

BEL.—Decís bien; que una cosa es la enemistad y otra la oposición.

DOR.—Tiene más esta esperanza, que está esmaltada de flores, que son más que principios de la ejecución del fruto.

GER.—No has dicho cosa más a propósito.

DOR.—No tan aprisa, Gerarda; que muchos almendros se han perdido por haber tenido flores sin tiempo.

GER.—Echástelo a perder, hija; mejor lo habías dicho, porque la producción de las flores puede ser serenidad del tiempo, y no atrevimiento del árbol para merecer el castigo del hielo.

BEL.—El hielo siempre fue inclemencia del cielo, y no hazaña del aire desnudar un pobre almendro que en confianza del sol se vistió de flores; más valentía fuera despojar un moral robusto.

DOR.—Al moral llaman discreto, porque de todos los árboles florece el último.

BEL.—Yo le llamara desdichado, pues fue tan poco favorecido del sol.

DOR.—No es desdicha asegurar el bien que se pretende.

BEL.—No es bien el que llega tarde; porque tanta puede ser la dilación, que la esperanza se vuelva desesperación.

DOR.—La esperanza tanto tiene de mérito cuanto tiene de paciencia; y es tan galante efecto de amor el no tenerla, que ha muchos días que este nombre anda desterrado de los palacios.

BEL.—El amor platónico siempre le tuve por quimera en agravio de la naturaleza, porque se hubiera acabado el mundo. Mal amante llama Platón al que ama el cuerpo más que el alma, haciendo argumento de que ama cosa inestable; porque la hermosura falta y se desflora por edad o enfermedad, y es fuerza que falte el amor o se disminuya, lo que no había amando el alma.

CEL. *(aparte)*.—¡A Platón encaja este majadero! Él ha oído decir que Dorotea es perdida porque la tengan por sabia.

BEL.—Mas yo respondo que si la hermosura del cuerpo es lo visible, por quien lo invisible se conoce, cada uno de estos dos individuos se ha de gozar amando, el uno por los brazos y el otro por los oídos.

CEL. *(aparte)*.—Siempre oí decir que los indianos hablan mucho, si bien todo es bueno, porque aquel clima produce raros y sutiles ingenios; pero ¿qué tiene que ver aquí Platón, sino hacer a Dorotea el plato?

BEL.—¿Qué respondéis a esto?

DOR.—Estoy en extremo triste.

BEL.—En Grecia reinó un humor en las doncellas, que se mataban todas con sus manos: así lo escribe Plutarco.

CEL. *(aparte)*.—Otro filósofo.

BEL.—Para remediar esto el Senado, mandó que a la que se matase la sacasen desnuda a la plaza, y la tuviesen todo el día en público descubierta; con que cesó el matarse, por el temor de la vergüenza de ser de todos vistas.

GER. *(aparte)*.—Medrará la pobre Gerarda con esas sofisterías.—Mira, rapaza, estos pasamanos, de que pudiera el sol guarnecer los hábitos de sus planetas.

DOR.—Son más ricos que de buen gusto.

GER.—Hasta con los pasamanos eres ingrata por lo que tienen de manos; hasta ahora, ¿quién te las pide? Y, ¡que tales son ellas para pedirlas, para desearlas y para encarecerlas! Como estás convaleciente, las traes sin adorno. Por vida de don Bela *(a él)* que le prestes esas dos sortijas por un instante, verás lo que parecen en aquella nieve.

DOR—Necia estás, Gerarda. ¡Jesús! ¡Qué necia! Tened, señor, las manos.

BEL.—No desfavorezcáis, os suplico, estos diamantes, siquiera por lo que os parecen, y permitidme que yo os los ponga.

GER.—Acaba, muchacha. ¿Qué rehúyes los dedos? ¡Qué descortesía! ¿Tú naciste en la corte?

BEL.—En éste no vienen bien; aquí están mejor. Dadme esa otra mano.

DOR.—Basta que honréis la una.

BEL.—Quejárase la otra si no la igualo, y no quiero yo que haya cosa en vos que se queje de mí.

DOR.—Yo las rindo a vuestro favor, que no quiero que me riña Gerarda.

LAU. *(Aparte)*.—¡Bueno anda mi amo! El ha dado entre Caribdis y Scila; estas dos deben de ser los Euripos de la corte. Esto es adquirir con trabajo y gastar con desperdicio.

BEL.—¡Qué buenas están las sortijas! Parecen estrellas los diamantes en vuestras manos.

DOR.—Decís muy bien, siendo las manos noche.

BEL.—¡Noche, señora! ¿Cuándo fueron las del aurora tan cristalinas? Yo os confieso que nunca pensé ver estrellas a mediodía hasta que vi estos diamantes en vuestras manos.

DOR.—Ya es mucho tenerlos en ellas; basta para que las hayáis visto con adorno. Tomad vuestras sortijas.

BEL.—¡Oh injusto agravio! No os las quitéis, hermosa Dorotea, que no hay en el mundo manos tan atrevidas, después de haber estado en las vuestras, ni querrán ellas sufrirlo; que el caballo *Bucéfalo,* de Alejandro, de nadie se dejó sujetar sino sólo de su dueño.

LAU (*aparte a Celia*).—¡Oh si tuvieran esa condición las mujeres! Pero ¿dijera una bestia lo que dijo mi amo? ¿Qué tiene que ver el caballo de Alejandro con los diamantes de Dorotea? Parécese ésto a lo que dijo cierto escritor, que la carne era como el Cid Rui Díaz; y en verdad que anda impreso.

CEL. (*aparte a Laurencio*).—Como esas cosas andan impresas.

LAU.—Y no son de las que peor se venden.

CEL.—Lo que todos entienden, todos lo compran.

LAU.—Quien no se deja entender, ¿para qué escribe? Si es para los que saben, no han menester saber lo que él sabe.

CEL.—Siempre hay más que saber que lo que un hombre sabe.

LAU.—Tienes razón; y te aseguro que, como las ciencias son infinitas y la vida es breve, quien más sabe no sabe nada.

CEL.—Este tu amo, ¿ha estudiado?

LAU.—Lo que basta para ser bachiller, que es el peor linaje de cortesanos para tratado; porque si habla con hombres que saben, conocen lo que no sabe y se cansan de que piense que sabe; si habla con los que ignoran, huyen de él porque los tiene en poco y presume mucho. Y esto del magisterio es para las escuelas, no para las conversaciones.

CEL.—¿Eso conoces, y comes su pan?

LAU.—También él me come mi servicio.

CEL.—Enojadillo estás por lo que presumes del amor de Dorotea; que todos los que servimos somos celosos, y más cuanto más privados.

LAU.—Yo no lo soy de su amor, sino de su hacienda.

CEL.—Pienso que no ha menester tutor, además de ser indiano.

LAU.—Mi señor es liberalísimo.

CEL.—Ya hemos visto el arancel con que pensó vivir en la corte.

LAU.—Como eso sabréis por la madre Cerbatana, que ya le ha quitado las sortijas, y temo que las calzas.

CEL.—Desenfádate, bobo.

LAU.—No me lo digas con la mano, discreta.

CEL.—¿Luego no es favor?

LAU.—Para andar en el rostro sólo tienen licencia las damas y los barberos.

CEL.—¿Qué sabes tú si lo quiero yo ser tuya?

LAU.—Si yo no lo sé, ¿cómo quieres serlo?

CEL.—¿Trajiste mucha plata?

LAU.—Si leíste el arancel, ¿cómo no sabes que nos hemos de hacer pobres?

DOR.—Hacedme placer, señor don Bela, que toméis las sortijas.

BEL.—No tomo lo que he dado, que esto tiene malo el mar: entre otras condiciones, que vuelve a recibir los ríos que salieron de él.

DOR.—Si los anillos fueron prisión antiguamente, presas estarán mis manos de vuestra liberalidad.

BEL.—Es imposible que lo sean de quien tiene en ellas mi libertad; pero mil veces las beso por favor tan grande, que parece que le disminuyo si no me vuelvo loco. Muestra esas medias, Laurencio. Estos son algunos pares, porque no me dijo Gerarda el color que priva más con vuestro gusto.

DOR.—Estas de nácar son excelentes.

GER.—Llama este color los ojos.

DOR.—Los tojos no, sino el gusto; que de la vista mejor objeto es lo verde, y más la conserva.

LAU. *(aparte).*—¡Qué bachillería!

GER.—Dirán mejor con el manteo.

DOR.—Necia, lo que no se ye no se conforma.

LAU. *(aparte).*—¡Cuál es la ninfa! Éste sí que es arte de amar, que no el de Ovidio. ¡Ay de los cascos de don Bela!

CEL.—Estas blancas son muy lindas.

GER.—No para damas, que las hacen piernas de difuntos, y desde Juan de las Calzas Blancas son contra la premática del buen gusto.

CEL.—Sí, pero hacen las piernas más gruesas.

GER.—Para quien las ha menester, no para esta niña, que no las compra ni se las debe al algodón, sino a la bizarra naturaleza.

DOR.—Estas moradas pudierais excusar.

GER.—Buenas son para un obispo.

DOR.—¿Y estas doradas, tía?

CEL.—Para un soldado de la Guardia.

GER.—Tómalas tú, Laurencio.

LAU.—Ya no soy de guarda.

GER.—Las moradillas serán para mí, pues que no las quiere nadie.

BEL.—Los zapatos no traje, que no los había tan pequeños, ni se ha de calzar en tienda pie que lo había de estar del sol.

LAU. *(aparte).*—He aquí el sol con suelas: ¡qué hernioso desatino!

GER.—No gastarán mucho ámbar en las zapatillas, que en verdad que la pueden calzar el pie con una azucena.

LAU. *(aparte).*—¡Cuál es la vieja! Y tendrá la niña sus trece puntos, como cualquiera hijo de vecino, aunque entren los gigantes.

BEL.—Pues, madre, ¿has visto tú el pie de la señora Dorotea?

GER.—¡Qué pregunta! Criela en estos brazos; nadie como yo es testigo de sus perfecciones: a fe que aunque se pare colorada, que la he dado algunos azotes en esta vida. Pero, señor don Bela, ¿y la pobre vieja? ¿No reza de ella esta provisión? ¿No entran aquí los oficiales y hombres buenos?

BEL.—Ya te llevaron a tu casa para monjil, anascote; y el manteo se compró hecho porque tú quisiste.

CEL.—Mas ¿que se te olvidó lo guarnecido?

BEL.—No soy tan descuidado con mis amigas: de terciopelo labrado tiene tres guarniciones.

GER.—El color me adivinaste: ¿qué no acertará un discreto? Dale tú las gracias, Dorotica, pues que por ti me abriga este liberalísimo príncipe; Dios le abrigue con sus piadosa mano. ¡Qué gran obra de misericordia vestir al desnudo!

LAU. *(aparte).*—También lo es dar consejo al que le ha menester.

GER.—¡Qué buena cuenta, qué cabal, qué entera quedarás el día del Juicio, cuando se ponga en un peso este monjil y este manteo! No le perderá de mí don Bela: desde ahora le prometo cada día un rosario por él y por las ánimas de sus difuntos; que yo soy muy devota del purgatorio.

LAU. *(aparte).*—De las bolsas.

BEL.—Hermosa Dorotea, desde que entré aquí puse los ojos en aquel arpa; de vuestras muchas gracias me dicen que es una la voz y la destreza; no os tengáis por deservida de que os suplique me favorezcáis con dos versos de lo que vos tuviéredes más gusto.

DOR.—Sólo tengo de música el excusarme, porque me falte todo.—Dame aquel arpa, Celia. ¿De qué estás rostrituerta?

GER.—Y tiene razón, que no le han dado medias.

CEL.—¿Nací yo en las malvas?

DOR.—Toma estas blancas.

CEL.—La voluntad, no las medias te agradezco.

BEL.—De todas maneras queréis honrarme. ¡Qué bien parecen las manos en las cuerdas!

GER.—Como los diamantes, hacen diversas luces.

LAU.—Nosotros quedaremos a oscuras.

DOR.—Perdonad el afinarla; que es notable el gobierno de esta república de cuerdas.

BEL.—Las dos órdenes hacen más fáciles los bemoles.

DOR.—Debéis de saber música.

BEL.—Afición la tengo.

DOR. *(canta).*

Cautivo el Avindarráez
del alcaide de Antequera,
suspiraba en la prisión;
¡cuan dulcemente se queja!
Don Rodrigo le pregunta

la causa de su tristeza,
porque el valor de los hombres
en las desdichas se muestra.
"¡Ay!, dice el Abencerraje,
valiente Narváez, si fueran

mis suspiros mi prisión,
vuestra victoria mis quejas,
agraviara mi fortuna,
pues me dan menos nobleza,
que ser vuestro esclavo alcaide,
ser Bencerraje y Vanegas.
Hoy cumplo veinte y dos años;
esos mismos ha que reina
una mora en mis sentidos,
por alma que los gobierna.
Nació conmigo Jarifa:

bien debéis de conocerla,
porque tienen igual fama
vuestra espada y su belleza.
Mal dije veinte y dos años,
pues cuando estaba en su idea,
a quererla antes de ser
me enseñó naturaleza.
Ni por estrellas la quise;
que fuera del cielo ofensa,
si para amar su hermosura
fueran menester estrellas.

BEL.—¡Excelentes ocho versos! ¿Cúyo es este romance?
DOR.—De un caballero que está ahora en Sevilla.
BEL.—¿Cómo se llama?
DOR—Oíd lo que queda. *(Canta.)*

El criarnos como hermanos
hizo imposible mi pena,
desesperó mi esperanza
y entretuvo mi paciencia.
Declarose nuestro engaño
en una pequeña ausencia,
si bien la de sola un hora
era en mis ojos eterna.
Por cartas nos concertamos
que fuese esta noche a verla;
salí galán para bodas,
que no fuerte para guerras.
Cuando llegaste, Rodrigo,
iba cantando una letra
que compuse a mi ventura,
que a mis desdichas pudiera.

Resistime cuanto pude;
mas no valen resistencias
para contrarias fortunas:
preso yo, Jarifa espera.
¡Que bien dicen que hay peligro
desde la mano a la lengua!
Pensé dormir en sus brazos
y estoy preso en Antequera".
Oyendo el piadoso alcalde
su historia amorosa y tierna.
para volver a Jarifa,
liberal, le dio licencia.
Llegó el moro, y el suceso
después del alba le cuenta;
que no son historias largas.
antes de los brazos, buenas.

BEL.—¡Dichoso moro!; pues aún hasta ahora lo es en cantar sus dichas esa voz celestial, que me ha tenido abstracto de mí mismo todo este tiempo.

GER.—¿Qué te parece, Dorotea, de aquello de *abstracto?* ¿No te dije yo que era muy discreto?

DOR.—Tía, yo vivo tan sola y recatada, que siempre seré necia: el señor don Bela ha visto mucho mundo.

BEL.—Sí, pero en todo él ninguna cosa como vos.

DOR.—Toma, Celia, el arpa; que me obliga a mucho esta respuesta.

GER.—No, por tu vida, niña, no lo dejes tan presto. Rogadle, señor don Bela, que vuelva a cantar otra cosa; que si tuviera con qué obligarla, ya la hubiera premiado el gusto con que os ha favorecido; que no suele ser tan liberal de esta gracia; pero ¿qué no se debe a vuestra gentileza?

BEL.—Con este maridaje de rubí y diamante puedo servirla.

GER.—*Arador de palma no le saca toda barba.*

LAU. *(aparte).*—¡Qué astuta vieja!

DOR. *(canta).*

Corría un manso arroyuelo
entre dos valles al alba,
que sobre prendas de aljófar
le prestaban esmeraldas.
Las blancas y rojas flores
que por las márgenes baña,
dos veces eran narcisos
en el espejo del agua.
Ya se volvía la aurora,
y los prados imitaban
celosos lirios sus ojos,
Jazmines sus manos blancas.
Las rosas en verdes lazos
vestidas de blanco y nácar,
con hermosura de un día
daban envidia y venganza.
Ya no bajaban las aves
al agua, porque pensaban,
como daba el sol en ella,
que eran pedazos de plata.
En esta sazón Lisardo
salía de su cabaña,
¿quién pensaba que a estar triste
donde todos se alegraban?

Por las mal enjutas sendas
delante el ganado baja,
que a un mismo tiempo paciendo,
come hielo y bebe escarcha.
Por otra parte venía
de sus tristezas la causa,
hermosa como ella misma,
pues ella sola se iguala.
Leyendo viene una letra
que a sus estrellas con alma
compuso Lisardo un día,
con más amor que esperanza.
Viole admirado de verlo,
y de unas cintas moradas,
para matarle a lisonjas,
el instrumento desata,
y por dos hilos de perlas,
que dos claveles guardaban,
dio la voz al manso viento,
y repitió las palabras:
"Madre, unos ojuelos vi
verdes, alegres y bellos:
¡Ay, que me muero por ellos,
y ellos se burlan de mí!"

GER.—A ti sola te sufriera villancico que entrara con madre, porque en fin la tienes y eres tan niña; pero no a unos barbados, cuando comienzan:

Madre mía, mis cabellos...

Aunque ya, mejor lo pueden decir los hombres que las mujeres.

DOR. *(canta).*

> Las dos niñas de sus cielos
> han hecho tanta mudanza,
> que la color de esperanza
> se me ha convertido en celos:
> yo pienso, madre, que vi
> mi vida y mi muerte en vellos.
> ¡Ay, que me muero por ellos
> y ellos se burlan de mí!

BEL.—¡Qué graciosa repetición! ¿Cuyo es el tono?

GER.—De la misma que lo canta: ¿eso preguntas?

BEL.—¡Oh, qué mal pregunté! Que no faltará habilidad ninguna a quien el cielo dotó de tantas gracias.

GER.—Pues si la vieseis poner las manos en un clavicordio, pensaríais que anda una araña de cristal por las teclas. Pues ¡escribir un papel de letra asentada! Puede trasladar privilegios; y si es de prisa, copiar al vuelo sermones.

DOR. *(canta)*.

> ¿Quién pensara que el color
> de tal suerte me engañara?
> Pero ¿quién no lo pensara
> como no tuviera amor?
> Madre, en ellos me perdí,
> y es fuerza buscarme en ellos,
> ¡ay, que me muero por ellos
> y ellos se burlan de mí!

BEL.—Es excelente; pero yo me atengo al moro.

DOR.—¿Por qué, señor don Bela?

BEL.—Porque esto de pastores, todo es arroyuelos y márgenes, y siempre cantan ellos o sus pastoras: deseo ver un día un pastor que esté sentado en banco, y no siempre en una peña, o junto a una fuente.

GER.— ¡Jesús, qué gracia!

BEL.—Sea verdad que Teócrito y Virgilio, uno griego y otro latino, escribieron bucólicas.

GER.—¿No te lo dije yo, niña? ¡Mira qué sabiduría con aquel talle! Entendimiento tiene que podía ser feo.

BEL.—El romance de Abindarráez me habéis de hacer merced de darme; que quiero ver vuestra letra.

DOR.—Yo haré lo que me mandáis, y os serviré con volverle a cantar; por ventura no os parecerá tan bien.

BEL.—¿Qué haces, madre? ¿Para qué me andas en las faltriqueras?

GER.—Como te vi tan elevado en la voz de Dorotea, quise hacerte una burla.

BEL.—Bien pudieras, porque he estado en éxtasis escuchando al mismo Orfeo.

LAU. *(aparte)*.—Y échasele de ver que lleva tras sí las bestias.

BEL.—¡Oh moro, más dichoso por celebrarle vuestra boca que por la liberalidad del alcaide en dejarle volver a su Jarifa! Sutil anduvo el poeta en decir que antes de nacer la quiso Avindarráez en la ideal fantasía de la naturaleza.

DOR.—Los poetas son hombres despeñados; toda su tienda es de imposibles.

BEL.—Y de sentencias graves cuando escriben cosas serias; valerme quiero de aquel concepto y decir que os quise antes que tuviese ser.

DOR.—Si os valéis de eso, pensaré que vuestro amor es poesía.

LAU. *(aparte)*.—Presto será historia, y plega a Dios que no sea trágica.

DOR.—Mi madre llama por la puerta principal; salid por ésta; y tú quita de aquí todo esto, no lo vea; que no tendré remedio de volver a veros.

BEL.—¿Y cuándo será, señora mía?

DOR.—Gerarda os lo dirá, que ahora no puedo. *(Vanse don Bela y Laurencio.)*

GER.—No tiene mala traza el indiano.

CEL.—De darte su hacienda.

DOR.—En efecto, he tomado lo que no pensaba.

GER.—Piensa en lo que has de tomar, que esto ya lo tienes.

ESCENA VI

TEODORA, DOROTEA, GERARDA, CELIA

TEO.—¿Qué hacías, Dorotea?

DOR.—Aquí estaba con Gerarda.

TEO.—¡Con Gerarda! Milagro.

DOR.—¿Por qué milagro?

TEO.—Porque nunca te he visto muy deseosa de su conversación.

GER.—Estábale diciendo que en el repartimiento de mis monjas, de los santos deste año me había cabido. Santa Inés, y habíame enternecido con su martirio, y contábale su vida. ¿De dónde vienes?

TEO—De ver una amiga que estaba de parto.

GER.—¿Por qué no me llevaste contigo? Pusiérale la rosa de Jericó y mi nómina de reliquias.

TEO.—Ya parió una muchacha como unas flores; pero no se parece a su padre.

GER.—Imaginaría esa mujer en otro, que no todos los sucesos han de ser culpas.

TEO.—Un lunar tenía que se le he visto yo a un amigo de su marido.

GER.—Ves ahí lo que yo digo: estaríasele mirando aquel día y la imaginación hizo efecto; tan inocente está esa mujer como yo misma, que no he dado paso hoy que no sea en mis devociones.

DOR.—Madre, lleno traes de lodo el manto.

TEO.—Salpicome un caballero de esos que van deshollinando las ventanas. Ponle al sol en ese huerto, Celia.

DOR.—Nunca sales que no te suceda algo.

TEO.—El otro día caí en una cueva.

DOR.—¿Por qué sales sin báculo?

TEO.—Porque tú eres el de mi vejez y no quieres andar conmigo.

DOR.—Vas muy despacio.

GER.—Cansada vienes, Teodora; di que te den un traguecito si dura aquello del otro día.

CEL.—*Pide el goloso para el deseoso.*

DOR—Madre, mejor es que se quede a comer con nosotras Gerarda.

TEO.—¿Qué novedad es esta?

GER.—Dios te lo pague, niña, y quedárase mi puchero para la noche, que en verdad que no le había echado garbanzos por ir de presto a misa.

TEO.—¡Ay! ¿Qué búcaro es este?

DOR.—Una amiga me le ha feriado al manteo que tú decías que había vendido, y de rabia no he querido enseñártele.

TEO.—Aunque te dije aquellas cosas, bien sé yo tu virtud y honestidad, Dorotea. ¡Qué lindo es el búcaro!

GER.—Si hablas en su virtud de esta niña, será nunca acabar; si fuera en el tiempo de las fábulas, y si fuera piedra, como Anaxárete.

CEL.—Ya está aquí la comida.

TEO.—Siéntate, Gerarda.

GER —De capellana os tengo de servir: *Benedicite...*

DOR.—*Dominus...*

GER.—*Nos et ea que comituri somos, benedicat Deus in corporibus mostros.*

TEO.—No tanta fruta, Dorotea, que estás muy convaleciente. Deja las uvas.

DOR.—¿Qué me han de hacer? Que ya estoy buena.

TEO.—Toma estos higos, Gerarda.

GER.—Por ti tomaré uno, que no lo hiciera por el padre que me engendró; pero es menester que sepas que con un higo se bebe tres veces.

TEO.—¿Quién lo escribe?

GER.—El filósofo Alaejos; ¿pensaste que era Plutarco? Lo abro por medio. Dame, Celia, la primera.

TEO.—¿Sin comerle bebes?

GER.—Ahora le echo un poco de sal. Dame al segunda.

TEO.—Ya tienes las dos aparte; ¿qué harás ahora?

GER.—Cerrar el, higo, y dame la tercera.

CEL.—Bebe, y buen provecho; pero mira que es fuerte.

GER.—*Más fuerte era Sansón, y le venció el amor.* Bien haya quien te crió.

TEO.—¿El higo echas por la ventana después de tantas prevenciones?

GER.—¿Pues él había de entrar acá? No se verá en ese gozo.

TEO.—Deja el tocino, Dorotea; come tu pollo, que no estás para eso.

DOR.—Todo lo tengo que dejar. ¡Pollo, pollo! Ya me tienes más cansada que castañas en cuaresma.

GER.—¡Cuál está el tocinillo! Dame a beber, Celia, que te descuidas de mí; y a fe que no me lo debes; que cuando estás haciendo tu labor, olvidada de mí, estoy yo estudiando los nominativos de tu casamiento; y la noche de San Juan vi grandes cosas en un orinal de vidrio; y a fe que quien pasó a tales horas, que no venía a burlas. Toribio dijo: "Montañés será tu marido".

CEL.—¿Cosa que sea destos que venden agua?

GER.—¿Pues qué querías? ¿Que tuviese solar, pendón y caldera? Dame de beber, que me ahogo.

CEL.—¿Tan presto, tía?

GER.—¿Esto es presto? Bueno, por mi salud. *Esto y nada lleváoslo en el halda.*

TEO.—Come de esa gallina, muchacha.

DOR.—No puedo más, señora; que cocida me hace asco.

GER.—Come, Dorotea, que *cara sin dientes hace a los muertos vivientes.*

DOR.—¿Y quién es la cara sin dientes?

GER.—Las gallinas, hija, que crían linda carne.

CEL. *(aparte).*—Cuando la vieja anda por refranes, buena está su alma.

TEO.—Tú me agradas, Gerarda, que hablas y comes.

GER.—*Ese niño me alaba, que come y mama.*

CEL. *(aparte).*—Otro refrancito. ¡Qué colorada está la madre! Parece madroño, y la nariz zanahoria.

GER.—Cuando yo me acuerdo de mi Nuflo Rodríguez a la mesa... ¡Qué decía él de cosas! ¡Qué gracias! ¡Qué cuentos! De él aprendí las oraciones que sé. Era un bendito, no hizo en su vida mal a un gato; que cuando le sacaron a la vergüenza fue por ser tan hombre de bien que nunca quiso decir quién había tomado los platos del canónigo. Ahora parece que le veo por esa calle Mayor. ¡Qué cara llevaba en aquel pollino! No dijeran sino que iba a casarse. Y como él tenía tan linda barba, agraciábale mucho el desenfado con que picaba aquella bestia lerda. Ya le decía yo que no saliera sin acicates.

TEO.—Gerarda, no bebas más, que dices desatinos, y en otra parte pensarán que era verdad lo que dices. ¿Para qué lloras?

GER.—Porque fue crueldad llevarle a galeras.

CEL.—Ya lo enmienda.

GER.—Dios manda que se digan las verdades.

TEO.—No en daño del prójimo.

GER.—¿Qué daño es contar sus alabanzas, Teodora, ni refrescar la memoria del bien que se ha perdido?

CEL.—A lo menos refrescar lo bien que se ha bebido.

GER.—La primera vez que me halló en aquella niñería del estudiante, fue notable su paciencia. Era invierno, y echonos a mí y a él un jarro de agua en la cama, diciendo, con aquella bondad de que él se preciaba mucho: "*A los bellacos, mojallos*".

TEO.—¿No adviertes, Dorotea, la condición del vino?

DOR.—Fíale tus secretos, que ésa es la primera de sus faltas.

TEO.—¡Oh infame vicio, tan opuesto a la honra como aborrecido de la templanza!

DOR.—Cuanto vino entra, tantos secretos salen.

TEO.—Desde que le pisaron, por huir de los pies, se sube a la cabeza.

CEL.—¿Para qué me haces señas, tía?

GER.—¡Para que me lo preguntes, necia! ¿Cuánto va que me levanto? ¿Pues no me entiendes?

CEL.—Ha caído un mosquito.

GER.—No hayáis miedo que se descalabre; no le saques, Celia, que son los espíritus de este licor como los átomos del aire: el vino los engendra y a nadie le parecieron sus hijos feos. *Y cuando dieres vino a tu señor, no le mires al sol.*

CEL.—*Que quiera que no quiera, el asno ha de ir a la feria.*

GER.—*Pesa presto, María, cuarterón por media libra.*

CEL.—*No cabe más la tasa, que no es saca de lana.*

GER.—La leche de los viejos es el vino; no sé si lo dice Cicerón o el Obispo de Mondoñedo. ¡Ay mi buen Nuflo Rodríguez!

TEO.—¡A la tema vuelve!

GER.—En su vida reparó en mosquito; todo cuanto venía colaba que era una bendición. Llamaba grosera al agua, porque cría ranas; y una de las cosas con que me venció para que no la bebiese cuando me casé con él fue decirme que habían de cantar en el estómago; y púsome tanto miedo que desde entonces, sea Dios bendito, no la he probado. Pues ya, para lo que me queda, con su ayuda bien sabré salir de este peligro.

CEL.—Mire que se duerme, tía.

GER.—*Viéneme el mal que me suele venir, que después de harto me suelo dormir.*

CEL.—*Pues si sabe la falta, deje la causa.*

GER.—*Un cuchillo mismo me parte el pan y me corta el dedo.*

CEL.—*Labrar y hacer albardas, todo es dar puntadas.*

GER.—La primera vez que yo me fui de con mi Nuflo no estuve más de cinco meses fuera de su casa; aún ahora se me acuerda con qué gracia que me dijo cuando volví: "Aguardaría la señora a que fuese por ella".

TEO.—Madre Gerarda, come más y bebe menos, que con la sal de tus gracias te brindas a ti misma.

DOR.—Ya me pesa de que la hayas convidado.

GER.—¡Ay, Dorotea! Como eres niña, no has menester al vino, ni sabes sus virtudes.

DOR.—Querrás ahora ser su cronista.

GER.—Díjome mi doctor que el vino viejo que pasa de cuatro años es caliente y seco en el tercer grado.

DOR.—¿Qué son grados, tía?

GER.—Hija, ¡todo lo que ha de saber quien vive en este mundo! Digo yo que serán más o menos cantidades. Finalmente, el vino, mientras más se envejece, más calor tiene; al contrario de nuestra naturaleza, que mientras más vive más se va enfriando; es mejor el más oloroso, más poderoso y espirituoso, no amargo ni con punta de vinagre, porque ha de ser agradable a todos los sentidos, y el que danza en la copa tenle por más gallardo.

TEO.—*El pan con ojos, el queso sin ojos, el vino que salte a los ojos.*

GER.—Éste que digo ayuda a la virtud expulsiva, resuelve los malos humores y quita las ventosidades; es bueno para los que tienen crudeza en las venas y en otras partes.

TEO.—Ese vino no es para gente moza, y el verano sería veneno; el invierno será bueno para viejos y flemáticos. Éste es razonable; pero ha de beberse con templanza, que de esa manera alegra el corazón y fortalece los espíritus.

DOR.—Para huir las ofensas del vino no se han de comer cosas dulces y apetitivas.

GER.—¡Qué segura estoy de ese cuidado!

TEO.—Si hubieras tomado antes del mantenimiento siete almendras amargas o de otras cosas astringentes, no te ofendiera el vino.

GER.—¡Ay, Teodora! Déjate de esas invenciones; no hay cosa como siete torreznos. ¿Yo siete almendras? Dáselas a los siete infantes de Lara, que ya soy mayor de veinticinco años y sé lo que me cumple.

CEL.—Perdida está la vieja.

DOR.—Tía, ¿cuál es la mejor agua?

GER.—Niña, la que cae del cielo, porque no la bebe nadie.

DOR.—Dicen que la clara sutil que nace al Oriente y corre por la tierra, no sobre piedras.

GER.—Corra por donde quisiere, no haya miedo que yo me fatigue por alcanzarla.

DOR.—No sé cómo dicen que el vino da buena lengua y que algunos para hablar con osadía a los grandes príncipes se valen de su favor; porque yo veo, Gerarda, que no hablas claro.

GER.—Eso no nace del vino, sino del sueño.

DOR.—Y el sueño, ¿de quién nace?

GER.—De estar confortadas las partes intrínsecas.

DOR.—Mucho te costó salir de esa palabra.

GER.—¿Cómo ha tanto que no viene Celia a refrescarme? Dame tú de beber, negra, que esta moza me quiere mal porque le riño sus travesuras.

CEL.—La negra está en la cocina.

GER.—Pues dame tú de beber, doncella de la Vera, y perdona, que ya sé que te traigo hecha pedazos.

CEL.—No quiere señora.

GER.—*Este tu hijo don Lope, ni es miel, ni es hiel, ni vinagre, ni arrope.*

CEL.—En los ojos tienes eso postrero, como has llorado.

GER.—*Cuando dan por los aladares, canas son, que no Junares.* Dame sin que lo vean.

CEL.—Nueve veces has bebido.

GER.—*Escuderos de Hernán Daza, nueve debajo de una manta.*

CEL.—No la habrás menester esta noche.

GER.—*No tiene más frío nadie que la ropa que trae.*

TEO.—Mira, Gerarda, que te hará mal, y que Celia y la negra se están riendo, y con ser tu amiga Dorotica, no te la perdona.

GER.—*Cuando el guardián juega a los naipes, ¿qué harán los frailes?*

TEO.—Quítale esas aceitunas, negra.

GER.—Bien puede, que una hora habrá que estoy con el hueso de una pidiendo una consolación.

TEO.—Alza esta mesa, y dale, niña, un poco de esa gragea a Gerarda.

GER.—*Gragea a Guinea;* reventado sea mi cuerpo si en él entrare. No se hallará en todo mi linaje persona que haya comido dulce; en mi vida fui a bautismo por no ver el mazapán y los almendrones; cuando voy por las calles me voy arrimando a las tabernas y huyendo de las confiterías, y en viendo un hombre que come cascos de naranja, le miro si tiene ojos azules. Pues ¿pasas? Maldito sea el corazón que las pasó, ni al sol, ni a la lejía.

CEL.—Ande acá, tía, que no está para firmar.

GER.—*Si como tiene orejas tuviera boca, a muchos llamara la picota.*

CEL.—Con buenas oraciones se alza la mesa.

GER.—No quites los manteles; daré gracias, pues eché la bendición.

TEO.—Di, veamos.

GER.—*Quod habemus comido, de Dominus Domini sea benedito, y amicos y a vobis nunca faltetur, y agora dicamus el sanctificetur.*

DOR.—No se le puede negar que tiene gracia, y yo conozco muchos presumidos de ciencias que saben menos latín.

GER.—Después de comer, siempre tengo yo mis devociones. Llévame al oratorio, Celia.

CEL.—Tía, mejor es a la cama. No te cargues tanto, que pesas mucho.

GER.—*La puerta pesada, puesta en el quicio no pesa nada.*

CEL.—Topaste en la silla. Por acá, tía.

TEO.—¡Qué golpe que se ha dado! Llévala con tiento, ignorante.

CEL.—¿Qué tiento, si no le tiene?

CORO DE INTERES

DIMETROS JAMBICOS

Amor, tus fuerzas rígidas
cobardes son y débiles
para sujetos ínclitos
de conquistar difíciles.
Al interés espléndido
son las empresas fáciles,
con el oro dalmático
y los diamantes scíticos.
El dar, pródigo artífice,
constantes hizo adúlteras;
No todas son Eurídices,
Evadnes y Penélopes.
Ya no se mata Píramo,
ni son las Dafnes árboles
para la sacra púrpura
de las doradas águilas.
¿Qué Cáucaso, qué Ródope,
qué mármoles ligústicos,

no vuelve en cera líquida
este metal dulcísono?
Amor a Venus cándida,
porque en los brazos horridos
la vio de un feo sátiro,
lloró con tiernas lágrimas.
Al fiero Marte indómito
y al claro Apolo Délfico,
por un Fauno ridículo
trocó la diosa impúdica.
No piense amor solícito
por las victorias de Hércules
que sus historias trágicas
no de escribir en pórfidos;
que mis pomas hespérides
han de vencer sus máquinas
y los mayores triunfos
de los romanos Césares.

ACTO TERCERO

Sala en casa de don Fernando

ESCENA I

DON FERNANDO, JULIO

FER.—Apenas, ¡oh Julio!, he llegado cuando quisiera no haber venido. Bien dijo aquel poeta:

> ¡Oh gustos de amor traidores.
> sueños ligeros y vanos,
> gozados, siempre pequeños,
> y grandes, imaginados!

JUL.—Pues ¿qué es lo que ahora te da pena? ¿Esta era la prisa? ¿Esto decir que se había parado el tiempo? ¿Esto hacerme levantar antes que supiesen los pájaros que amanecía? ¿Para esto prometías tanto dinero a los mozos del camino por que te pusiesen en la corte el día que señalabas?

FER.—¿De qué te admiras, Julio? ¿No sabes que se esfuerza más el deseo cuando tiene más cerca la causa? Otros que vienen de ausencias largas descansan de sus cuidados con ver el dueño de ellos; pero, ¡infeliz de mí!, ¿a qué he venido si no tengo de ver a Dorotea?

JUL.—¿Quién te lo quita?

FER.—El mismo amor que me lo manda.

JUL.—No pienses en lo que piensas.

FER.—¿Cómo puedo no pensar en lo que pienso?

JUL.—Divirtiendo el pensamiento.

FER.—Dame un libro.

JUL.—¿Latino, francés o toscano?

FER.—Dame a Heliodoro en nuestra lengua.

JUL.—¡Gentil devocionario! Toma.

FER.—Aquí dice *(lee): "Teágenes y Clariquea quedaron solos en la cueva, juzgando por gran bien la dilación de los trabajos que esperaban, porque, hallándose libres, se dieron los brazos amorosamente".* ¿ Ésto quieres que lea?

JUL.—Yo no, que tú lo pides.

FER.— Ésto más enciende que entretiene. ¡Ay de mí, Julio! ¿Qué hará la cruel Dorotea?

JUL.—Deja, por Dios, esa imaginación que te atormenta.

FER.—Muestra el ajedrez, jugaremos un poco.

JUL.—Bien dices; pongo las piezas.

FER.—¿Están puestas?

JUL.—¿Pues no lo ves? Comienza. ¿Qué has hecho?

FER.—Derríbelas todas, por no ponerme a peligro de perder la dama. Muestra las espadas negras.

JUL.—Quitáreles el polvo de nuestra ausencia.

FER.—De la postura angular dice Carranza que salen todas las heridas. ¿Qué postura tendría el amor cuando me dio las mías?

JUL.—Pregúntalo a Dorotea, que le dio el arco.

FER.—Bien hiciste esa treta; que del fin del tajo salen todas las estocadas. ¡Ay Dorotea, que no me bastan reparos contra las tuyas!

JUL.—¿Por qué arrojas la espada?

FER.—Porque no diga Alciato que está en manos de loco.

JUL.—A un gentilhombre, que tú conoces, se le ha muerto su dama; yo quiero entretenerte con unos versos suyos, a manera de edilios piscatorios.

FER.—Yo tengo dos del mismo, y los he puesto en famosos tonos.

JUL.—Pues escucha éstos, que no son menos buenos que los que dices.

FER.—Di, si te acuerdas de ellos.

JUL. *(lee):*

¡Ay soledades tristes
de mi querida prenda,
donde me escuchan solas
las ondas y las fieras!
Las unas que, espumosas,
nieve en las peñas siembran,
porque parezcan blandas
con mi dolor las peñas;
las otras, que bramando,
ya tiemplan la fiereza,
y en sus entrañas hallan
el eco de mis quejas.
¿Cómo sin alma vivo
en esta seca arena,
o cómo espero el día,
si está mi aurora muerta?
O ¿pediré llorando
la noche de su ausencia,
que, pues ya viven juntas,
entrambas amanezcan?
Pero saldrán las suyas,
y no saldrá mi estrella;
que, aunque de noche salen,

padecen noche eterna.
Alma, Venus divina.
que día y noche muestras
la senda del aurora
y del mayor planeta,
por esta noche sola
le da la presidencia,
pues sabes que te iguala
su luz y su pureza.
Cubra funesto luto,
barquilla pobre y yerma,
de la proa a la popa,
tus jarcias y tus velas.
No ya tendal te vista,
ni te coronen fiestas,
marítimos hinojos;
mas venenosa adelfa.
Las juncias y espadañas
que de aquestas riberas,
con sus dorados lirios,
tejidas orlas eran,
y los laureles verdes,
secos tarayes sean;

lo inútil de sus hojas
mis esperanzas tengan.
Y rómpaste de suerte
que parezcas deshecha
cabaña despreciada,
que los pastores dejan.
No ya por la mesana
tus flámulas parezcan
sierpes de seda al viento,
de tafetán cometas.
No de alegres colores,
sino de sombras negras,
las palas de tus remos
las ondas encanezcan.
No las desnudas ninfas,
cuando la vela tiendas
a la embreada quilla
arrimen las cabezas.
Deshechos huracanes
te saquen y te vuelvan,
pues ya la mar de España
les concedió licencia.
Vosotros, ¡oh barqueros!,
que en aquestas aldeas
dejáis vuestras esposas
hermosas y discretas;
si obligan amistades
a mis tristes endechas,
en tanto que las olas
por estas rocas trepan;
pues viven retiradas
las barcas y las pescas,
ayudad con suspiros
mis lastimosas quejas.
El que a la mar saliere,
para que presto vuelva,
embárquese en mis ojos,
y le tendrá más cerca.
El que estuviere alegre,
ni venga, ni me vea;
que volverá, de verme,
con inmortal tristeza.
Cortad ciprés funesto,

y acompañad mi pena
con versos infelices
de míseras elegías.
Y el que mejores rimas
hiciere a las exequias
de mi querida esposa,
tal premio se prometa.
Aquí tengo dos vasos,
donde esculpidas tenga
la desdeñosa Dafnes
y la amorosa Leda:
aquélla verde lauro,
y con las plumas ésta
del cisne, por quien Troya
llamó su fuego a Elena;
y dos redes tan juntas,
que si sus nudos cuenta.
podrá suspiros míos,
y yo del mar la arena.
Sacarán las Nayades,
las Dríadas y Oreas,
aquéllas de las ondas,
las otras de las selvas,
las frentes que coronan
corales y verbenas,
para que doble el llanto
tan mísera tragedia.
"Ya es muerta—decid todos—;
ya cubre poca tierra
la divina Amarilis,
honor y gloria vuestra,
aquélla cuyos ojos
verdes, de amor centellas,
músicos celestiales,
orfeos de almas eran;
cuyas hermosas niñas
tenían, como reinas,
doseles de su frente
con armas de sus cejas.
Aquélla cuya boca
daba lección risueña,
al mar de nacer corales.
al alba de hacer perlas;

aquélla que no dijo
palabras extranjeras
de la virtud humilde
y la verdad honesta;
aquélla, cuyas manos
de vivo azar compuestas,
eran nieve en blancura
cristal en transparencia;
cuyos pies parecían
dos ramos de azucenas,
si, para ser más lindas.
nacieran tan pequeñas;
la que en la voz divina
desafió sirenas,
para quien nunca Ulises
pudiera hallar cautela;
la que añadió al Parnaso
la musa más perfecta,
la virtud y el ingenio,
la gracia y la belleza.
Matola su hermosura,
porque ya no pudiera
la envidia oír su fama,
ni ver su gentileza".
Venid a consolarme,
que muero de tristeza;
mas no vengáis, barqueros.
que no quiero perderla;
que si mi vida dura,
es sólo porque sienta
más muerte con la vida,
más vida que sin ella
ya roto el instrumento,
los lazos y las cuerdas,
lo que la voz solía,
las lágrimas celebran.
Su dulce nombre llamo;
mas poco me aprovecha,
que el eco que me burla,
con mis acentos suena.
Mi propia voz me engaña;
y como voy tras ella,
cuando la sigo y llamo,

tanto de mí se aleja.
En este dulce engaño,
pensando que me espera,
salen del alma sombras
a fabricar ideas.
Delante se me ponen,
y yo con ansia extrema,
lo que imagino, abrazo,
por ver si efecto engendra,
Pero en desdicha tanta
y en tanta diferencia,
los brazos que engañaba
desengañados quedan.
¡Qué alegre, respondía,
dividiendo risueña
aquel clavel honesto
en dos esferas medias!
Y yo, su esposo triste,
al desatar la lengua,
cogía de sus hojas
la risa con las perlas.
Mas ya no me responde
mi dulce, amada prenda;
que en el silencio eterno
a nadie dan respuesta.
De suerte sus memorias
en soledad me dejan,
que busco sus estampas
por esta arena seca.
Y donde tantas miro,
(¡qué locura tan nueva!),
escojo las menores,
y digo que son ellas.
No hay árbol donde tuvo
alguna vez la siesta,
que no le abrace y pida
la sombra que me niega,
y entre estas soledades,
con ansias tan estrechas,
no miro su retrato,
y muérome por verla;
que no pueden los ojos
sufrir que muerta sea

la que tan lindo talle
pintada representa.
Lo que deseo, huyo;
porque de ver me pesa
que dure más el arte
que la naturaleza.
Sin esto, porque creo
(cómo me mira atenta)
que, pues que no me habla,
no debe de ser ella.
Pintola Franceliso;
de las paredes cuelga
de mi cabaña pobre;
mas ¡qué mayor riqueza!,
si alguna vez acaso
levanto el rostro a verla,
las lágrimas la miran,
porque los ojos ciegan;
mas no podrá quejarse
de que otra cosa vean,
aunque mirase flores,
sin parecerme feas.
Tan triste vida paso,
que todo me atormenta:
la muerte, porque huye;
la vida, porque espera.
Cuando barqueros miro,

cuyas esposas muertas,
que tanto amaron vivas,
olvidan y se alegran,
huyo de hablar con ellos,
por no pensar que puedan
hacer en mí los tiempos
a su memoria ofensa.
Porque si alguna cosa,
aún suya, me consuela,
ya pienso que la agravio,
y dejo de tenerla.
Así lloraba Fabio
del mar en las riberas,
la vida de Amarilis,
la muerte de su ausencia.
Cuando atajaron juntas
con desmayada fuerza,
el corazón las ansias,
as lágrimas la lengua,
Amor, que le escuchaba,
dijo: "La edad es esta
de Píramo y Leandro,
de Porcia, Julia y Fedra;
que no son destos siglos
amores tan de veras,
que ni el morir los cura,
ni el tiempo los remedia".

FER.—Con tanta acción has leído, Julio, esos versos, que me has traído las lágrimas a los ojos.

JUL.— Debe de ser como te halla flaco de la voluntad.

FER.—¡Oh, cuánto me agradan las cosas tristes! ¡Bien haya hombre tan firme y tan dichoso!

JUL.—¿Dichoso puede ser quien pierde lo que los versos dicen?

FER.—¡Pluguiera a Dios que yo llorara a Dorotea!

JUL.—Parece tu deseo el de aquel tirano que, partiéndose a Roma, donde le llamaba César, encargó a un amigo que matase a Mariana, su esposa, si el César le matase a él, porque la que tanto amaba no fuese de otro; y fue después del mismo amigo, que le descubrió el secreto.

FER.—Mejor estado, Julio, es el de ese amante que el que yo tengo. ¡Oh si pudiéramos trocar tristezas! Que él llora lo que le falta, y yo lo que tiene otro.

JUL.—No digas tal, que no es posible.

FER.—Si ello es, como es, posible, ¿para qué lo dudas?

JUL.—O quieres o no quieres a Dorotea; si la quieres, piensa bien de lo que quieres; si no la quieres, no pienses tanto en cosa que no quieres.

FER.—Yo la quiero y la aborrezco.

JUL.—Es imposible.

FER.—Aristóteles escribe que la hermosa Hélide tuvo amores con un etíope y parió una hija blanca; pero que el hijo de la hija nació negro; y así, de la hermosura de Dorotea nace mi amor blanco; pero deste mismo, después, mi aborrecimiento negro.

JUL.—¿Da la razón el filósofo?

FER.—No más de que vuelve después de muchos géneros la semejanza; consúltale en el libro primero de la *Generación de los animales.*

JUL—Pienso que te contradices; porque si de la hermosura de Dorotea nació tu amor blanco, ¿quién de los dos fue el etíope para que saliese negro el aborrecimiento?

FER.—Los celos, Julio, que nunca amor engendró sin ellos.

JUL.—¡Graciosa respuesta!

FER.—Si de la posición del antecedente se infiere la consecuencia, perfecto es el silogismo.

JUL.—¿Por qué amas a Dorotea?

FER.—Porque es digna de ser amada.

JUL.—Es fuerza que sea bien para que se ame.

FER.—Hay mucha distancia de bien a buena; que ya sé yo del filósofo en las *Ethicas,* donde trata de los amigos, que lo que es absolutamente bueno es amable y apetecible; pero dice que el amor es semejante al afecto, y la amistad al hábito.

JUL.—Holgárame que hubieras leído en el libro primero de los *Retóricos* la causa porque los amantes, en medio de sus tristezas, están alegres.

FER.—¿A qué propósito?

JUL.—Dice que como los enfermos se alegran en la furia de la calentura pensando en que han de beber, así los que aman, cuando están ausentes, cuando escriben y cuando desean, se alegran imaginando en el efecto del bien que esperan.

FER.—Ya te entiendo, Julio: quieres decir que espero ver a Dorotea; pues ¿cómo se ajusta ese pensamiento al mío si la quiero porque es hermosa y no la veo porque la aborrezco?

JUL.—No quiero responderte, sino divertirte. Oye el segundo discurso del mismo amante:

Para que no te vayas,
pobre barquilla, a pique,
lastremos de desdichas
tu fundamento triste.

Pero tan grave peso,
¿cómo podrás sufrirle?
Si fuera de esperanzas,
no fuera tan difícil.

De viento fueron todas,
para que no te fíes
de grandes océanos
que las bonanzas fingen.
Halagan las orillas
con ondas apacibles,
peinando las arenas
con círculos sutiles.
Serenas de semblante,
engañan los esquifes,
jugando con los remos
porque no los avisen.
Pero en llegando al golfo,
no hay monte que se empine
al cielo más gigante,
adonde tantos gimen.
Traidoras son las aguas;
ninguna se confíe
de condición tan fácil,
que a todos vientos sirve.
Tan presto ver el cielo
a las gavias permite,
como que los abismos
las rotas quillas pisen.
Ya, ¡pobre leño mío!,
que tantos años fuiste
desprecio de las ondas
por Scilas y Caribdis,
es justo que descanses,
y en este tronco firme
atado como loco,
del agua te retires.
No intentes nuevas tablas
ni el viento desafíes,
que ruinas del tiempo
ninguna enmienda admiten.
Mientras te cuelgo al templo,
victorioso apercibe
para injustos agravios
paciencias invencibles.
En la deshecha popa
desengañado escribe:
"Ninguna fuerza humana

al tiempo se resiste".
No te anuncien las aves
tempestades terribles,
ni el ver que entre las ramas
airado el viento silbe;
no mires los que salen,
ni barco nuevo envidies,
porque le adornen jarcias
y velas le entapicen.
A climas diferentes
la errada proa inclinen
las poderosas naves
de Césares Filipes.
Antárticos tesoros
alegres soliciten;
diamantes orientales,
zafiros y amatistas.
Las armas de las popas
con generosos timbres
los montes de agua espanten,
la tierra opuesta admiren.
Y tú, de sólo el cielo
cubierta, no porfíes
a volver a las ondas,
de quien saliste libre.
Huye abrasadas Troyas,
siendo al furor de Aquiles
Eneas el silencio,
y la virtud Anquises.
Cuando tu dueño y mío
en esta orilla viste
saliendo de las aguas
salir a recibirme,
aún no mostraba el alba
sus cándidos perfiles,
riendo en azucenas,
llorando en alelíes,
cuando a buscar regalos
eras pomposo cisne
por las ocultas sendas
del reino de Anfitrite.
Ni temías tormentas
ni encantadoras Circes;

que ya para sirenas
era mi amor Ulises.
Y aún me vieron a veces
sus cristalinas sirtes
búzano de las perlas,
y de los peces lince.
¿Qué pesca no le truje
cuando la noche viste
de sombras estos montes,
que con mi amor compiten?
Y no en luciente plata.
sino en tejidas mimbres;
que donde vienen almas
son las riquezas viles.
no hay cosa entre dos pechos
que más el alma estime
que verdades discretas
en apariencias simples.
Ya la temida parca,
que con igual pie mide
los edificios sitos
y las chozas humildes,
se la robó a la tierra.
y con eterno eclipse
cubrió sus verdes ojos,
ya de los cielos iris.
Aquellas esmeraldas,
que con el sol dividen
la luz y la hermosura,
en otro cielo asisten:
aquellos que tuvieron,
riéndose apacibles,
la honestidad por alma,
que no el despejo libre.
Ya de su voz no tienen
que dulcemente imiten
los arroyos pasajes,
los ruiseñores tiples.
No sé cuál fue de entrambos
(bellísima Amarilis),
ni quién murió primero,
ni quién ahora vive.
Presumo que trocamos

las almas al partirte;
que pienso que es la tuya
esta que en mí reside.
Tendido en esta arena
con lágrimas repite
mi voz tu dulce nombre,
porque mi pena alivie.
Las ondas me acompañan;
que en los opuestos fines
con tristes ecos suenan
y lo que digo dicen.
No hay roca tan soberbia
que de verme y oírme
no se deshaga en agua,
se rompa y se lastime.
Levantan las cabezas
las focas y delfines
a las amargas voces
de mis acentos tristes.
No os admiréis, les digo,
que llore y que suspire
aquel barquero pobre
que alegre conocisteis;
aquel que coronaban
laureles por insigne,
si no miente la fama
que a los estudios sigue,
ya por desdichas tantas,
que le humillan y oprimen;
de lúgubres cipreses
la humilde frente ciñe.
Ya todo el bien que tuve
de verle me despide;
su muerte es esta vida
que me gobierna y rige.
Ya mi amado instrumento,
que hazañas invencibles
cantó por admirables,
lloró por infelices,
en estos verdes sauces
ayer pedazos hice;
supiéronlo barqueros,
enojados me riñen.

Cuál toma los fragmentos
y a unirlos se apercibe;
pero, difunto el dueño,
las cuerdas, ¿de qué sirven?
Cuál le compone versos;
cuál, porque no le pisen,
le cuelga de las ramas,
transformación de Tisbe;
mas yo, que no hallo engaño
que tu hermosura olvide,
a cuanto me dijeron
llorando satisfice:
"Primero que me alegre,
será posible unirse
este mar al de Italia
y el Tajo con el Tibre;
con los corderos mansos
retozarán los tigres,
y faltará a la ciencia
la envidia que la sigue;

que quiero yo que el alma
llorando se destile
hasta que con la suya
esta unidad duplique,
que puesto que mi llanto
hasta morir porfíe,
tan dulces pensamientos
serán después fenices.
En bronce sus memorias
con eternos buriles
amor, que no con plomo,
blando papel imprime.
¡Oh luz, que me dejaste!
¿Cuándo será posible
que vuelva a verte el alma
y que esta vida animes?
Mis soledades siente...
Mas, ¡ay!, que donde vives,
de mis deseos locos
en dulce paz te ríes".

FER.—Dame un traslado de estas endechas, Julio, que si fueran breves las estudiara para cantarlas.

JUL.—Las otras dos que tienes son más a propósito.

FER.—¡Qué amor! ¡Qué fineza! ¡Qué verdad! ¡Qué soledad! No le ha faltado a ese amante sino beberse las cenizas de su Amarilis.

JUL.—En los pies de los ídolos de la India he visto unas urnas de oro, y preguntando lo que había en ellas, me dijeron que las cenizas de algún indio, que porque las pusiesen al pie del ídolo se dejaban quemar de sus ministros. Paréceme que quisieras ocupar una de estas a los pies de Dorotea.

FER.—No lo creas, Julio, sino advierte cómo parece que se hicieron los versos para descansar los que aman.

JUL.—Y para desechar las tristezas y el temor del ánimo, como en Horacio habrás visto, donde dice que con las musas no temía el rigor de los cuidados.

FER.—Remedio del amor las llama Teócrito en su *Cíclope;* debe ser porque alivian sus tristezas quejándose, que no porque le curen; y son ejemplo los versos referidos. ¡Quién pudiera dar las suyas al aura!, como dijo Anacreonte. Pero ni el escribirlos ni el cantarlos sosegará las tempestades del mar de mis pensamientos.

JUL.—Pues el huir no fue remedio, ¿cómo lo será el acercarte? Mejor lo pasabas en Sevilla; yo pensé que te enamorabas ya de aquella de los ojos negros.

FER.—¡Ay, Julio, que son heridas que se curan sobre falso!

JUL.—No le faltaba hermosura.

FER.—Ni entendimiento.

JUL.—Pues ¿qué le faltaba?

FER.—¿No has visto un hombre que escribe mal y quiere que un maestro le enseñe a escribir bien, que pasa mas trabajo en quitarle la primera forma que en enseñarle la segunda? Pues desa suerte no puede el segundo amor enseñar hasta que el primero olvide.

JUL.—Quiero decirte unos versos, que oí en una comedia, a propósito de tus celos, de tus jornadas y deste indiano que te amartela, que, según imagino, ese despertador desvela más tu pensamiento que las gracias y hermosura de Dorotea:

> Canta, pájaro amante, en la enramada
> selva a su amor, que por el verde suelo
> no ha visto el cazador que con desvelo
> le está escuchando, la ballesta armada.
> Tírale, yerra, vuela y la turbada
> voz en el pico, transformada en hielo,
> vuelve, y de ramo en ramo acorta el vuelo
> por no alejarse de la prenda amada.
> De esta suerte el amor canta en el nido;
> mas luego que los celos que recela
> le tiran flechas de temor de olvido,
> huye, teme, sospecha, inquiere, cela,
> y hasta que ve que el cazador es ido,
> de pensamiento en pensamiento vuela.

FER.—Julio, ya habernos venido; no hay sino tener paciencia y divertirnos por esos campos.

JUL.—Mejor fuera por esas conversaciones, y mirando otras cosas que tuvieran hermosura.

FER.—Y ¿adonde ha de haber hermosura fuera de Dorotea?

JUL.—En todo aquello que tuviere proporción; que eso es hermosura; porque, como dijo en su *Filografía* León Hebreo, la forma que mejor informa la materia hace las partes del cuerpo entre sí mismas más iguales con el todo, unificando el todo con las partes.

FER.—Y ¿dónde se hallará esa Unión y correspondencia?

JUL.—En muchas, que no se abrevió la mano de la naturaleza en Dorotea.

FER.—Mil veces he pensado que de lo que le sobró de la materia de que la compuso hizo después las rosas y los jazmines.

JUL.—A esa cuenta, ¿primero fue Dorotea que las rosas?

FER.—No, Julio, sino que aquello cándido y purpúreo de jazmines y rosas estaba ya gastado con el tiempo, y renovose con las sobras de los colores de Dorotea.

JUL.—¡Pobre juicio! Mejor será dejarte que persuadirte.

FER.—Julio, trátame bien, hasta que estés enamorado.

JUL.—Enviaba un villano un rocín de caza que codiciaba un grande, y decía la carta: "Ahí llevan el rocín, más flaco que cuando le vio V. Señoría, porque está enamorado; y así, le suplico que le trate como V. Señoría quisiera que le trataran si fuera rocín".

FER.—Pesado estás, sobre necio.

JUL.—Yo te digo lo que te importa.

FER.—Y yo, con Ovidio, que ninguno que ama lo conoce, y con Séneca, en su *Hipólito,* lo que tomó dél Garcilaso, cuando dijo:

> Conozco lo mejor, lo peor apruebo...

(Vanse.)

ESCENA II

Sala en casa de don Bela

DON BELA, LAURENCIO

BEL.—Estoy contento, Laurencio, de haber conquistado la gracia de su madre de Dorotea; porque hasta tenerla todo era inquietud y desasosiego de entrambos, y era fuerza que fuese mayor el mío.

LA.—¿Qué no quieres conquistar, si el general es de diamante y los soldados de oro? Haz cuenta que tú estabas en Madrid y que ellas fueron a las Indias.

BEL.—Cuanto se gasta es poco respecto de lo que merece Dorotea.

LA.—Mucho merece, pero mucho se gasta. Notable oficio es la hermosura: a quien le dio la naturaleza, no busque otro.

BEL.—No es oficio, sino dignidad.

LA.—También las dignidades son oficios.

BEL.—Bienes de la naturaleza se llaman, a diferencia de los de fortuna.

LA.—Los de tu fortuna poco a poco se van a los que le dió la naturaleza a Dorotea, y tendralos entrambos: mira si son oficio; y si digo yo bien que no han menester ir a las Indias.

BEL.—Los que no la pueden gozar, pésales que haya hermosura.

LA.—Y a los que la gozaron a tanta costa, les pesa después de haberla gozado.

BEL.—Nunca puede pesar tanto placer.

LA.—No hay placer que no tenga por límite el pesar; que, con ser el día la cosa más hermosa y agradable, tiene por fin la noche.

BEL.—Nunca yo estuve más en las Indias que mereciendo ver a Dorotea.

LA.—Ni ella mejor que cuando te las va quitando; y acuérdome de haber leído en la historia de los Jarifes que le dijeron a aquel discreto moro que se habían descubierto algunas minas de oro en los Montes Claros, que están de aquella parte de Marruecos, y mandolas cegar a prisa y que nadie sacase oro, so pena de la vida; porque si lo sabían los cristianos, no las irían a buscar a las Indias, sino a su tierra.

BEL.—Si alguna tengo, no me ha hecho daño el descubrirla; que Dorotea no me la quita con armas, sí con hermosura.

LA.—Siempre fueron las más fuertes, pues a los que más lo fueron vencieron tanto. Onfale rindió a Hércules, Briseida a Aquiles; pues en llegando a sabios, Aristóteles adoraba a Hermia, y le compuso himnos, como usaban los griegos a los dioses, tanto, que, acusado de Demófilo y Eurimedonte, se desterró de Atenas.

BEL.—Luego ¿tendrá disculpa?

LA.—De amarla, sí; de darla, no.

BEL.—No se puede amar sin dar.

LA.—Ni dar sin empobrecer.

BEL.—¿Por qué da Dios a los hombres?

LA.—Porque los ama.

BEL.—Luego ha de dar quien ama.

LA.—Dios no puede empobrecer; que si fuera posible, dijéramos que cuando no tuvo que dar se dio a sí mismo.

BEL.—Dime, Laurencio: ¿Platón fue sabio?

LA.—Llamáronle divino.

BEL.—Pues él dijo que todo lo bueno es hermoso; luego consecuencia es que todo lo hermoso es bueno, y lo que es bueno, digno es de ser amado; ni puede ser reprendido quien ama lo que es bueno.

LA.—¡Extremados convertibles! Pero paréceme, señor, que a ti y a mí nos hace mucho daño eso poco que habernos estudiado; pero mira, así Dios te guarde, de qué manera declaró Marsilio Ficino el pintar los antiguos el dios Pan medio hombre y medio bestia.

BEL.—¿Qué fue la causa?

LA.—Como era hijo de Mercurio, significaron las dos maneras de hablar en sus dos formas: cuando verdadera, hombre, y cuando falsa, bestia.

BEL.—Por buen camino me lo llamas.

LA.—No digo tal, sino que te aprovechas mal de la parte superior en tus argumentos.

BEL.—No ha menester la hermosura de. Dorotea mi defensa.

LA.—No, sino tu dinero.

BEL.—Frines fue una mujer de Beocia que, acusada al magistrado por la hacienda que había adquirido, se desnudó delante de aquellos senadores, que, viendo la perfección de su cuerpo, la dieron por libre; y dijo Quintiliano que más que la acción y patrocinio de los letrados, le había valido la hermosura.

LAU.—No la miraron los jueces con las leyes, sino con los deseos: mejor ejemplo les diera Octaviano, que oyó a Cleopatra sin mirarla al rostro; pero, pues tú estás contento, yo pagado.

BEL.—¿No lo he de estar, teniendo ya de mi parte a Teodora, madre de mi Dorotea?

LAU.—No por cierto; porque si antes tenías una sanguijuela, ahora tienes dos que te chupen la sangre, y te figuro como suele un toro en el coso, a quien han echado un alano, que con la parte que le queda libre se va defendiendo; pero, echándole otro, se rinde, y con igual fatiga los lleva a entrambos colgados de las orejas como arracadas.

ESCENA III

GERARDA, DON BELA, LAURENCIO

GER.—*Adonde hay voluntad, mejor es entrarse que llamar.*

BEL.—¡Oh madre mía, y qué segura la tienes!

LAU. *(aparte).*—No la mía.

BEL.—¿Cómo está mi Dorotea? Lo primero.

GER.—No se ha levantado, con achaques de la mala semana.

BEL.—Si se la quieres quitar, ponle una calabaza en los pechos, que no lo digo yo, sino Hipócrates.

GER.—¿En eso se metió aquel de los *Aphorismos?* La vida nos diera. Aun si fuera para mí, ya no importara; pero mejor lo hizo la naturaleza. De eso estoy libre, gracias a Dios, y de dolor de muelas.

LAU.—¿Cómo te han de doler, si no las tienes?

GER.—*¿Cómo no riñe tu amo? Porque no es casado.* Laurencio, Laurencio, esto que ahora no es, fue perlas algún día, y yo vi más de un soneto a mis dientes. ¿Pensaste que había de ser como el moro que hubo en la India, que vivió trescientos años, y de ciento en ciento le nacían dientes y se le mudaba el cabello de blanco en negro?

LAU.—Todo eso hay por acá también, sin que lo haga la naturaleza; pero no se vive tanto.

GER—Prestado lo da todo la naturaleza.

LAU.—Por poco tiempo lo fía.

GER.—*Cochino fiado, buen invierno y mal verano;* las que tuvimos primavera con gusto, pasaremos el otoño con trabajo.

BEL.—Pues buena estás, madre, y bien te portas.

GER.—*Campana cascada, nunca sana.* No hayas miedo que yo sea como el moro.

LAU.—Pues harto tienes de eso.

GER.—*Casaron a Pedro con Marigüela; si ruin es él, ruin es ella.*

BEL.—Madre, quiérote decir un secreto para confirmar las facultades nativas, que en cualquiera parte afecta y mórbida pone vigor y fuerza, aunque tú no la habrás menester para los desmayos de Venus.

GER.—¿Y qué es el secreto? Que sois demonios los indianos.

BEL.—Toma un pedazo de oro y métele ardiendo en vino, que es poción milagrosa.

GER.—Ya se te ha pegado lo crespo de la lengua: poción, nativa, afecta y mórbida.

BEL.—¿No ves que son los propios términos? Haz lo que te digo del oro y bébete el vino.

GER.—Para comprar el vino me holgara de tener el oro; que ese licor saludable no ha menester quien le ayude; poderoso es solo.

LAU.—Bien puedes hacer la experiencia con alguno de los doblones que tienes.

GER.—*Un ojo a la sartén y otro a la gata.* Eso que me ha dado don Bela, hermano, está para mi entierro, que no quiero ir al cementerio de la parroquia con un *Quirieleison* desentonado de un sacristán solo, que parece que pregona algún borrico perdido: mis cofradías tengo de llevar, y la mejor sepultura ha de ser la mía, que no quiero que me dé el agua a cielo abierto.

LAU.—¿Aún muerta aborreces el agua?

GER.—No estoy muy bien con ella.

BEL.—Hay aversiones y contrariedades naturales, como hay simpatías, antipatías, así entre los animales como entre los hombres, y aún entre los planetas, para los aspectos infortunados o benévolos. El ciervo y la culebra se aborrecen, los cisnes y las águilas, los toros y los lobos, la perdiz y el cuervo; y entre los hombres aborrecen los que saben menos a los que saben más, los discípulos que salen a volar a los maestros que los enseñaron; y de la misma suerte hay amistades por secreta naturaleza, de que muchos filósofos escriben la causa.

GER.—Yo no sé para qué os vais conmigo a las retóricas y habladurías, que es vender miel al colmenero: dadme para el vino, ya que no me deis el oro.

BEL.—¿Con cuánto te contentas?

GER.—Con lo que el refrán dice: *"Un cuartillo presto es ido, una azumbre también se sume, el arroba es la que abonda".*

BEL.—Dale ocho reales.

GER.—Ya se van bajando las cuerdas al instrumento no me espanto; que *de los amores y las cañas, las entradas.* Pues en verdad que pienso mortificarme en esto de la sed: que el primer día que visitaste a Dorotea comí con madre e hija, y si no lo has por enojo, anduve tan liberal de la taza, como de la mano a la boca hay tan pocos atolladeros, que no salí en dos días de una cocina, aunque yo pensé que estaba en el oratorio.

LAU.—Soñarías la gloria.

BEL.—Ahora bien: ¿a qué vienes, Gerarda? ¿Es tuya esta visita, y de Dorotea por paraninfo?

GER.—De Dorotea, que yo no vengo acá por mí sola, por no cansarte con mis impertinencias. Esta memoria trajo el sastre de lo que es necesario sacar para el hábito leonado.

LAU. *(aparte)*.—Leones te despedacen.

BEL.—¿Ha de haber oro?

GER.—*No hay buena olla con agua sola.* Unos galones no más, y en el jubón trencillas.

LAU. *(aparte)*.—De azotes le merecen madre, hija y tercera.

GER,—¿Qué dices de su madre entre dientes, Laurencio? ¿No es muy honrada y virtuosa?

LAU.—No lo digo yo sino por la libertad de su casa.

BEL.—¿Eso te admira, bobo? ¿No sabes que *no hay casa donde no haya su chiticalla?*

LAU.—Yo he leído este papel, y se sacará todo como Dorotea lo manda; que todo es poco para servirla.

GER.—Este tu Laurencio, mayordomo impertinente, anda siempre rostrituerto, y debe de ser porque Celia no le ha correspondido como él quisiera.

LAU.—¡Yo la he mirado con esos ojos! Sí, sí; hallado se había el enamorado, tierno es el mozo. *No seáis hornera si tenéis la cabeza de manteca,* que también yo sé refranes. ¡Cierto que es Celia muy linda para decirle amores! Buena era para alazán tostado... y llena de pecas.

GER.—Así la quieren más de cuatro; *que no hay olla tan fea que no tenga su cobertera. Nuestro yerno, si es bueno, harto es luengo; pues nadie diga desta agua no beberé,* que suelen mudarse los tiempos.

LAU.—*Mudanza de tiempos, bordón de necios.*

GER.—*Así es redonda y así es blanca la luna de Salamanca.*

LAU.—Gerarda, Gerarda: *la mujer y el huerto no quieren más de un dueño; que la doncella y el azor, las espaldas al sol.*

GER.—Pues ¿qué se puede presumir de Celia y de su recogimiento? *Desde la desgracia primera ya soy doncella.*

LAU.—*Haga quien hiciere, calle quien lo viere, mal haya quien lo dijere.*

GER.—*El dicho apruebo y el propósito no entiendo; que el golpe de la sartén, aunque no duele, tizna.*

BEL.—Yo he escrito, madre, debajo de esta lista, estos renglones. Mejor es que Dorotea vaya a sacar los recados; llevaranle el coche.

GER.—¡Qué astuto eres! Por no me dar algo quieres que lo saque Dorotea.

BEL.—¿Qué has menester?

GER.—Un manto.

BEL.—Ya le escribo.

LAU.—*Gota a gota, la mar se apoca.*

GER.—*Gavilán de Alcaraz, mujeres, no tiene cascabeles.* Laurencio amigo, *si quieres que te siga el can, dale pan.*

LAU.—También, madre, dicen que *quien te gobernó, ése te enriqueció; y* debes advertir que a *quien en un año quiere ser rico, al medio le ahorcan.*

BEL.—Ya está puesto el manto.

GER.—Póngate el rey en ese pecho un lagarto colorado.

LA.—No se le ha puesto malo tu diligencia.

GER.—Voime a visitar de camino a una doncella que tiene necesidad de mí.

LA.—No debe de estar satisfecha de que lo es.

GER.—Hermano Laurencio, *hacer bien nunca se pierde.* Está afligida la pobrecita, que es mañana la boda y creo que se descuidó con un paje.

LA.—¡Qué de descuidos de ésos hay en el mundo!

GER.—Es como un oro; no sería mala para ti, pues no te agrada Celia; que a dos días de la boda bien puede salir de casa.

LA.—*La flaca baila en la boda, que no la gorda.*

GER.—Eso me debes, que te he enseñado a hablar. Adiós, don Bela. *(Vanse.)*

ESCENA IV

Sala en casa de don Fernando

LUDOVICO, DON FERNANDO, JULIO

LUD.—Ya pensé que os quedábades en Sevilla.

FER.—¡Oh Ludovico, cuán agradables son a mi deseo vuestros brazos!

LUD.—Permitid que de ellos me traslade a los de Julio.

JUL.—Tanto estimo los vuestros como los que dejáis para honrar los míos.

LUD.—Nunca pensé que os hubiérades detenido tanto.

FER.—Dios sabe lo que me cuesta de ansias, deseos y desesperaciones.

LUD.—De esa suerte, mal probará con vos la ausencia ser el verdadero Galeno de los amantes.

JUL.—Tres meses ha que salimos de Madrid, y si los amores de don Fernando fueran en alguna comedia, dado habíamos en tierra con los preceptos del arte, que no dan más de veinticuatro horas, y salir del lugar es absurdo indisculpable.

FER.—Por eso es historia verdadera la mía, y más delito fue introducir las ranas Aristófanes, y en su Anfitriones los dioses Plauto.

LUD.—Yo hice lo que me mandaste el día que sucedió al que os partistes.

FER.—¿Diste la cuchillada a Gerarda?

LUD.—No; porque sabía que os habíades de arrepentir de haberlo mandado, como en el semblante mostráis ahora, y porque una noche que la esperaba a que pasase en casa de una vecina suya, de la misma facultad, se asomó a una ventana y me dijo: "Váyase a su casa, caballero el del rebozo, que no he de salir de la mía hasta que el sol me lo mande y la gente me defienda".

FER.—¿Qué me decís, Ludovico?

LUD.—Lo que me pasó con ella.

JUL.—¿Ahora sabes que es hechicera y sortílega?

LUD.—No hay delito porque merezca una mujer herirla el rostro, porque es todo el caudal y mayorazgo que les dejó la naturaleza.

JUL.—Si el vínculo fuera firme...

FER.—Mejor es que no lo sea, porque tenga lugar nuestra venganza.

JUL.—No la pueden dar mayor a los que hicieron tiros.

LUD.—¿Luego vos la tomárades con eso de Dorotea?

FER.—Nunca la podré aborrecer tanto que desee verla fea; tan dulce me será siempre la memoria de su hermosura. Ni sufrirá mi alma que el tiempo saque de ella una Dorotea tan hermosa y me la ponga tan fea, ni me persuado que los años se atrevan a deslucir tanto milagro de la naturaleza.

JUL.—Muchas conservan la hermosura largo tiempo.

FER.—La reina de Rodas hizo matar a la troyana Elena de celos de su marido teniendo sesenta años.

LUD.—Lo demás que me mandaste ejecuté; y pues no habéis recibido mis cartas, por haberos ido a Cádiz y a Sanlúcar, causa de que se perdiesen, sabed, Fernando, que yo llevé vuestros papeles (digo, los que me diste) a Dorotea. Hallela en la cama, y no sin peligro, porque se había querido matar con un diamante la noche que os partistes. Tomolos su criada Celia, habló poco; pero eso de vuestra determinación injusta, y no sin alguna lágrima, que por más que la escondía no podía negármela, porque le sucedía como al sol cuando llueve con él, que como no se ve la nube, se ven el sol y el agua. Despedime, y de allí a muchos días volví a verla, ya fuera de algunas calenturas, de cuyos crecimientos estaba flaca. Nunca yo me espanté que las pasiones del alma se comunicasen al cuerpo, que son muy vecinos y muy amigos. Convaleció Dorotea, hubo muletilla, tocado bajo, punto de toca los primeros días, y después algo del cabello descubierto, como que era descuido;

de esta transformación resultó un hábito azul y blanco. Aquí yo la vi un día...
No querría renovaros las llagas.

FER.—¿No sabéis que se están frescas?

LUD.—Más hermosa mujer no la pintó el Ticiano, aunque entre Rosa
Solimana, la favorecida del Turco.

FER.—¿No pudiérades decir Sofonisba, Atalanta o Cleopatra?

LUD.—Esas no las pintó el Ticiano.

FER.—Bien decís, que este retrato le habernos visto todos.

LUD.—Suelen traer las labradoras en las tejidas cestas los requesones
cándidos y caerse algunas hojas de roja encima de los ramilletes que también
llevan; así habéis de imaginar en su rostro sobre la nieve legítima la color
bastarda.

FER.—Parece que escribís versos, cuya costumbre os presta el mismo
estilo para la prosa, o queréis volverme loco.

LUD.—No vais aprisa al gusto, que presto le perderéis con lo que se
sigue.

FER.—Hareisme grande favor, porque me va la vida en aborrecerla.

LUD.—Yo acudí algunas noches a ver si había moros en la costa, y vi
algunos embozados, como criados que esperaban amante dueño. No fue
engaño, ¡que ojalá lo fuera! En la reja estaba un hombre; conociome Dorotea
y riose mucho; diéronme pensamientos de acuchillarlos, y pareciome después
que cerrar luego la Ventana había sido respeto. Últimamente, yo fui a visitarla
ocho días antes que vos viniésedes (que por estar en Illescas a una novena
hasta hoy no os he visto); hallé una rica tapicería y estrado nuevo; pedí agua
para pasar este susto y vi diferente plata y dos mulatas de buena gracia, una
con una salvilla y otra con un paño de manos labrado, que con extraordinario
olor de pastilla de flores no se había contentado de la limpieza sola: bebí un
áspid en un búcaro de oro. No osé preguntar nada, porque decir a una mujer
hermosa y moza que de qué tiene las galas y el adorno de su casa es negarle la
hermosura y ofenderla descortésmente en la honra.

FER.—¿No os preguntó por mí?

LUD.—Esta vez no me dijo nada.

FER.—Pues en eso echaréis de ver la solución de lo que no preguntastes
y descifraréis el milagro de la riqueza que vistes.

LUD.—Hermano, yo os tengo de decir la verdad: no sé qué dicen de un
indiano.

FER.—Acabose. ¿Para qué pintó la antigüedad al amor con un pez en la
mano y en la otra flores?

LUD.—Porque es igual señor de mar y tierra.

FER.—Mejor fuera pintarle con una barra de oro.

LUD.—¡Oh, gran virtud la del oro!

FER.—Preguntadlo a mis desdichas.

LUD.—No, sino a Arnaldo Villanovano en el libro de conservar la juventud y retardar la vejez. La renovación y confortación de esta piel que nos viste escribe que se hace con la bebida del oro purísimo preparado. No humedece ni diseca, antes se casa con el temperamento nuestro dulcemente. Conviene a la complexión humana, y todo aquello en que va faltando, reduce a perennidad y templanza, ayuda al estómago frío, hace valiente al cobarde, confirma la sustancia del corazón y expele de él toda impresión maliciosa.

FER.—No paséis adelante en sus virtudes, que si esa tiene, me sacara del corazón este vicioso amor. ¿Con qué podrá restituirme lo que me ha quitado, si por él he perdido a Dorotea?

LUD.—Dejaron los antiguos tan oculta la manera de hacerle con perfección, que no sé que haya en España quien le prepare.

JUL.—Basta que haya quien le tenga.

FER.—Con ejemplo infalible se confirma la excelencia del oro, pues estando yo en el corazón de Dorotea, donde la causaba inquietud, me arrojó de él ese caballero con dársele tomable, sino potable; que del pez pólipo se escribe que desde el anzuelo pasa por el sedal a la mano del pescador, y desde ella al corazón, y le mata.

LUD.—Mucho le habrá costado.

FER.—Más a mí de mi sangre que a él del oro, y no hay oro como la sangre.

JUL.—Que los metales tienen espíritu fue mente platónica, y de él lo tomó Virgilio en el sexto de la *Eneida,* y lo refiere León Suavio.

FER.—Espíritu debe de tener, y aún espíritus, que tales efectos hace.

LUD.—Dos principios están constituidos en la naturaleza de las cosas, de los cuales se engendran todos los géneros de metales (según Levinio Lemno) en las íntimas entrañas de la tierra, que son el azufre y el azogue; aquél como padre y éste haciendo oficio de madre, produce primeramente el oro, luego la plata, menos noble, y después los demás metales; y así no debéis admiraros, Fernando, que el príncipe de ellos sea tan poderoso.

FER.—¡Maldito sea, que tanto mal me ha hecho, pues por él, siendo tan frío, se engendra el oro por quien me abraso! Ya me acuerdo de su inquietud e inconstancia, y juntamente de su provecho, en que es parecido a la naturaleza mudable y bulliciosa de las mujeres, y en lo que son importantes y necesarias.

JUL.—Del azogue se ha visto que sangrando a un hombre (que con él le habían curado del mal de Francia) salió por la vena abierta, mezclando sangre y plata en aquellos pequeños globos que parecen perlas.

FER.—¡Ay Julio, que tengo a Dorotea de suerte en las medulas de los huesos, después que adolecí de su contacto, que creo que si me sangrasen de la vena del corazón saldría como azogue por la cisura de ella!

JUL. *(aparte).*—Más habías menester sangrarte de la vena de la cabeza, para que el viento y Dorotea saliesen juntos.

LUD. (a *Julio*).—Yo pienso que esta rabia de Fernando no es amor, ni este contemplar en Dorotea efecto suyo, sino que, como tocando el imán a la aguja de marear siempre mira al Norte, así la pasada voluntad tocada en los celos de este indiano le fuerza a que con viva imaginación la contemple siempre.

JUL. (a *Ludovico*).—De esa manera le habrá sucedido lo que suele con los espejos cóncavos, que, opuestos al sol, por reflexión arrojan fuego, que abrasa fácilmente la materia dispuesta que se aplica, como cuentan del espejo de Arquímedes, con que abrasó las naves enemigas; porque, reducidos los rayos solares a un punto solo, resulta de ellos este ardiente efecto.

LUD.—De suerte, Julio, que el sol es Dorotea, el espejo el indiano y don Fernando la materia opuesta.

JUL.—La hermosura de Dorotea pasa por el cristal de los celos al amor de don Fernando, que no fuera tan ardiente si no pasara por ellos.

LUD.—Aciertas, Julio, en ese pensamiento, porque todo amor, reducido a un punto de celos, abrasará la más helada Scitia.

FER.—¡Ay de mí! Mal me fue ausente, peor presente No durará mucho mi vida.

LUD.—¿Y en qué la pasáis después que vinisteis?

FER.—De noche leo alguna historia o algún poeta; acuéstome con miedo de que no tengo de dormir, y sáleme tan cierto, que como a cualquier reloj me pueden preguntar las horas; y si de cansado de la batalla de mis pensamientos (como el Petrarca dijo) me duermo un poco, sueño tan prodigiosas invenciones de sombras, que me valiera más estar despierto.

LUD.—Efectos son de la melancolía.

FER.—Al alba salgo al Prado o me voy al río, donde, sentado en su orilla, estoy mirando el agua, dándole imaginaciones que lleve para que nunca vuelvan.

LUD.—¡Qué necia jornada!

JUL.—Habéis de entender, Ludovico, que es esto con tanta tristeza, que muchas veces se me queda casi muerto de estos amorosos deliquios entre los brazos; yo le digo que, pues él sustenta, que son penas bien empleadas, como lo ha dicho en un romance que canta, que no es justo que se entristezca. Ayer estábamos en el Soto, y a este propósito le escribí un epigrama en un libro de memoria.

LUD.—¿Latino o castellano?

JUL.—No, sino castellano, que latino ya no hay quien lo agradezca, que es harta lástima.

LUD.—No es, por cierto; porque el poeta, a mi juicio, ha de escribir en su lengua natural, que Homero no escribió en latín ni Virgilio en griego, y cada uno está obligado a honrar su lengua, y así lo hicieron el Camoens en Portugal y en Italia el Tasso.

FER.—Sanazaro escribió en latín poemas y églogas.

LUD.—También escribió la *Arcadia* y otras obras, como el Bembo, el Ariosto y el Petrarca.

FER.—¿El Ariosto escribió versos latinos?

LUD.—Mucio Justinopolitano cita un epitafio suyo al marqués de Pescara, que se opone diametralmente a cuantos hay escritos.

FER.—Di, Julio, tu soneto, no se nos olvide.

JUL.

> No es fineza de amor entristecerse;
> antes deben las penas desearse;
> porque quien es discreto en emplearse,
> tendrá por gloria el gusto de perderse.
>
> Amor en posesión no ha de entenderse:
> que es honra del sujeto recelarse,
> y puede en esperanza aventurarse
> lo que con el silencio merecerse.
>
> Triste estará de su celoso estado
> quien con amor indigno se entretiene,
> pues no hay seguridad donde hay cuidado.
>
> Del mal empleo la tristeza viene;
> que cuando es el amor bien empleado,
> no puede entristecer al que le tiene.

LUD.—Tú le acabaste felizmente, no como algunos, que comienzan el soneto y van bajando en estilo y pensamiento hasta que no dicen nada. ¿Y vos no habéis hecho alguna cosa a esta ausencia?

FER.—Estos versos:

> ¡Ay, riguroso estado,
> ausencia fementida,
> que dividiendo el alma,
> puedes dejar la vida!
> ¡Cuán bien por tus efectos
> te llaman muerte viva,
> pues das vida al deseo
> y matas a la vista!
> ¡Oh cuán piadosa fueras
> si en aquesta partida
> la vida me quitaras
> como el alma me quitas!
> Humilde Manzanares,
> en tus verdes orillas,
> que de olmos te coronan,
> de hiedras te entapizan,
> una pastora vive
> de partes tan divinas
> que es honra de la corte
> y gloria de la villa.
> Sus alabanzas cantan
> las aguas fugitivas,
> las aves que la escuchan,
> las flores que la imitan.
> Es tan bella, que tiene
> envidia de sí misma,
> pudiendo estar segura
> que el mismo sol la envidia;
> que no la ve más bella
> por su dorada cinta,

ni cuando viene a España,
ni cuando va a las Indias.
A no quererme, pienso
que al tiempo que se mira,
la hicieran sus espejos
de su cristal Narcisa.
Yo merecí quererla;
¡dichosa mi osadía!
Que es merecer sus penas
calificar mis dichas.
Cuando seguro estaba
de verla y de servirla,
la poderosa fuerza
de tanto bien me priva.
Ajenos intereses
mi muerte solicitan,
cuando mis esperanzas
más verdes florecían.
Así la flor de Apolo,
al tiempo que declina,
sepulta el rojo cerco
entre sus hojas mismas:
así desmaya el ámbar
la rubia clavellina,
que el animal que pace
con pie grosero pisa.
Así del duro golpe
que el álamo derriba,
la parra que le abraza
con frágiles caricias,
desmaya la firmeza,
y el alma desasida
las rúbricas desata,
los pámpanos marchita.
A diferente cielo
el cuerpo sólo obligan,

que parta sin el alma,
¡ay, Dios, qué gran desdicha
Cuando mi amor no fuera
de fe tan pura y limpia,
su sentimiento sólo
mi muerte solicita.
Quitar que no lo sienta
quererme mal sería,
pues lo que della quiero
lo mismo me lastima.
¡Oh sierras, que de nieve
tocadas y vestidas,
y cuyas frentes altas
las nubes desafían!
Cuando mi amor os pase,
¿cuales serán vencidas?
¿Mis encendidas llamas
o vuestras nieves frías?
Saldré yo victorioso,
y a la pastora mía
dirá mi voz turbada
que por cantar suspira:
—Dulces pensamientos
que vais conmigo,
volveréis en el aire
de mis suspiros.
Si me acompañáis,
dejarme tenéis,
porque volveréis
más presto que vais.
Aunque porfiáis
en acompañarme,
¿por qué de matarme
vivís contentos?
Dulces pensamientos, etc.

JUL—Menester es, señor Ludovico, que busquéis algún entretenimiento a don Fernando, que por los pasos que va furioso, llegará presto a acabar con todo; que esto debe de ser lo que él desea.

FER.—Antes ni temo mayor mal ni deseo salir del que tengo.

El esquivo dolor no es el que hace
la guerra, que padezco, de mi daño;
que el mal no espanta al que le tiene en uso.

Esto dijo en un soneto aquel ilustre andaluz Fernando de Herrera, y verdaderamente que aunque le parece a Julio que puede esta imaginación más conducirme a más desesperados términos, recibe engaño, porque más seguro estoy de no enloquecer sin Dorotea que con ella.

LUD.—Encareció su hermosura.

JUL.—Yo sé que si la tuviera no la quisiera tanto.

FER.—Aquí la privación es necio argumento.

JUL.—Cuando ella no sea, los celos bastan.

FER.—¿Cómo la puedo yo querer por lo que la aborrezco?

JUL.—No la aborreces, sino que temes que te aborrezca.

FER.—Bien sabes tú que he deseado su muerte.

JUL.—Una cosa hallé leyendo el libro tercero de Xenofonte, que me causó admiración, no lejos de este propósito.

LUD.—Pues que tú la encareces, será notable.

JUL.—Díjole Armenio a Ciro que no mataban los maridos a sus mujeres, cuando las hallaban con los adúlteros, por la culpa de la ofensa, sino por la rabia de que les hubiesen quitado el amor y puéstole en otro:

LUD.—¡Extraño pensamiento! Y que, mirado bien, debe de ser el primer movimiento para matarlas, como se ha visto en muchos que han sufrido la ofensa mientras ellas no estaban enamoradas.

JUL.—Prueba infalible.

FER.—De amar y de aborrecer, preguntad al mismo, porque respondió Ciro que tenía dos ánimos cuando juzgaban por imposible que dejase a la hermosa Pantea, y veréis que el uno era de amor y el otro de aborrecimiento.

JUL.—Eso es por lo que yo temo tu juicio, y más quisiera que amaras o aborrecieras determinadamente.

LUD.—Esta enfermedad, melancólica por amorosa inclinación o por la posesión perdida del bien que se gozaba, llamaba los médicos *erotes;* cúrase con baños, música, vino y espectáculos.

JUL.—Vino, Fernando no le bebe; música, él canta y le causa mayor tristeza, porque es como el camaleón, que sobre la color que le ponen, de aquélla parece: si en tristes triste; si en alegres, alegre.

LUD.—La razón da Plinio, y no me agrada, porque dice que por ser el más temeroso de todos los animales del mundo pierde el color tan presto; debiéndose atribuir a la transparencia, como sucede al vidrio.

JUL.—Hay una hierba que llaman los latinos *centum capita.*

LUD.—Ese nombre le viniera bien al vulgo. ¡Desdichado del que pone la tabla de sus estudios a su depravado juicio e ignorante gusto!

JUL.—Tiene la hierba que digo la raíz hermafrodita, y como cae la diferencia a hombre o mujer, así hace el efecto; pero vaya esta mentira con las demás fábulas.

LUD.—El mismo autor afirma que, por tener esa raíz Safo, aquella gran poetisa, quiso tanto a Faon Lesbio que fue sujeto de una de las Epístolas de Ovidio.

JUL.—Si Gerarda ha descubierto esta hierba, que las tales llaman mandrágora, y la tiene Dorotea, ¿qué espectáculo, qué música, qué vino como ella misma para que descanse mi amado preso, como dice la letrilla que ahora cantan?

FER.—Antes me dejaré morir mil veces.

LUD.—Luego ¿no pensáis verla?

FER.—Ese día sea el último de mi vida.

LUD.—En su *Convite de amor* dijo Platón que sólamente se reían los dioses de los amantes perjuros.

JUL.—Alguna vez se rieron de la música de Palas, polla fealdad con que tañía.

FER.—Yo pude ver a Dorotea muchas veces después que vine, y, contra todos mis deseos, salieron con victoria mis desengaños; que siempre fue valiente la honra.

LUD.—Pues tomad alguna honesta ocupación.

FER.—No soy inclinado a la caza, ni jugué en mi vida.

LUD.—Escribid un poema, pues sabéis que os divertirá mucho.

FER.—Hame quitado amor el ingenio.

LUD.—Amor le ha dado a muchos que no le tenían.

FER.—Y a los que le tenían se le ha quitado. ¿Qué os parece que escriba?

LUD.—Un sujeto grave, pues tantos capitanes españoles os darán el asunto. Poned los ojos en aquel excelentísimo soldado y duque de Alba, por la tierra, o el felicísimo marqués de Santa Cruz, por la mar; éste, Toledo invencible, y aquél, Bazán famoso; a aquél obedeció la campaña, y a éste el agua; y dedicadle a alguno de sus hijos.

FER.—Soy mozo para tanta empresa.

LUD.—Cuando le hayáis acabado no lo seréis, que hay mucho intervalo desde el primer diseño a la postrera lima.

FER.—Más a propósito era para mis hombros débiles un sujeto amoroso, como la hermosura de Angélica.

LUD.—Eso no podrá divertiros, que es lo que yo deseo; sea cosa grave.

FER.—Comenzaré mañana.

LUD.—Tendréis la mitad del hecho.

FER.—Todos los principios son difíciles.

LUD.—El fin prueba los actos, porque el fin no sólo es a quien todo se refiere, pero lo mejor de todo, según el filósofo, en sus *Físicos*.

FER.—Claro está que tengo que proponer el fin en el principio; mas ¿por qué me canso, sabiendo claramente que para más que algunas endechas tristes que yo cante no me ha de dar lugar esta pasión celosa, que, como una cortina de nube, se opone a toda la luz de mi entendimiento?

LUD.—Yo os veré mañana, y os traeré de mi corto ingenio un sujeto que escribáis, que vestido de vuestros versos será admirable. Quedad con Dios. (*Vase.*)

FER.—¿Qué te parece, Julio, de mis fortunas? Juré a Ludovico que no vería en mi vida a Dorotea, y muérome por quebrar el juramento.

JUL.—¿Ya se te olvida lo que te dijo de la risa de los dioses?

FER.—Por eso mismo me parece que no saldré con ello, pero sí con no hablarla.

JUL.—Si la ves, tú la hablarás.

FER.—No lo creas.

JUL.—No haré; que ya lo tengo creído.

FER.—¿Qué se perderá en que vamos esta noche a ver las puertas por donde yo entraba a tanta gloria? Esto no es ver a Dorotea; que Dorotea no es puerta.

JUL.—Y es fácil silogismo.

FER.—¿Cómo?

JUL.—Toda puerta es de madera, toda mujer es de carne; luego la mujer no es puerta.

FER.—Maldito seas, que en tanta tristeza me has movido a risa: ¡qué gracioso silogismo!

JUL.—A lo menos el que el indiano hace con Dorotea, está en *Dari,* y si hubiera en su lógica *Tomari,* allí estuviera el suyo, infiriéndose la conclusión de dos pronunciados, que son: el amor dando y el interés pidiendo.

FER.—Ahora bien; tomaremos, por lo que sucediere, dos broqueles y dos jacos, jor si fueren menester las lecciones de Paredes.

JUL.—Galán maestro, aunque siempre trae luto.

FER.—Veamos siquiera esta noche la caja de aquella joya.

JUL.—¿Llevaré el instrumento?

FER.—Llévale; que si se ofreciere sacar la espada, poco importará perderle.

JUL.—¿Qué más perdido que tú?

FER.—Calla, Julio; que algún ingenio sagrado dijo que la lengua del amor es bárbara para quien no le tiene. (*Vanse.*)

ESCENA V

Calle. Es de noche

DON BELA, LAURENCIO, FELIPA

BEL.—En entrando por esta calle, me parece que por abril estoy en alguna de la insigne Valencia.

LAU.—¿De qué suerte?

BEL.—Tiene diferente olor que las otras.

LAU.—Téngolo por imposible, si reparases en los naranjos de donde sale azahar tan diferente a estas horas.

BEL.—¡Oh Laurencio! Acuérdate de Plauto, donde dijo que hasta los perros de sus damas lisonjeaban los amantes.

LAU.—Traes en la imaginación el buen olor de Dorotea, y está más viva cuanto más te acercas a su casa; que los que aman tienen todos los sentidos en la imaginación.

BEL.—Ésta es la reja: de día me agrada esta celosía, y de noche me enfada.

LAU.—¿Por qué causa?

BEL.—Porque de día impide que vean a Dorotea, que es lo que yo deseo, y de noche no me deja verla como yo querría, que es a lo que vengo.

LAU.—¡Qué de requiebros habrán entrado por estos hierros!

BEL.—¿Habrá con qué compararlos?

LAU.—Pues ¿no?

BEL.—¿Con qué, Laurencio?

LAU.   Con las mismas necedades que le habrán dicho.

BEL.—Yo no, sino locuras. ¿Qué hará Dorotea?

LAU.—Estará pensando qué pedirte.

BEL.—¡Qué palabra tan de criado!

LAU.—El mercader lo diga.

BEL.—Yo te digo que para lo que merece, todo es poco.

LAU.—Algún día te ha de parecer mucho.

BEL.—Por linda que fuera, no valiera un real, si no costara.

LAU.—Eso es verdad, porque los hombres más asisten por lo que dan que por las gracias que sus damas tienen.

BEL.—¿Por qué razón?

LAU.—Porque, como los jugadores, piensan desquitarse de lo que han perdido.

BEL.—Una ventana han abierto.

FEL. (*a la ventana*).—¿Es el señor don Bela?

BEL.—Yo soy, Felipa.

FEL.—Aún no está recogida Teodora.

BEL.—¿Qué hace?

FEL.—Allí está con el rosario, dando más cabezadas que reza cuentas.

LAU.—¿Y son de la jineta o de la brida?

BEL.—¿Y mi Dorotea?

FEL.—Compone un romance que quiere enviarte.

LAU.—¿No lo dije yo? ¿Cuánto va que es el romance para el mercader y el estribo para tu dinero?

BEL.—Habla bajo, ignorante.

FEL.—¡Si la vieses con qué gracia está haciendo gestillos a los conceptos, compitiendo con el papel la mano de la pluma, haciéndola más blanca la negra que está sirviéndola!

BEL.—¿De tintero, Felipa?

LAU.—¡Qué buen requiebro! Dile que moje en la negra.

FEL.—Roldán anda suelto; quiero hacer que le recojan. Tú, en tanto, da una vuelta, y tendré avisada a Dorotea.

BEL.—Dale este papel; que también a mí me hace el amor poeta.

FEL.—¿Para qué traes guantes de ámbar, que hacen sospecha cuando pasas?

BEL.—Tómalos tú, por que no la tengan. (*Quítase Felipa de la ventana.*)

LAU.—Verdadero ha salido mi pronóstico.

BEL.—¿De qué suerte?

LAU.—Siempre dije que estas damas te habían de quitar hasta el pellejo; mira si ha sido engaño, pues ya te quitan los guantes, que lo parecen.

BEL.—Debes de pensar que es el de Alejandro, de quien se escribe que el sudor era puro ámbar.

LAU.—Fue lisonja de los escritores.

BEL.—Ya sé yo que en su pluma consiste la fama de los príncipes, o buena o mala.

LAU.—Cuando sea verdad, gracia es la de Alejandro, que la dio la naturaleza a algunos animales; que los micos orientales huelen a almizcle, y de los gatos se saca el algalia.

BEL.—Dorotea huele bien, naturalmente.

LAU.—Por lo que tiene de gato, y al fin lo vendrá a ser de tus doblones.

BEL.—¡Qué desagradable necio!

LAU.—Porque no sé decir lisonjas.

BEL.—¿Quieres ver el engaño en que estás?

LAU.—Más quisiera no ver el tuyo.

BEL.—Dorotea ¿es hermosa?

LAU.—No puedo negarlo.

BEL.—¿Es entendida?

LAU.—Por todo extremo.

BEL.—¿Tiene gracias naturales?

LAU.—En cuanto dice y hace.

BEL.—¿Has visto que entre en su casa persona sospechosa?

LAU.—Ninguna.

BEL.—¿Muéstrame amor?

LAU—Tú lo sabes.

BEL.—¿Es limpia?

LAU.—¿A qué propósito?

BEL.—A la salud importa.

LAU.—Todo lo confieso.

BEL.—¿Merece ser querida?

LAU.—Merece.

BEL.—¿Pues qué delito es el mío?

LAU.—Lo que gastas.

BEL.—¿Qué es lo que gasto?

LAU.—Tiempo y dineros.

BEL.—Todo es mío.

LAU.—Los dineros, sí; el tiempo, no.

BEL.—¿Pues cúyo?

LAU.—De tus negocios.

BEL.—¿Qué me estorba a mí Dorotea?

LAU.—El acudir a tus pretensiones.

BEL.—Antes me alivia del cansancio insufrible de las respuestas, oyendo siempre una cosa misma.

LAU.—Quien pretende sin paciencia, ¿para qué pretende?

BEL.—¿También te cansa que pretenda?

LAU.—No, por cierto; pero no se encaminan bien los negocios con viciosos entretenimientos.

BEL.—¿Ya me predicas?

LAU.—Señor, señor, a pretensiones humanas, diligencias divinas.

BEL.—Yo hago las que puedo.

LAU.—La primera se te olvida.

BEL.—¿Dirás que dejar a Dorotea?

LAU.—La razón lo dice.

BEL.—Habiendo leal correspondencia de su parte y tanto amor de la mía, ¿cómo es posible?

LAU.—Considerando que ella te dejara a ti si se le ofreciera mejor ocasión.

BEL.—No hiciera; que es mujer principal.

LAU.—Sí; pero es mujer.

BEL.—Las de tan altas prendas no se comprenden con ese nombre.

LAU.—¿Qué prendas?

BEL.—Su nacimiento noble y otras obligaciones.

LAU.—Di que es señora de la casa de Dorotea, como ahora se usa.

BEL.—¿Pues no hay señores de casas y solares?

LAU.—Muchos; pero algunos con desollado atrevimiento se ponen ese título de los apellidos que tienen, y como nadie sale a la causa, sálense con ello; que el que es varón legítimo de su apellido, debe honrarse, y debe ser honrado por su clara limpieza; pero fingir lugares y vasallos hombres comunes sin dignidad ni oficio, provoca a risa y a escándalo.

BEL.—Toda hermosura es señora de vasallos.

LAU.—Y más si tiene tantos cuantos la pretenden.

BEL.—¿Qué importa que pretendan, si no alcanzan?

LAU.—¿Acuérdaste de que la pretendiste?

BEL.—¿Cómo puedo olvidarme?

LAU.—¿Qué medios pusiste?

BEL.—Oro y Gerarda.

LAU.—¿Hate favorecido?

BEL.—¿Eso preguntas?

LAU.—Y si otro la pretendiese, ¿no haría lo mismo?

BEL.—No, porque estoy yo de por medio.

LAU.—También lo estaba el que tú venciste.

BEL.—Las leyes dicen que la posesión y la propiedad son cosas diversas y separadas.

LAU.—¿Pues qué propiedad es la tuya en lo que posees con mala fe?

BEL.—Yo sé que todo el oro del mundo no es ya poderoso, Laurencio, para conquistar a Dorotea.

LAU.—No hablo en lo que tú mereces y ella conoce; pero el oro siempre fue oro, y Gerarda siempre será Gerarda.

BEL.—Contra el oro, más oro; contra Gerarda, acero.

LAU.—No es remedio el que trae más daño.

BEL.—¿Qué daño?

LAU.—Poner las manos en una mujer miserable.

BEL.—Por lo menos quitara una embustera del mundo.

LAU.—Y ¿qué importara donde quedan tantos cuya pluma y lengua andan quitando a todos con cartas fingidas y con palabras feas la honra que ellos no tienen?

BEL.—Paréceme que vienes esta noche de mala gana: vuélvete, Laurencio, que estás impertinente.

LAU.—No podré obedecerte; que no es justo que te deje solo.

BEL.—Pues si has de estar conmigo, calla.

LAU.—Mal hice en hablar como amigo, habiendo de callar como criado.

ESCENA VI

Habitación de Dorotea

DOROTEA, FELIPA, CELIA

DOR.—¿Con quién hablabas, Felipa?

FEL.—Con el señor don Bela.

DOR.—¿Fuese?

FEL.—Díjele que estaba Teodora cuidadosa, rezando, mirando y gruñendo.

DOR.—Y de mí, ¿qué le dijiste?

FEL.—Que estabas escribiéndole un romance; y murmuraba Laurencio.

DOR.—¿Qué murmuraba?

FEL.—Que sería alguna prosa dedicada a tus galas.

DOR.—Todos os habéis engañado.

FEL.—¿Cómo?

DOR.—Es imposible que lo adivines.

FEL.—¿Cosa que fuese alguna carta?

DOR.—No he podido sufrir más tiempo la esperanza de que Fernando se acordaría de mí.

FEL.—Ni yo lo creyera del grande amor que te tuvo, y que tú le mereciste.

DOR.—¡Fuertes son los hombres!

FEL.—Con el agravio mucho.

DOR.—Yo no le hice agravio.

FEL.—Dijístele que querías agraviarle.

DOR.—Presente, no lo hiciera.

FEL.—¿Qué puedes escribirle que venga a propósito en tan pacífica posesión de don Bela?

DOR.—Llega esa luz, y escucha.

FEL.—Celosa está Celia de mi privanza.

DOR.—Todo lo ha menester para que no se entone y desvanezca; que es discreción de los señores descuidarse algunos días de los criados que quieren bien, para que teman que pueden olvidarlos; que tratarlos siempre con igualdad no es servirse de ellos, sino servirlos.

FEL.—Bien haces en barajarnos como fueren las ocasiones de habernos menester; que salir siempre uno, es fullería de la condición y desprecio de la voluntad.

DOR.—Escucha unas necedades tiernas.

FEL.—En siendo tiernas, no pueden ser necedades.

DOR. *(lee)*.—"¿Quién dijera, Fernando mío, la noche antes del día que te partiste, que a los dos nos sucediera tan gran desdicha, que a mí me obligaran a darte causa, y tú la tuvieras para partirte? Crueles fuimos entrambos, pero tú más conmigo, como quien tenía más valor y entendimiento. Es la condición de las mujeres tan temerosa, e imprímese en su cobardía tan fácilmente la más mínima amenaza, que ella tuvo la culpa de mi atrevimiento. Dirás que ¿cómo no pudo mi amor aconsejarme que nos estaba mejor a los dos morir que dividirnos, y que mi madre no podía ser tan riguroso juez como yo lo fui de mí misma? Aquí no sé qué disculpa darte, mas de que parece que me quitó con los cabellos el entendimiento. Todo fui lágrimas hasta tu casa, tan desatinada y ciega, que entre cuantas cosas imaginé, ninguna fue tu ausencia; que si pensara que tenías amor, que te dejara libre para elegir más el remedio de la desdicha que el rigor de la venganza, antes volviera a dar a mi madre los cabellos que me quedaban que ir a llevarte los que me había quitado. Pensaba por el camino que hallaría consuelo en tu sentimiento, y hallé mayor crueldad en tus manos que en las suyas, pues ella me castigaba por ti, y tú a mí por ella. Respondísteme con tanta severidad y aspereza, que le fue forzoso al alma esforzar mi natural flaqueza, para no perder su honra; que no hay cosa que más se la quite que los desprecios de lo que ama. Esto no puedes negar, que estuvieron presentes Julio y Celia, más admirados de tu respuesta que de la novedad del suceso que yo te refería. ¿Qué corazón de fiera con tan animosa determinación en un instante ejecutara, con cinco años de amor, tan gran castigo? Los antiguos que escribieron ingratitudes de hombres, ¿qué memoria dejaran de tu crueldad si fueras de aquel tiempo? Lo más que me dijiste para consolar mis lágrimas fue hacerme cargo de que por mí no estabas casado, sin acordarte que ahora tienes veintidós años; mira, cruel, si te queda bastante tiempo para casarte, y si por lo mismo me estás en obligación, pues los cinco años de nuestro conocimiento te he quitado de arrepentirte. Secásteme con tu sequedad las lágrimas, con tu aspereza el corazón, y con tus palabras la voluntad; que las respuestas injustas enfurecen la humildad, oscurecen el entendimiento y alteran con tempestades de ira la serenidad del alma. Finalmente, la tuviste para partirte; pues no es esa la mayor crueldad si la comparo a tres meses de olvido, donde te habrá parecido que sería bajeza darme a entender que te acordabas de mí con escribirme. ¿Qué hubieras perdido de quien eres por saber de un cuerpo a quien llevaste el alma, dejándome en estado que aquella noche, como no tuve espada para matarme, la hice de una sortija que me diste, porque lo fuese el veneno de su diamante? Pero no quiso ejecutar mi muerte, respetando el corazón en que estabas; que, como siempre fue de cera para tu gusto, no se preció de rendir cosa tan débil, a imitación del rayo. ¡Oh qué bien me has animado para sufrir tan desesperada ausencia sin ofensa tuya! ¡Oh cómo me has entretenido con la esperanza de verte, para no dar en las ocasiones de olvidarte! Pero bien ha hecho, porque desengañándome de tu amor, no me atormente el mío. No te hago cargo de los trabajos que he pasado por estimarte, en la salud, en la opinión y en la hacienda: de las necesidades sí, hasta ponerme en ocasión de parecerte mal por no tener que vestirme. Mas ¿para qué te hago cargo de estas cosas, cuando has de pensar que te aparté de mí para tenerlas? Y por ventura en ocasión que si esta llega a tus manos, se la comunicarás con risa a quien se estará burlando de mis lágrimas, gloriosa de que te ha desenamorado de mí; y mentiréis entrambos, porque ni tú lo estarás ni ella me ha vencido; y esto, no por arrogancia, sino porque es fácil consecuencia que tú no me puedes haber olvidado a mí, pues yo no te he olvidado a ti; que conforme a lo que los hombres sentís, decís y escribís de nosotras, con más facilidad os olvidamos. Y pues que yo, con tantas razones para aborrecerte, y con ser mujer, te quiero todavía, claro está que quien es hombre me tendrá el mismo amor ahora que solía tenerme, fuera de tener más que olvidar los hombres en las mujeres que nosotras en ellos, porque siempre son mayores nuestras perfecciones y gracias, acompañadas de aquella blandura natural, cariño y dulzura que mueve vuestra inclinación a nuestro deseo. No te digo que me respondas ni que te acuerdes de mí; que ésto no se hace rogando, sino sintiendo; sino sólo te suplico que no te quejes de mí en tus versos, porque si me quitaron alguna opinión alabándome, no me acaben de destruir ofendiéndome.—*La misma*".

FEL.—No has dicho cosa en la carta como la firma.

DOR.—¿Qué te parece?

FEL.—De tu amor y de tu entendimiento.

DOR.—El uno suple lo que el otro falta. (*Sale Celia.*)

CEL.—Si has leído, llegaré a hablarte.

DOR.—Con menos ceño, Celia; que yo no tengo causa para guardarme de ti. Ésta es una carta.

CEL.—Querría preguntarte para quién es, por ser yo la estafeta.

DOR.—Llévate el enojo a Sevilla, por parecerte a don Fernando

CEL.—No, señora, más impórtame saber si le escribes; que puede ser que te hayas cansado sin causa.

DOR.—¡Ay Dios, Celia! ¿Es muerto aquel loco, o se ha pasado a las Indias?

CEL.—No, señora, ni Dios lo quiera; mas porque pienso que está en Madrid.

DOR.—¿Qué dices, necia?

CEL.—Que le han visto Bernarda y la negra bajar rebozado por nuestra calle, y a su meritísimo ayo y consejero Julio: dijéronmelo en secreto, quise certificarme, y es sin duda.

FEL.—¿De qué te alteras? ¿A dónde vas? Detente, que anda don Bela por la calle. Déjame a mí; que si fuere necesario, yo sabré hablarle.

DOR.—Detenme, amor; que pues Fernando se viene, mejor es fingir descuido que mostrar cuidado.

ESCENA VII

Calle

DON FERNANDO, JULIO

FER.—Oscura noche.

JUL.—A propósito de tu intento.

FER.—Deseo que me ayude su oscuridad.

JUL.—Virgilio dijo que arrojaba Caco de la boca una fumífera noche: ¿qué dijera de esta calle?

FER.—A mí me parece el rocío Idalio, que dijo Pontano, la mirra del Orontes, y todas las hierbas aromáticas, sabeas, arabias, armenias y pancayas.

JUL.—*El polvo de la oveja alcohol es para el lobo;* pero dijo don Luis de Góngora de las calles de Madrid que eran lodos con perejil y hierbabuena.

FER.—Mejor durmiera yo en ésta que en los jardines de Chipre o entre las rosas del monte Pangeo, hibleas o elíseas flores.

JUL.—Ebrios de amor llamó Filostrato en la imagen de Ariadna a los que, amando con exceso, no tienen modo ni límite en el amor.

FER.—Dime, Julio: en la juventud, ¿no es la sangre más sutil, clara, cálida y dulce?

JUL.—El discreto filósofo considera el sentido de la proposición para prevenir lo que ha de responder, conceder o negar. Apostaré que quieres decir que resueltas con la edad aquellas partes sutiles, se hace más crasa y densa, y procediendo los años se muda en sequedad y frialdad. Pues no te llevo diez años; que si te reprendo, no es como viejo, sino como amigo.

FER.—Parece que respondes antes que te pregunten.

JUL.—Yo no me canso de que ames, sino de que no descanses.

FER.—Como el sol, corazón del mundo, con su circular movimiento forma la luz, y ella se difunde a las cosas inferiores, así mi corazón, con perpetuo movimiento, agitando la sangre, tales espíritus derrama a todo el sujeto, que salen como centellas a los ojos, como suspiros a la boca y amorosos conceptos a la lengua.

JUL.—Conozco que tienes en las venas infusa la sangre delicadísima de Dorotea, como en el Marsilio platónico Lisias la de Phedro; pero todos los antiguos filósofos dijeron que la ley no era otra cosa que una razón derivada de la deidad de los dioses, que manda las cosas honestas y prohíbe las contrarias.

FER.—¿Amo yo por ventura el mármol del otro joven, que le coronaba de rosas, y le quiso comprar al magistrado de Atenas, y porque no se le vendió se murió con lastimosas ansias? ¿Amo yo la pintura de Elena como el legado de Cayo César, o una mujer con alma y tantas gracias que fue cuidado y particular estudio de la naturaleza su hermosa fábrica?

JUL.—Ahora bien, éstos son males que sólo el tiempo tienen por Avicena.

FER.—¿Por fuerza había de ser moro? ¿No hallaste otro médico?

JUL.—No, porque ¿quién puede curar un loco sino un bárbaro?

FER.—¡Ay paredes! ¡Ay puertas! ¡Ay rejas de la cárcel hermosa de mi libertad! Quiero besaros mil veces.

JUL.—¿Los hierros besas?

FER.—Aquí solía poner la mano Dorotea cuando sus hierros eran eslabones de mi cadena y su mano argolla de cristal que los ceñía.

JUL.—Ya los puede hacer de oro, según nos dicen.

FER.—¿Qué no podrá el oro, como materia excelentísima del elemento terrestre?

JUL.—Todos los cuerpos elementales dijo Paracelso que se resolvían en su elemento: el hombre en tierra; y usando filosóficamente de la fábula de las ninfas, la resolvió en el agua, y no sé qué se dijo de Melusinas, que las dio al aire.

FER.—Eso, Julio, ¿a qué propósito?

JUL.—A que se dejó al reino de amor.

FER.—¿Quién es su reino?

JUL.—El elemento del fuego.

FER.—Dejole, ¡ay de mí!, para la salamandra de mi corazón.

JUL.—Eliano y Plinio dicen que un animal llamado perigono se engendra del fuego.

FER.—Ese soy, Julio, que vivo y muero templando con mis lágrimas este vivo ardor que me consume.

JUL.—Allá dijo el poeta Hesiodo que tenían larga vida las náyades: debe de serlo ya tu espíritu; y la anfibia es un animal que vive la mitad en la tierra y la mitad en el agua.

FER.—Todas esas fábulas son moralidades de mis penas.

JUL.—Verdaderas quieren que sean, y dan testigos, pues Draconeto Bonifacio vio tritones, y Teodoro Gaza nereidas, y en estas navegaciones y descubrimientos de las Indias vieron unos pilotos un viejo desnudo en unos riscos; y llegando a preguntarle qué tierra era aquélla, súbitamente se arrojó desde la peña al mar, y entre esferas de espuma se zambulló en sus ondas.

FER.—Mejor se dice *sumergirse*.

JUL.—También dice el castellano *somurgujose,* y aunque es significativo, es áspero.

FER.—¡Qué neciamente me entretienes! ¿Qué hará ahora Dorotea?

JUL.—Estará con dos velas a tu retrato, haciendo oración por que su dueño vuelva.

FER.—¡Oh enemigo mío! ¿No bastaba la burla, sino también con don Bela? ¿Piensas que no entiendo el equívoco?

JUL.—De ninguna manera fue con malicia lo de las velas, que fuera demasiada sutileza, y en esto debes creer que me sucedió como a los poetas, que dicen muchas veces por el consonante lo que no pensaron por el ingenio, y más cuando son legos, que es lo que llaman donados del Parnaso.

FER.—¡Qué mal empleada mujer!

JUL.—Antes dicen que bien, porque el indiano, si no es muy mozo, es muy entendido, y en los diálogos del Guazo hallarás que las mujeres ignorantes aman el cuerpo, y las discretas el alma; y el Ariosto, en un canto de su *Orlando,* las aconseja que quieran hombres de edad, como no sean *dropo maturi.*

FER.—¡Ay de mis veintidós años y de mis veintidós mil tormentos! ¿Cuándo se han de acabar ellos o esta miserable vida?

JUL.—¿Ahora sales con eso?

FER.—¡Oh mi bien! ¡Oh mi primero amor! ¡Oh mi esperanza! ¡Oh mi señora! ¡Oh mi Dorotea! ¿Cómo pudiste ser tan cruel conmigo? ¿Cómo me dijiste tales palabras que fue forzosa obligación de mi honra perderte para siempre?

JUL.—Señor, deja, por Dios, esos desatinos; toma el instrumento y canta, siquiera porque diviertas tanta tristeza; que yo pienso que sabe que estás aquí, y por ventura echarás de ver si ha quedado alguna centella en las cenizas de aquel fuego, para que el fénix amor salga a segunda vida, como le pinta Lactancio, antístite de los bosques y venerable sacerdote de la luz, después que ha hecho su sepulcro o nido sobre las lágrimas de mirra, el expirante amomo, acanto y casia.

FER.—Por más que haces, no puedes divertirme. Sepa o no sepa Dorotea que estoy aquí, yo le quiero decir mis locuras con estas cuerdas, y cuando no me escuche, no importa, que el alma se deleita con la música naturalmente.

JUL.—Así lo dijo el filósofo.

FER.—¡Ay sol mío! Sal a oírme, aunque me abrases, pues eres el mismo fuego.

JUL.—Los cuerpos celestes calientan, no porque son cálidos, sino en cuanto son de veloz movimiento y luminosos.

FER.—Pero ¿cómo saldrás a oírme, aunque tengas allá mi alma que te lo advierta, si tienes también la de don Bela, que no te deje?

JUL.—Imposible que un sujeto tenga más de una forma: si el amor de Dorotea ocupa el alma de don Bela, ¿dónde ha de estar la tuya?

FER.—Allí junto a Dorotea.

JUL.—También es imposible estar la forma sin la materia.

FER.—¿Quién te lo dijo?

JUL.—Aberrois cuando menos.

FER.—Pues tú y Aberrois idos noramala, que me tenéis quebrada la cabeza.

JUL.—Canta, canta, pues has templado; no venga quien lo estorbe.

FER.

Pobre barquilla mía,
entre peñascos rota,
sin velas desvelada,
y entre las olas sola:
¿adónde vas perdida?
¿Adonde, di, te engolfas?
Que no hay deseos cuerdos
con esperanzas locas.
Como las altas naves,
te apartas animosa
de la vecina tierra,
y al fiero mar te arrojas.
Igual en las fortunas,
mayor en las congojas,
pequeño en las defensas,
incitas a las ondas;
advierte que te llevan
a dar entre las rocas
de la soberbia envidia,
naufragio de las honras.
Cuando *por* las riberas
andabas costa a costa
nunca del mar temiste
las iras procelosas.
Segura navegabas;
que por la tierra propia
nunca el peligro es mucho
adonde el agua es poca.
Verdad es que en la patria.
no es la virtud dichosa,
ni se estimó la perla
hasta dejar la concha,
Dirás que muchas barcas
con el favor en popa,
saliendo desdichadas,
volvieron venturosas.
No mires los ejemplos
de las que van y tornan;

que a muchas ha perdido
la dicha de las otras.
Para los altos mares
no llevas cautelosa,
ni velas de mentiras,
ni remos de lisonjas.
¿Quién te engañó, barquilla?
Vuelve, vuelve la proa,
que presumir de nave
fortunas ocasiona.
¿Qué jarcias te entretejen?
¿Qué ricas banderolas
azote son del viento
y de las aguas sombra?
¿En qué gavia, descubres,
del árbol alta copa,
la tierra en perspectiva
del mar incultas orlas?
¿En qué celajes fundas
que es bien echar la sonda.
cuando, perdido el rumbo,
erraste la derrota?
Si te sepulta arena,
¿qué sirve fama heroica?
Que nunca desdichados
sus pensamientos logran.
¿Qué importa que te ciñan
ramas verdes o rojas,
que en selvas de corales
salado césped brota
Laureles de la orilla
sólamente coronan
navíos de alto borde
que jarcias de oro adornan.
No quieras que yo sea
por tu soberbia pompa
faetonte de barqueros,
que los laureles lloran.

Pasaron ya los tiempos,
cuando lamiendo rosas,
el céfiro bullía
y suspiraba aromas.
Ya fieros huracanes
tan arrogantes soplan,
que, salpicando estrellas,
del sol la frente mojan.
Ya los valientes rayos
de la vulcana forja,
en vez de torres altas,
abrasan pobres chozas.
Contenta con tus redes,
a la playa arenosa
mojado me sacabas,
pero vivo, ¿qué imperta?
Cuando de rojo nácar
se afeitaba la aurora,
más peces te llenaban
que ella lloraba aljófar.
Al bello sol que adoro,
enjuta ya la ropa,
nos daba una cabaña
la cama de pus hojas.
Esposo me llamaba:
yo la llamaba esposa,

parándose de envidia
la celestial antorcha.
Sin pleito, sin disgusto,
la muerte nos divorcia:
¡ay de la pobre barca
que en lágrimas se ahoga!
Quedad sobre la arena,
inútiles escotas;
que no ha menester velas
quien a su bien no torna.
Si con eternas plantas
las fijas luces doras,
¡oh dueño de mi barca!,
y en dulce paz reposas,
merezca que le pidas
al bien que eterno gozas,
que adonde estás me lleve
más pura y más hermosa.
Mi honesto amor te obligue
que no es digna victoria
pava quejas humanas
ser las deidades sordas.
Mas ¡ay, que no me escuchas
Pero la vida es corta:
viviendo, todo falta;
muriendo, todo sobra.

JUL.—Paréceme, señor, que han abierto un poco de la ventana; sombra hace la luz. ¿Si está allí Dorotea?

FER.—Necio. ¿Cómo puede ser que el sol no hiciera sombra con otra luz sino mediante el cuerpo opuesto?

JUL.—Dará en Celia, y ella formará la sombra.

FER.—Creo que he cantado mal, porque me temblaba la voz.

JUL.—Antes no te he oído en mi vida con tan excelentes pasos y cromáticos; divinamente pasabas en las octavas de la voz al falsete.

FER.—Debes de consolarme; que mal puede tener la voz segura quien tiene el corazón temblando; cantaré otra cosa, ya que voy perdiendo el miedo.

JUL.—A lo menos porque te escuchan.

FER.

¿Qué me queréis, alegrías,
si me venís a alegrar,

pues sólo podéis durar
hasta saber que sois mías?

¿De qué sirve persuadirme
que tenga gusto y placer,
pues ya no puedo tener
de dónde pueda venirme?
¿Para qué quiero alegrías
después de tanto pesar,
pues sólo podéis durar
hasta saber que sois mías?
Quien alegra sus tristezas,
arguye poco valor;
que son tristezas de amor
las más honradas finezas.
Ni yo me quiero, alegrías,
de vuestro gusto fiar,
pues sólo, etc.

Entretuviera las penas
de mi cansado vivir,
si pudiérades venir
diciendo que sois ajenas.
Decid que sois, alegrías,
de quien podáis alegrar,
pues sólo, etc.
Un tiempo alegre me vi,
que a ser triste me enseñó,
porque tan poco duró,
que apenas le conocí.
Cometas sois, alegrías;
yo, donde vais a parar,
pues sólo, etc.

JUL.—No hacen señal ni de hablarte ni de llamarte; sólo pasan sombras de una parte a otra por lo que se ve abierto de la ventaría.

FER.—Deben de ser mis dichas, que en esta casa siempre fueron sombras. Vámonos, Julio.

ESCENA VIII

FELIPA, FERNANDO, JULIO, DOROTEA

FEL. (*a la ventana*).—¡Ah, caballero!

JUL.—Vuelve, que te llaman.

FER.—La voz desconozco.

JUL.—Ya todo será diferente.

FER.—Y todo será en daño mío.

JUL.—Como hay nuevo corregidor, habrán mudado las varas.

FER.—¿Quién me llama y qué es lo que me manda?

FEL.—Una dama que se ha alegrado mucho de oíros, os suplica que cantéis otra vez aquello de la pobre barquilla.

FER.—No querrá el dueño, porque no ha tenido tanto peligro en alta mar como llegando al puerto; pero cantaré, por serviros, el estado en que se halla, que no es muy dichoso, porque debí a esta casa el que tuve alegre; que aquí vivía una dama tan dulce sujeto de mis pensamientos cuanto ahora triste.

FEL.—Y vive ahora, porque nació en ella y no ha tenido otra.

FER.—Dijéronme que se había pasado a las Indias.

JUL.—¡Qué bien dicho, aunque no para en la calle!

FEL.—¡A las Indias! Pues ¿a qué efecto?

FER.—Como eso muda el tiempo y puede el oro.

FEL.—Los cuerpos muda la fuerza y violencia de la fortuna, no las almas.

FER.—Es imposible que sin el alma se mude el cuerpo.

FEL.—Estáis engañado; porque donde no va la voluntad va el cuerpo solo, como quien lleva luz en una linterna que alumbra la calle y oscurece la persona.

JUL.—No he oído cosa tan aguda.

FER.—Esa razón me ha muerto.

FEL.—Pues yo ¿qué os he dicho?

FER.—La luz que pasa por la linterna es por medio de la puerta, que es hecha de materia tan indigna que por ella se significa el mayor agravio de la honra.

JUL. *(aparte)*.—¡Qué bien dijo la *madera* de que se hacen linternas y tinteros!

FER.—Pero quiero hacer lo que me mandáis, que me ha deslumbrado mucho la linterna, porque no hay cosa que ofenda más los ojos si es descortés el que la lleva.

Gigante cristalino,
al cielo se oponía
el mar con blancas torres
de espumas fugitivas,
cuando de un tronco inútil
cuyas ramas solían
hacer dosel a un prado,
que fue de un rayo envidia,
tenía Fabio atada
su mísera barquilla.
los remos en la arena,
la red al sol tendida.
Ya no repara en nada;
que quien de sí se olvida,
grandes memorias tiene,
que a tanto mal le obligan.
Baja fortuna corre,
poco la vida estima
quien todo lo desprecia
y a todo se retira.
Que despreciarlo todo
es humildad altiva,
acción desesperada,
que no filosofía.
Mas tanto pueden tristezas

de pasadas alegrías
que obligan, si porfían,
a no estimar la muerte, ni la vida.
Las atrevidas ondas
que a conquistar subían
por escalas de vidrio
las almenas divinas,
frieron una nave
desde el tope a la quilla,
sembrando por las aguas
velas, jarcias y vidas.
Y dijo: "Si estuvieras
atada a las sillas,
como mi barca pobre,
vivieras largos días".
¡Dichoso yo, que puedo
gozar pobreza rica,
sin que del puerto amado
me aparte la codicia
La soledad me mata
de un bien que yo tenía,
no los palacios altos,
ni el oro de las Indias.
Cuando anegarse veo
las naves, y las dichas,

consuelo en las ajenas
la pena de las mías.
Mas tanto pueden, etc.
Memorias sólamente
mi muerte solicitan,
que las memorias hacen
mayores las desdichas.
Para regalo tuyo,
Amarilis divina,
cuando el aurora rayos,
redes al mar tendía.
Sacaba yo corales,
que, como se corrían
de verse con tus labios,

más finos parecían.
A tus hermosas manos
llevar también solía
los peces y las perlas
en una. concha misma.
De mi cabaña humilde
las paredes suspiran,
adonde yo gozaba
tu dulce compañía.
Y en tantos desconsuelos
quiere el amor que sirvan
en esperanzas muertas
estas memorias vivas.
Mas tanto, etc.

DOR. (*aparte a Felipa, desde dentro*).—¡Ay Felipa! ¿Quién será esta dama? Que me abraso de celos.

FEL.—Mira que puede oírte.

DOR.—Temblando me está el corazón; estoy por llamarle.

FEL.—Tu madre ha conocido la voz y está mirando, aunque finge desatención, la inquietud de tus acciones y el desasosiego de tus movimientos.

DOR.—¡Ay, Felipa, que somos Fernando y yo como la voz y el eco! El canta, y yo repito los últimos acentos.

FEL.—Creo que andas porque te vea.

DOR.—¿Puede ignorar su alma que la mía le escucha?

FEL.—La prima que se le quebró ha puesto, y a cantar vuelve.

FER.

Tan vivo está en mi alma
de tu partida el día,
que vive ya mi muerte,
no vive ya mi vida.
Nunca del pensamiento
un átomo se quitan
las luces eclipsadas
de tu postrera vista.
Así las azucenas
por la calor estiva
entre las hojas verdes
las cándidas marchitan.
Así la pura rosa
que vio la dulce risa

del alba, con la noche
la púrpura retira.
Trocado muerte habernos,
siendo en mis ansias vivas
tu vida la que muere,
mi alma la que expira.
Intento consolarme
con ver que, fugitiva,
parece que me llamas,
y que a partir me animas.
Mas tanto pueden desdichas,
que obligan, si porfían,
a no estimar la muerte ni la vida.

FEL.—Yo os prometo, caballero, que el poeta de esas endechas escribe de lo más crespo.

FER.—Antes de lo más peinado.

FEL.—Levantan ahora los nuevos términos a la lengua.

FER.—Testimonios.

FEL.—Bien parece lo realzado.

FER.—Si se entendiese.

FEL.—O se escribe verso o prosa.

FER.—Sentencia y belleza bien pueden estar juntas; que son como discreción y hermosura.

FEL.—Yo no quiero argüir con vos, que sería descortesía y atrevimiento.

FER.—Yo no os he visto en esta casa, pero me persuado que cuanto hay en ella es entendimiento.

FEL.—Favorecéis al dueño; pero decidme cómo.

FER.—Porque son tantos los que aquí le han perdido, que le tendrán hasta las esclavas que le hubieren hallado.

FEL.—No será a lo menos el vuestro, pues le mostráis tan grande.

FER.—No habla aquí mi entendimiento, sino mi desdicha, y todos los desdichados son discretos.

FEL.—Yo he visto necios desdichados.

FER.—Serán dos veces necios.

FEL.—Con las gracias que vos mostráis aquí, aunque no os veo bien el talle, por la sombra de la noche, tengo por imposible que a lo menos en una cosa dejéis de ser dichoso.

FER.—¿En qué, por vida vuestra?

FEL.—En ser querido.

FER.—Cuando fuera así, que yo tuviera algunas gracias, ¿qué cosa más contra mí para ser correspondido?

FEL.—Pues los méritos ¿no son el fundamento del amor?

FER.—Como quisiere la fortuna.

FEL.—La fortuna ¿no compite con la naturaleza?

FER.—No, porque siempre la derriba.

FEL.—¿Qué llamáis fortuna?

FER.—Riqueza.

FEL.—Méritos conquistan.

FER.—Sí; pero no conservan.

FEL.—Quien deja lo que tiene por su gusto, quéjese de sí mismo.

FER.—Así lo hago yo, que por eso canto cosas tristes; pero yo os prometo que no pude dejar de dejarlo. Pero ¿qué me importa, si lo que dejé no me deja?

FEL.—Si otra noche venís por aquí no traigáis lamentaciones.

FER.—Acabad vos con mi tristeza; que por hacerla mayor he buscado entre los versos que sé de memoria los que mejor se aplican a las que tengo.

FEL.—Paréceme que ese pescador lamentaba alguna prenda muerta; ¿por dónde se aplica a sentimiento vuestro, pues la tenéis viva?

FER.—Porque lo mismo es tenerla ausente, aunque se diferencian en que los ausentes pueden ofender y los muertos no; y este pescador lloraba la más hermosa mujer que tuvo la ribera donde nació, más firme, más constante y de más limpia fe y costumbres.

FEL.—Parece aprobación de libro.

JUL.—Tres hombres rebozados te han escuchado en la esquina con alguna inquietud, y pienso que, pues suenan los broqueles, tocan a pesadumbre.

FER.—Pues dame el mío, y arrima esta guitarra a esa reja.

ESCENA IX

DON BELA, DON FERNANDO, JULIO, FELIPA, LAURENCIO, DOROTEA

BEL.—Éste debe de ser el sevillano de quien siempre nos cuenta Dorotea tantas gracias.

LAU.—Si las demás lo son como la voz, será perfecto en todas.

BEL.—Dame, por tu vida, más celos de los que tengo.

LAU.—Esto no es para darte celos, sino para quitártelos.

BEL.—Si los celos nacen de las gracias ajenas, ¿cómo se han de quitar encareciéndolas?

LAU.—Sabiendo un hombre dejar el campo libre al que las tiene, pues le dan lugar para que las ejecute

BEL.—¡Hermosa cobardía! Reconocerle quiero; porque si la cara y el talle desdicen de la voz, ése es el mejor camino para perder los celos.

FER.—¿Qué es lo que miran? ¿No pueden pasar sin reconocer? ¡Qué gentil cortesía!

BEL.—No vengo a ser cortés, sino a echarle de esa puerta.

FER.—Si trae esa determinación, a buen tiempo viene.

FEL.—¡Ay, señora, que se matan!

DOR.—Don Bela y don Fernando son.

FEL.—Y Julio y Laurencio.

DOR.—Saca una luz a esa ventana, que el corazón se me sale del pecho por ayudar a Fernando.

FEL.—¡Oh, qué mal dicho!

DOR.—¡Oh, qué bien hecho! Ayúdale, corazón animoso, o no digáis que sois mío.

CORO DE CELOS

DICOLOS DISTROFOS

¡Oh celos, rey tirano!
¡Oh bastardos de amor! ¡Oh amor villano!
¡Oh guerra del sentido!
¡Oh engaño a la verdad, puerta al olvido!
¡Oh poderosa ira,
que en sombra amor por accidentes mira,
con miedo del agravio;
furia del necio y necedad del sabio,
que con tu propio daño
presumes engendrar el desengaño!
¡Cuerpo que el aire finge,
enigma que propone fiera esfinge,
sustancia y diferencia,
que resultas del acto y la potencia.
de amor que desconfía,
fuego abrasado y calentura fría!
Por ti la bella Elena
suspensa puso fin a tanta pena.
Antíope por Dirce
y en las ondas del mar, Scila por Circe;
por Céfalo gallardo,
la esposa que mató sangriento dardo,
por quien la blanca aurora
tierno maná sobre las flores llora
tu imagen formidable
sin causa en mil tragedias fue culpable.
No pases de recelos,
que si llegas a ofensa, no eres celos.

ACTO CUARTO

El Prado de San Jerónimo

ESCENA I

MARFISA, CLARA, FELIPA, DOROTEA, FERNANDO, JULIO

MAR.—¡Qué solo está el Prado!

CLA.—¿Cómo no quieres que lo esté, si apenas le acompaña el día?

MAR.—¡Qué bien pintara esta mañana Fernando!

CLA—Mejor supo despintar el oro de tus joyas.

MAR.—El oro se halla en la fortuna, y el buen ingenio en la naturaleza.

CLA.—Ganado habernos la palmatoria en esta escuela de las damas que toman el acero.

MAR.—Allí vienen dos pisando de valentía.

CLA.—Como si hubiera galanes que las miraran.

MAR.—Cuando la bizarría es natural, no ha menester cuidado.

CLA.—Hacia nosotras vienen. (*Salen Dorotea y Felipa.*)

MAR.—Señora Dorotea, ¿tomáis acero o venís a florecer el campo?

FEL.—Parece que los sacáis las dos en desafío.

DOR.—Ya le tendréis florido, pues vinisteis primero. No os he pagado la visita de aquel día, porque no supe vuestra casa, y porque no me obligasteis con decirme que veníades a visitarme, sino que fue acaso y por accidente el verme.

MAR.—Buena estáis ya del todo, Dios os bendiga. ¡Qué cara! ¡Qué colores! ¡Qué nacar!

DOR.—No os pago con la misma lisonja, porque se ve en vos con verdad lo que en mí por favor; que yo como me acosté anoche vengo esta mañana.

MAR.—Por eso dicen unos versos:

> Para amar, es la cosa más segura
> buen trato, verde edad, limpia hermosura.

Y en otros que escribieron a una dama que consultaba: astrólogos para saber si la quería a quien ella amaba:

> Toma un espejo al apuntar el día,
> y si no has menester jazmín ni rosa,
> no quieras más segura astrología.

DOR.—En verdad que no pude tomarle, porque no había luz para verle.

MAR.—Vos sois espejo de vos misma.

DOR.—Y vos del mismo sol, que sale más aprisa por ver en vuestra cara si amanece más aliñado en España que en las Indias.

MAR.—Vos lo sabréis mejor, que amanecéis en entrambas.

DOR.—Mucho sabéis de mí; debe de decíroslo don Fernando.

MAR.—¿Cómo lo puede saber ese caballero, que ha tanto que está en Sevilla?

DOR.—¿Fingís ignorancia? Días ha que está en Madrid, y no pocos días.

MAR.—No hay que fiar en amistades celosas; no me lo ha dicho aquella amiga que le quiere bien; que debe de guardarse de mí.

DOR.—Ahora creo que no sois vos, pues no lo sabéis.

MAR.—Debéis de engañarme, pensando que puedo yo daros nuevas de él; con que vengo a estar engañada entre dos celosas.

DOR.—Yo no le he visto; pero le he oído hablar y cantar en mi calle, y aún acuchillar unos hombres, de los cuales el uno está herido, aunque ya sin peligro.

MAR.—Habraos engañado, que sabe fingir una muerte con gran donaire.

DOR.—Yo me holgara que no fuera tan cierto.

MAR.—Y yo de acompañaros; pero voy a Atocha, y temo al sol si vuelvo tarde.

DOR.—Encomendadme a ella. (*Vanse Marfisa y Clara.*)

FEL.—Bizarra es esta dama, Dorotea, aunque pica un poco en gruesa, que no la hace tan gentil como lo fuera con menos bulto.

DOR.—Las manos son bellísimas, y las sacó del guante como si me hubiera yo de enamorar de ellas.

FEL.—Es falta de buenas manos y buenos dientes enseñarse a todos, y la de los dientes mayor, porque hacen gestos para que se los vean, no sin fealdad y nota de liviandad.

DOR.—Alababa Octavio a doña Inés las manos de una dama, que las llevaba asidas a la cortina del coche, como vestido en tienda, que sólo le faltaba decir: ¿quién quiere manos? Y ella, celosa, sacó las suyas del guante, y dándole un bofetón, le dijo: "¿Eran como éstas?"

FEL.—¡Ay, Dorotea! Cúbrete, que yo no importa, pues no me conoce don Fernando; que él y Julio son, sin duda, los que entran por la Carrera.

DOR.—Asentémonos cerca de esta fuente, que me he turbado; fuera de que, sentada, seré menos conocida.

FEL.—Toma esa alcorza, y si quieres agua, aquí tengo un búcaro de los que llaman de la Maya.

DOR.—Por encarecimiento solía decir Fernando que debía de ser ésta tierra del Paraíso, donde fue la fábrica del primer hombre.

FEL.—El llega; cúbrete bien. (*Cúbrese Dorotea y salen don Femando y Julio.*)

DOR.—Sin mirarnos pasó de largo.

FEL.—¡Qué extraña melancolía!

DOR.—Yo pensé que iba siguiendo a aquella dama; pero va la Carrera arriba; llámale, pues no te conoce; veamos qué nos dice, que yo no hablaré palabra.

FEL.—¡Ah caballero! ¡Ah gentilhombre!

JUL.—Mira, que te llaman aquellas mujeres.

FER.—Déjalas, necio, que no es ese el remedio de mis tristezas.

FEL.—No seáis descortés, caballero.

JUL. (*a don Fernando*).—De mañana salen a buscar la vida, aunque no parece ropa desocupada. Llega a ver lo que te quieren.

FER.—¿No sabes que no hablo con mujeres?

JUL.—No sanarás del mal que tienes—y si no, pregúntalo al Petrarca en el *Triunfo de amor*—si no te acuerdas del rey Asuero. (*A Felipa.*) Dice mi amo que no habla con mujeres.

FEL.—¿Mas qué si voy por él, que le quito la capa y le hago sentar aquí, aunque le pese?

JUL.—Señor, aquella dama está determinada a llevarte allí por fuerza; advierte que las mujeres siguen a quien las huye, y se vendrá tras ti, no más de porque no la quieres.

FER.—¿Qué es, señora, lo que me mandáis? Y agradecedme que sois la primera mujer con quien he hablado más ha de cuatro meses.

FEL.—¿Por qué, rey mío? ¿Qué le hemos hecho?

FER. (*a Felipa*).—Los agravios y traiciones de una han sido causa para aborrecerlas todas.

FEL.—¡Oh qué historia tan linda me prometo! Sentaos junto a las dos, y haréis dos cosas justas: que descansaréis vos y nos entretendréis a nosotras.

FER.—¿Por qué no habla esa dama?

FEL.—Porque está a mal con los hombres, como vos con las mujeres.

FER.—Si ella los aborrece tanto como yo a ellas, bien se podrá hacer de los dos un veneno para acabar el mundo. Ya estoy sentado.

FEL.—¿Cómo venís al campo tan de mañana, pues no venís a ver zapatillos y plumas?

FER.—No duermo en toda la noche, peleando con el más necio amor y más desengañado que ha tenido la porfía sin la esperanza desde que hay locos de este tema en el mundo.

FEL.—Ya que nos habéis hecho merced de sentaros, y estamos ciertas, pues aborrecéis mujeres, que no nos diréis amores, entreteneos a vos mismo con referir la historia de que os quejáis, que los enfermos de vuestro mal darán dinero porque los escuchen.

JUL.—¡Cuál es la hermana compañera! Pero señora, esa que lo es suya, ¿es mujer o piedra? Porque la pondremos en la fuente. Siéntome junto a ella como quien se arrima a un poste. ¡Pesia tal, y qué buen olor que tiene! No es de mala casta lo rollizo del brazo. Aún no me ha dicho: "¿Quién está ahí?"

FEL.—Guardaos no os lo diga con el cuchillo del estuche; pero dad silencio, que tose vuestro amo, y es señal que quiere comenzar la obra.

FER.—Yo, señoras, la que habla y la que no habla, nací de padres nobles en este lugar, a quien dejaron los suyos poca renta; mi educación no fue como de príncipe, pero con todo eso quisieron que aprendiese virtudes y letras. Enviáronme a Alcalá de diez años, con el que está presente, que tendría entonces veinte, para que me sirviese de ayo y de amigo, como lo ha hecho con singular amor y lealtad.

JUL.—¿Quién como tú le merece?

FER.—Para con tu doctrina, Julio, tengo por ignorante al Chirón de Aquiles; pues por lo que toca a la verdadera amistad, ¡así fuera yo Alejandro como tú Efestión!

JUL.—No quiero responderte por no interrumpir el hilo de tu amorosa historia.

FER.—De la edad que digo, ya sabía yo la gramática, y no ignoraba la retórica; descubrí razonable ingenio, prontitud y docilidad para cualquiera ciencia; pero para lo que mayor le tenía era para los versos; de suerte que los cartapacios de las lecciones me servían de borradores para mis pensamientos, y muchas veces las escribía en versos latinos o castellanos. Comencé a juntar libros de todas letras y lenguas, que después de los principios de la griega y ejercicio grande de la latina, supe bien la toscana, y de la francesa tuve noticia.

JUL.—Parece que informas esta dama para algún oficio.

FEL.—No me tengáis por tan ignorante que no escuche con tanto gusto la materia de las letras como la de los amores; que las mujeres, cuando no esperamos interés, cualquiera cosa nos entretiene.

FER.—Murieron mis padres, y un solicitador de su hacienda cobró la que pudo, y pasose a las Indias, dejándome pobre; que siempre fui desdichado en las Indias, pues como otros traen de ellas hacienda, me llevaron allá la mía.

JUL.—Parece que se ríe esta dama de que dijeses que eras desdichado en Indias.

FER.—No puede ella entender por lo que yo lo digo.

FEL.—Tenéis razón, que el reírme procedió del donaire con que lo dijo, que no de la causa porque lo siente.

FER.—Y ¡como si lo siento! ¡Pluguiera al cielo que nunca se hubieran descubierto, ni Colón hubiera nacido en el mundo!

FEL.—¿Tan poco ánimo tenéis, que porque os llevaron vuestra hacienda no quisierais que España se hubiera hecho con ellas tan rica y poderosa, y nuestra fe se hubiera dilatado tanto?

FER.—Muy lejos vais de mi pensamiento; no me admiro, siendo imposible penetrarle.

FEL.—Volved a engarzar la cadena de vuestro cuento, no se os pierdan algunos eslabones.

FER.—Volví a la corte, y a casa de una señora, deuda mía, rica y liberal, que tuvo gusto de favorecerme.

FEL.—Tuvo muy buen gusto.

FER.—Tenía una hija de quince años, cuando yo tenía diecisiete, y una sobrina de poco menos que los míos; con cualquiera de las dos pudiera estar casado; pero guardábame mi desdicha para diferente fortuna; las galas y la ociosidad (cuchillo de la virtud y noche del entendimiento) me divirtieron luego de mis primeros estudios, siendo no pequeña causa poner los ojos en Marfisa; así se llamaba la sobrina de esta señora, y ella Lisarda. Este amor aumentaba el trato, como siempre; mas en medio de esta voluntad, que por mi cortesía y poca malicia no dio fuego, la casaron con un hombre mayor y letrado, aunque no el mayor letrado, pero muy rico. El día que el referido jurisconsulto la llevó a su casa, hice la salva a su boca, porque no le matase el veneno que llevaba en ella con el disgusto de la violencia, y lloramos los dos detrás de una puerta, mezclando las palabras con las lágrimas; tanto, que apenas supiera quien nos mirara cuáles eran las lágrimas o las palabras.

FEL.—Gran llorador debéis de ser.

FER.—Tengo los ojos niños y portuguesa el alma; pero creed que quien no nace tierno de corazón, bien puede ser poeta, pero no será dulce.

FEL.—¡Qué presto os vais a la profesión!

FER.—Amor tiene la culpa.

FEL.—¿Por qué?

FER.—Porque amar y hacer versos todo es uno; que los mejores poetas que ha tenido el mundo, al amor se los debe.

JUL.—Eso es cierto; y que ningún hombre amó, que, bien o mal, no los hiciese.

FEL.—¿En qué paró la señora novia?

FER.—En que el negro esposo se olvidó de la edad y se acordó de la hermosura, y ayudando su flaqueza con artificio, perdió la vida en la empresa, como buen caballero.

FEL.—*La vida del puerco, corta y gorda.*

FER.—Volvieron a Marfisa a casa, y no el dote, porque sin él la quiso; que hay muertes que se quieren de balde, más que vidas por dineros.

FEL.—Bravas fiestas haríais a su venida.

FER.—Ningunas, cierto; que el día de su boda me trajo un gran amigo un recado de una dama de esta corte. No sé cómo la nombre, que me cubre un hielo toda la sangre. Finalmente se llama...

FEL.—No os quedéis en finalmente.

FER.—Leona, Tigre, Serpiente, Aspid, Sirena, Euripo, Circe, Medea, Pena, Gloria, Cielo, Infierno y Dorotea.

FEL.—¡Con qué injuriosos nombres desembarca esa pobre mujer del mar de vuestra ira!

FER.—No los he dicho todos; pero sí, que ya dije Dorotea.

FEL.—Los hombres querrían las mujeres como vasallos de Aragón, a bien y a mal tratar.

FER.—Peor lo hacen ellas, pues nunca nos tratan bien.

JUL.—Esa pendencia, señores, comenzó en las calendas de la edad de plata; sólo me admira que, no habiendo en el mundo tercera diferencia de hombres y mujeres, nunca estemos en paz.

FER.—Esa discordia nace de quererlas.

FEL.—No, sino de querer tantas.

FER.—También hay tantos.

JUL.—Bien dicho.

FEL.—A vos claro está que os lo ha de parecer, por hombre, por ayo y por amigo.

FER.—Si fuera menos aficionado a la defensa de las mujeres Julio, no estuviera yo perdido.

FEL.—Luego ¿nunca os riñe?

FER.—Si yo tuviera lo dócil de Alcibíades, topado había con Sócrates.

FEL.—Dejad historias, y venid a la vuestra. ¿Que recado os trajo aquel amigo?

FER.—Que fuese a ver a Dorotea, porque en ciertas conversaciones en que los dos nos habíamos hallado, le había caído en gracia o mi persona, o mi donaire, o todo junto; y fue gracia con que he caído en estas desgracias, que faltan estrellas al cielo para conferirlas.

FEL.—¿Fuisteis, en efecto, a verla el mismo día de la boda de Marfisa?

FER.—Púseme lo mejor que tuve y lo más galán que supe, y fui a verla con todas las circunstancias de pretendiente, mesura, olor y aseo.

FEL.—Había calzas largas, cuera de ámbar y su poquito de cadena, ensayando la habla para lo tierno y los ojos para lo elevado.

JUL.—Pues así es la que habla, ¿cuál debe de ser la que calla?

FEL.—Ya os digo que no la toquéis, que no está madura, y os dará dentera.

JUL.—Las mujeres nunca son mejores que por madurar.

FEL.—Gusto tenéis de ayo..., que estuve por decir de pedagogo.

JUL.—¿Latín sabéis?

FEL.—Tengo un hermano estudiante, y dame cuando corta latín estos retales. Decidme, por vida vuestra, ¿qué tal será una mujer cuando huele al nido?

JUL.—Peor es a corral de ovejas, y no me podéis negar que son mejores dos de a veinte que una de cuarenta.

FER.—Este día de la boda de Marfisa fui galán, como dije, tanto, que se trocaron los efectos, porque yo parecía el desposado y el novio el suegro.

FEL.—Sólo os diferenciaríais en que todos los desposados se hacen la barba, porque vos no la tendríais. Pero ¡qué gentil sentimiento de la dama que se casaba! ¡Ay, hombres! ¡Qué presto se le enjugaron las lágrimas, y se le olvidó la salva de la boca a la sombra de la puerta!

FER.—Pues ¿qué queríais? ¡Qué gentil necedad fuera matarme yo, cuando ella estaba en brazos de su marido!

FEL.—Tenedla lástima, que es milagro del cielo haber conformidad en edades desiguales, de que han nacido muchas veces tristes sucesos.

FER.—Para tristes sucesos no es menester la desigualdad de las edades, sino de las condiciones.

FEL.—En fin, visteis a esa Dorotea. ¿Es muy hermosa?

FER.—Eso quisiera que no me preguntarais, porque parece que la naturaleza destiló todas las flores, todas las hierbas aromáticas, todos los rubíes, corales, perlas, jacintos y diamantes, para confeccionar esta bebida de los ojos y este veneno de los oídos.

JUL.—Debía de ser entonces boticaria la naturaleza; no te faltó sino mezclar ahí esos simples con el tártaro.

FER.—No sé qué estrella tan propicia a los amantes reinaba entonces, que apenas nos vimos y hablamos, cuando quedamos rendidos el uno al otro.

FEL.—¿Y Marfisa?

FER.—Era amor venial, y fue menester poca diligencia, y menos para Dorotea; pues yo pudiera decir lo que el excelente poeta Vicente Espinel dijo por la facilidad de la hermosa Ero:

> De Ero murmuráis, yo lo sé cierto,
> que fue muy blanda en el primer concierto.

FEL.—¡Qué falta en los hombres! ¡Mal hayan las mujeres, porque no los hacen rabiar! Pero decidme: ¿tan hermosa es esa Dorotea?

FER.—Ésto es cuanto al paramento visible; que el talle, el brío, la limpieza, la habla, la voz, el ingenio, el danzar, el cantar, el tañer diversos instrumentos, me cuesta dos mil versos; y es tan amiga de todo género de habilidades, que me permitía apartar de su lado para tomar lección de danzar, de esgrimir y de las matemáticas, y otras curiosas ciencias; que en entrambos era virtud, estando tan ciegos. Estaba en esta sazón ausente el esposo de esta dama, donde no se tenía esperanza de su vuelta; en cuyo medio la había conquistado un príncipe extranjero—a quien ella entretenía poderosas esperanzas con remisas dilaciones y ardientes deseos con favores tibios—que hallé en la posesión de este pensamiento, cuando nos vimos Dorotea y yo tan conformes de estrellas, que parece que toda nuestra vida nos habíamos tratado y conocido. Con este gran señor que os digo, me sucedieron grandes aventuras, no por soberbia de mi condición, que bien sabía que el que se opone al poderoso con flacas fuerzas es fuerza que alguna vez caiga en sus manos. Y así, una noche que llamé con más amor que discreción a la puerta de Dorotea, salió él propio a abrirme, sin que ella ni su madre pudiesen con ruegos detenerle; y como había conocido mi voz, traía la daga en la mano, y tirándome una puñalada de las que llaman de resolución, por encoger el cuerpo o por mi buena fortuna, me clavó por las cuchilladas de una cuera blanca que traía suelta a la misma puerta que me abría, cerrándola de golpe. Y esto no os parezca imposible, porque como yo pensaba que era criada la que me abría, fui a entrar con el deseo donde los celos me esperaban con la traición; y habiendo de bajar un paso, porque la sala de aquella puerta no estaba igual con la calle, bajé el cuerpo y quedó la cuera en el aire.

FEL.—Turbada os escucho, imaginando en tal ocasión esa vuestra Dorotea qué noche pasaría si os imaginaba herido de tan fuerte determinación.

FER.—Yo no pude avisarla, y así partimos entre los dos la pena.

FEL.—¿Cómo salisteis del peligro de competidor tan poderoso? Que me tenéis suspensa.

FER.—Tengo por cierto que me hubiera quitado la vida, porque yo había perdido el temor a su poder y a mi muerte, si el rey entonces no le enviara con un cargo conforme a su grandeza y a mi dicha; que no pudiera trazar mi imaginación tan eficaz remedio. Pero fue gracia que hizo grandes diligencias para llevarme por secretario suyo, no porque me había menester, ni mi edad era suficiente, sino por apartarme de Dorotea, que antes que saliese el alba había enviado una criada suya a saber de mi vida, que celebramos los dos, siendo los brazos parabienes de la felicidad de este suceso, en el primer hurto que se pudo hacer a los desvelados celos de tan poderoso amante, tomando venganza de él en amorosas ofensas con el aumento que hacen a dos conformes voluntades las resistencias y privaciones. Ausentose finalmente, y quedé señor pacífico de tan rica posesión, que me parecía que Creso, que se llamó entre los mortales felicísimo, era pobre para conmigo, y que el resplandeciente ejército de Antioco Magno, con los arneses y celadas de plata y oro, era menos lustroso que mis galas y menos soberbio que mis pensamientos. Pero con toda esta riqueza, en breves días me comenzaron a afligir y atormentar cuidados de verme pobre, y que no estaba seguro, por serlo, de alguna ofensa merecida de mi necesidad, no de mi culpa; y que no se podía conservar nuestra amistad dentro de las esferas de la actividad de amor. En estos miedos y entre tanta copia de competidores y deudos, no habiendo yo nacido con aquel linaje de sufrimiento que está (según dicen los que le han leído) en el capítulo primero del libro de la infamia, que con poca distinción comprende la opinión de los galanes y la honra de los maridos, entendió Dorotea este pensamiento; que fácilmente se asoma al rostro en la tristeza de los amantes, donde parece que quieren que les pregunten lo que no quieren que sepan, y me aseguró que sería tan mía, que quitándose las galas y las joyas con la plata de su servicio, me las envió en dos cofres.

FEL.—Hazaña fue, por cierto, de mujer de valor.

FER.—Con ésto duró nuestra amistad cinco años, en los cuales quedó casi desnuda, aprendiendo labor que no sabía, para sustentar las cosas más domésticas.

FEL.—¡Oh singular fineza en tanta hermosura, en tal edad y en la corte!

FER.—Yo la confieso, y que me vi mil veces con tal vergüenza y lástima, que no pudiendo cubrir aquellas hermosas manos con diamantes, las bañaba en lágrimas, que ella tenía por mejores piedras para sortijas que las que había vendido y despreciado.

FEL.—¿Y qué hacían vuestros competidores entonces?

FER.—No reparaban tanto en Dorotea, porque donde las galas no llaman los ojos de los hombres, parece que está cobarde la hermosura. Finalmente la vi de suerte, que cuando considero su necesidad la disculpo; mas cuando mi amorosa perdición, me vuelvo loco.

FEL.—Pues ¿qué hizo?

FER.—Díjome un día con resolución que se acababa nuestra amistad, porque su madre y deudos la afrentaban, y que los dos éramos ya fábula de la corte, teniendo yo no poca culpa, que con mis versos publicaba lo que sin ellos no lo fuera tanto.

JUL.—Eso es cierto; y crean las damas que siéndolo de poetas, serán celebradas, pero no secretas.

FEL.—Y vos, ¿qué hicisteis en tan súbita mudanza?

FER.—Fingí en mi casa que había la noche antes matado a un hombre (y decía verdad, si era yo el muerto), y que era fuerza ausentarme o caer en manos de la justicia; diome Marfisa el oro que tenía y las perlas de sus lágrimas, y con él me partí a Sevilla.

FEL.—Brava resolución.

FER.—De hombre de bien.

FEL.—¿Y cómo lo pasasteis?

FER.—Tristemente, a cada legua que andaba me volvía; pero pudiendo más la honra que el amor (que la cosa más fuerte siempre fue la honra, perdone aquel antiguo problema del vino, la verdad y la mujer), proseguía mi camino, hasta que, cayendo y levantándome, llegué a Sevilla.

FEL.—Allí presto se olvidaría Madrid y la dicha Dorotea con la hermosa variedad del trato, damas, caballeros, extranjeros, naves de las Indias, río, barcos y Triana.

FER.—¡Y cómo si se olvidó! Luego en llegando fue ese milagro: el río me parecía el Leteo; las barcas, almas; las damas, sus ministros; las naves, montes flamígeros, como el Etna de Sicilia; su trato, la confusión de sus voces; finalmente, la más bella y populosa ciudad, un infierno soñado. No pensé amanecer vivo aquella noche, porque la felicidad y la desesperación son los últimos términos de los amantes; y habiendo perdido el primero, era fuerza que diese en el segundo. Partime a ver el mar, que esto sólo fue deseo mío entonces, después de mi muerte; vile en Sanlúcar, y díjele lo que había oído a un poeta:

> Bebérmele quisiera
> por volverle a llorar, si yo pudiera,
> porque para mi fuego no presuma
> que el golfo es más que la menor espuma.

De allí fui a Cádiz, donde tenía un deudo, dignidad de aquella iglesia; y como me pareció que no podía huir más que hasta donde se acaba la tierra, que dio sujeto al heroico blasón de Carlos V, hice algunos versos, de los cuales éstos tengo en la memoria:

> Si vas conmigo, Amarilis,
> ¿para qué se llama ausencia
> querer apartar los ojos
> de donde el alma se queda?
> ¡Oh qué discreta ignorancia!
> ¡Oh qué necia diligencia!
> ¡Huir del arco, llevando
> atravesada la flecha!
> ¿De qué sirve a mis desdichas
> mudar de cielo y de tierra,
> si en la tierra está la envidia
> y en el cielo mis estrellas
> ni la muerte ni la vida
> vienen bien a mi tristeza?:
> la vida porque me mata.
> la muerte porque me alegra.
> O ya de sentir no siento,
> o no son penas mis penas,
> o naturaleza hizo
> peñas hombres y hombres
> peñas.
> No tengo, si no me miro,
> ejemplo que me parezca,
> porque, si no fuera yo,
> ninguno me pareciera.

FEL.—Holgárame de tener entendimiento para alabar vuestros versos; sólo os diré, por no ofender vuestra modestia, que son castos, limpios y libres de la congoja que algunos causan.

JUL.—Bien le habéis conocido, y habeisle hecho particular lisonja en respetar su modestia; porque hallaréis hombres de esta profesión que se alaban a sí mismos tan neciamente, que no dan lugar a que los otros los alaben éstos pasan por locos; pero otros veréis que si les leyese Virgilio sus versos, no saben abrir la boca para alabárselos, que es un linaje de descortesía que, si no toca en arrogancia, descubre envidia.

FER.—Con lo que allá descansaba, descanso ahora, porque no tenía más alivio que escribir mis pensamientos, como ahora le siento en repetirlos.

FEL.—Pues no os acobarde mi ignorancia para entenderlos, ni mi ánimo para celebrarlos, que esta dama cubierta los hace y los entiende.

FER.—Pues a ella le suplico que, ya que no merezco que me hable, merezca que me escuche.

JUL.—Bajó la cabeza; si todas fueran así, concedieran y no cansaran.

FER.

Cuidados, ¿qué me queréis?
Tened un poco la rienda,
que no podréis derribar
lo menos de mi firmeza.
Entre el amor y vosotros
hay notable diferencia;
que el amor tiene por gloria
lo que vosotros por pena.
Pensaréis que me obligáis
en hacer que no la tengo.
¿Quién os engaña, cuidados
si descanso en padecerla?
Para cuidados os quiero:
que no puede ser que os quiera
para descansos quien ama,
para descuidos quien cela.
Cuando contemplo, Amarilis,
en tu divina belleza,

tanto gusto de los males,
que de los bienes me pesa.
Los desdenes de tus ojos
agradezco por fineza:
qué nueva invención de amor
que los disgustos se deban!
A tal extremo he llegado,
que estimo que me aborrezcas.
por ver si puede mi amor
satisfacerse de penas.
Y con pensar que te obligo,
aún no quiero que lo sepas;
porque el verdadero amante
sólo de su amor se premia.
Pero mira, ¡qué desdicha!,
que tal vez en esta ausencia
no me alivia tu hermosura.
por imaginar mi ofensa.

FEL.—Por vuestros versos he creído que os acordáis de Dorotea.

FER.—¡Oh, quisiera el cielo que no fuera tanto! En el lugar que digo, señora, estuve algunos días (mejor dijera estuve[13] muchos años), uno de los cuales, solicitado de mi profunda imaginación, me subí por aquellos riscos, llevándole mayor al hombro que entre las eternas penas pintan a Sísifo; y creo que, si no fuera por Julio, me hubiera precipitado de ellos; obedecí su imperio, y en un libro de memoria escribí estos versos, trasladando de los efectos de la mía sus pensamientos:

---

[13] Así 1654 y 1675; en 1632, tuve.

En una peña sentado,
que el mar con soberbia furia
convertir pensaba en agua,
y la descubrió más dura,
Fabio miraba en las olas
cómo la playa las hurta.
a las que vienen la plata,
y a las que ye van la espuma.
Contemplando está las penas
de amor y de olvido juntas
el olvido en las que mueren
y el amor en las que duran.
Verdades de largo amor
no hay olvido que las cubra
ni diligencias humanas
a desdeñosas injurias.
En vano ruegos humildes
las deidades importunan;

porque se ríen los cielos
de los amantes que juran.
Desea amor olvidar,
y no quiere que se cumpla,
porque nunca está más firme
que pensando que se muda.
Más daña a quien solicita
cuidado a quien se descuida
cuando la ventura es poca,
ser la diligencia mucha.
Naturaleza se alabe
de discretas hermosuras;
pero cuando son tiranas,
no se alabe le ninguna.
Tomó Fabío su instrumento
y dijo a las peñas mudas
sus locuras en sus cuerdas
porque pareciesen suyas.

FEL.—¿Qué dijo?

FER.—No lo escribí; pero quiero deciros un desatino que hice.

FEL.—¿Cómo?

FER.—Saqué el retrato de esta dama que, envuelto en un tafetán verde, traía en un naipe; con que pude decir, mejor que los jugadores desdichados, que perdí mi hacienda al naipe.

FEL.—Pues ¿cómo habéis dicho que erais pobre, y que ella perdió la suya?

FER.—¿Qué tienen que ver la libertad, la vida y el alma con el oro?

JUL.—Pues no sólo traía esa prenda este caballero; pero, entre otras devociones, una zapatilla de ámbar sobre el corazón, como madeja de seda carmesí para alegrarle.

FER.—Julio, ¿para qué dices de ámbar, siendo del pie de Dorotea? Excusado pudiera estar lo[14] que ya estaba entendido.

JUL.—Dirás que es redundancia o amplificación, como figura retórica; pero todavía ayudaría el ámbar a confortar el corazón, y era donaire que le dejaba en la camisa al lado izquierdo señalada la suela, y llamábale yo el Comendador Zapata; que, según los puntos, pienso que pudiera ser trece de su Orden.

_____

[14] Todas las ediciones: "o".

FEL.—Direislo porque sería pequeña.

JUL.—Bien cubría todo el corazón.

FEL.—¿Tan gran corazón tiene este caballero?

JUL.—No, porque es muy valiente, y los que lo son tienen el corazón pequeño, como se ve en los leones, que le tienen menor que los demás animales.

FEL.—Mal hacía si le traía por remedio para sosegar el corazón, porque los pies están enseñados a andar, y las zapatillas con ellos, y se le traerían más inquieto.

FER.—No lo había menester mi corazón; porque sólo en él se halló con verdad el movimiento perpetuo. Finalmente determiné de quitarme la ocasión de tantas penas, porque ya no me servía de consuelo, sino de desesperación, y sacando la daga...

FEL.—¡Jesús! ¿Matasteis a Dorotea?

FER.—Cavé la poca tierra que en el espacio de dos peñas estaba ociosa, y enterré el retrato, habiendo hecho primero estos versos:

> Aquí donde jamás tu rostro hermoso
> planta mortal, divina Dorotea,
> toque atrevida, tu sepulcro sea,
> sin columnas de pórfido lustroso.
>
> El fénix yace en inmortal reposo;
> no vuelva a renacer ni el sol le vea,
> construyéndole, en vez de vana sabea,
> mis lágrimas pirámide oloroso.
>
> Mas ¿qué importa, si amor inmortaliza
> el único milagro que deshace,
> y a más eterno sol la pluma enriza?
>
> Remedio inútil entre peñas yace,
> si del alma que abrasa en la ceniza
> infante fénix del difunto nace.

JUL.—En tiempo de Claudio (si no miente Plinio) trajeron a Roma un fénix, y dicen que era de la grandeza y proporción de un águila; el cuello dorado y resplandeciente, el cuerpo purpúreo, la cola cerúlea, distinta de rosadas plumas, o que en ellas estaban formadas rosas, como en la cola del pavón los ojos, y coronado de diversos rayos de otras más sutiles de varios cambiantes y tornasoles. Mas quisiera yo ahora preguntar a Plinio: si no había más de aquella fénix en el mundo, ¿de qué se engendraron los que le sucedieron?

FER.—Julio, yo no sé más de que viven seiscientos años, y que, para la mía, son pocos. ¡Ay de mí! ¡No sé cómo pude volver a Cádiz, después que hice tan grande aunque amorosa locura! ¡Oh si fuera mi sepultura el mar, como de Dorotea lo fue la tierra!

FEL.—Mucho me admiro de que sintáis tanto la pena de dejar un retrato, habiendo tenido ánimo para dejar el dueño.

FER.—Al dueño no le dejé yo, que le truje conmigo.

FEL.—Si le trujérades con vos, hubiérades hecho diligencia para saber de él, y en toda vuestra relación no hay tal memoria.

FER.—Muchas veces tuve ese pensamiento.

FEL.—¿Por qué no le ejecutasteis?

FER.—Por no darle más venganza.

FEL.—Quien ama, no la da amando.

FER.—Pues ¿cómo?

FEL.—Aborreciendo.

FER.—Pues eso pretendía yo: que Dorotea pensase de mí lo que no hiciera escribiéndola.

FEL.—¿Pues no es mejor que piense que la queréis?

FER.—No, porque me ha olvidado.

FEL.—¿De qué lo sabéis?

FER.—De que es mujer.

FEL.—Esa no es palabra de hombre discreto, que no todas las mujeres son mudables, ni todos los hombres firmes.

FER.—Yo sólo tengo firmeza para abonar los hombres.

FEL.—Y Dorotea, para que en fe de su lealtad ninguna pierda el crédito.

FER.—¿Eso cómo lo puede saber quien no la conoce?

FEL.—Por las señas que me habéis dado, tengo por cierto que es la misma de quien me contó una amiga que la noche del día que se partió un caballero, por quien os tengo, quiso matarse desesperadamente, de que estuvo muchos días con gran peligro.

JUL.—Señor, bien puedes creerlo; que no era Dorotea de mármol para no sentir la crueldad con que te partiste. Acuérdate de lo mucho que le cuestas de alma, vida y honra; que esto que se ejecuta con amor no se pierde con entendimiento; que entre los que le tienen y aquellos a quien falta hay esta diferencia, que los unos quieren por razón, y los otros por costumbre.

FER.—Bien dices, Julio. Yo erré con pocos años; yo pudiera ser causa de la muerte de Dorotea; yo privara a la naturaleza de su mayor milagro y al mundo de su hermosura. Suplícoos, señora mía, que me perdonéis, que se me ha cubierto el corazón y los ojos de agua.

JUL.—¡Ay tal desdicha de hombre! Tenedle, señora, que se hará pedazos.

FEL.—¡Pobre mancebo! ¿Dale otras veces este mal?

DOR.—No lo puedo sufrir, Felipa.

FEL.—Pues descúbrete, Dorotea.

DOR.—¡Ay, mi bien! ¡Ay, mi Fernando! ¡Ay, mi primer amor! Nunca yo hubiera nacido para ser causa de tantas desdichas. ¡Oh tirana madre! ¡Oh bárbara mujer! Que tú me forzaste, tú me engañaste, tú me has dado la muerte. No me gozarás; yo me quitaré la vida; yo me volveré loca.

FEL.—Quedo, que ya lo estás, Dorotea; deja el cabello, deja las manos. ¿Para eso callabas tanto? ¡Oh amor terrible mal entre discretos! Mira, que ya vuelve Fernando con la bebida de tus amorosas lágrimas.

DOR.—¿De qué sirve engañarme, Felipa? Mi bien es muerto.

JUL.—¡Qué naturaleza de amor tan propia! Tengo para mí que el amor y el temor nacieron de un parto.

DOR.—Ponle la cabeza en mi regazo; seré leona que con bramidos le infunda vida.

FEL.—Mírale el pulso, Julio.

JUL.—La mudanza de los accidentes siempre fue presagio de grandes males.

FEL.—Tienes razón en lo primero, porque el color ya es pálido y ya es rojo, y ya tiene la mano fría y ya caliente.

JUL.—De una causa bien pueden proceder dos efectos contrarios: ejemplo el sol, que con un mismo calor unas cosas ablanda y otras endurece.

FEL.—Trae este búcaro de agua.

DOR.—¿Para qué, Felipa, donde están mis lágrimas?

JUL.—Espántome, siendo este desmayo de amor, que no vuelva con ellas.

FEL.—¿Qué haremos, que va muy adelante y temo la gente?

JUL.—Recetarle quiero un remedio.

FEL.—¿Cómo?

JUL.—Récipe la hierba, Dorotea, y quitadas todas las hojas de las Indias, lavada muy bien en tres aguas, de amor, de nueva amistad y de confianza segura; cocida con arrepentimiento de lo pasado, a fuego lento de perdonar injurias, y puesta en el pecho de don Fernando todas las mañanas de este mes, sin que lo sepa su madre, volverá en sí, según doctrina de confirmar voluntades, en el libro primero de amistades sobre celos.

DOR.—¡Pluguiera a amor que esa receta fuera segura!, que yo la ejecutara con tantas veras como tú la dices de burlas.

JUL.—Pues mira si comienzan los efectos de este eclipse, que ya dio el alma la llave a don Fernando para abrir los ojos.

DOR.—¿Vives, mi bien? Habla, o no me hallarás con vida si te detienes.

FER.—Vivo estoy, Dorotea, que como estuvo en tu mano mi muerte, pudo también mi vida.

JUL.—Así la dan en los pechos a los gusanos de seda las damas de Valencia.

DOR.—Cuando yo te hubiera hecho cuantos agravios has imaginado. (que, sobre haberte avisado, ninguno pudo serlo), con el susto que me has dado, era mayor la venganza que la ofensa.

FER.—Yo no he deseado tenerla de ti.

DOR.—Ni yo ofenderte.

FER.—Yo me fui porque tú quisiste.

DOR.—Antes por no quererme.

FER.—En mí fue amor dejarte.

DOR.—No fue sino cobardía.

FER.—¿A qué había de esperar con tal desengaño?

DOR.—A que intentaran quitarme de tus ojos.

FER—¿Para qué, Dorotea?

DOR.—Para matar a quien lo intentara.

FER.—No sabía yo tu gusto.

DOR.—Con él y sin él era honra, que amor bastaba.

FER.—Tarde me aconsejas.

DOR.—El amor y la honra no quieren consejo.

FER.—En no competir con el oro, pienso que fui cuerdo.

DOR.—Las espadas son de acero y el amor es loco.

FER.—Contra oro no hay acero; porque yo no había, de matar a quien le tomaba.

DOR.—Si no hubiera quien le diera, no hubiera quien le tomara.

FER.—Yo no vi a quien le daba, porque me fui antes que le diese.

DOR.—Los amantes finos son como tudescos, que de donde ponen el pie nadie los quita.

FER.—Y las finas damas son como los catalanes, que perderán mil vidas por guardar sus fueros.

DOR.—Leí en un libro de fábulas que luchaban Hércules y Anteo, que era hijo de la tierra, y que con sus grandes fuerzas, Hércules le alzaba en alto; pero que cuando volvía a poner el pie en ella, cobraba mayores fuerzas cuando más rendido.

FER.—¿Qué quieres decir en eso?

DOR.—Que luchando amor e interés, que es invencible gigante, si estuvieras presente, todas las veces que pusiera en ti los ojos cobrara nuevas fuerzas para defenderme; pero si te fuiste y me dejaste en los brazos de Hércules, sin querer ayudarme con asistirme, ¿quién ha tenido la culpa?

FER.—Esto tenéis bueno las mujeres, que no os contentáis con agraviarnos, sino que nos dais la culpa de los mismos agravios que nos hacéis.

DOR.—Mi amor no te ha ofendido.

FER.—Obras son amores.

DOR.—Yo fui forzada.

FER.—No era rey don Bela.

DOR.—Fuerzas hay sin reyes.

FER.—¿Dirás que tu madre?

DOR.—Pues ¿qué mayores?

FER.—¡Gentil obediencia!

DOR.—Tú sabes que comenzó la fuerza por mis cabellos, y que todos fuisteis contra mí; ella con injurias, Gerarda con hechizos, tú con dejarme y un caballero discreto con persuadirme.

FER.—¿Discreto, Dorotea? Vámonos, Julio, que nos dirá sus gracias.

JUL.—No te levantes furioso, que no te ha dado causa.

FER.—Yo sé que es don Bela un necio.

FEL.—Todo lo has echado a perder. ¿Por qué le dijiste que era discreto?

DOR.—Por disculpar mi yerro con lo que le podía dar menos celos, que yo no alabé su talle.

FEL.—Ea, señor don Fernando, que algo bueno ha de tener don Bela.

FER.—Tenga plata, tenga oro, tenga diamantes, sea bien nacido; pero no sea entendido, ni de buen talle.

DOR.—Digo que es un necio, y de la más fea persona que hay en el mundo.

FER.—No tanto, Dorotea, que parece cumplimiento.

JUL.—Gente viene al Prado; mejor es que nos vayamos juntos, que en nuestra casa podéis hablar sin que os juzguen, y averiguar estas quejas sin testigos.

DOR.— Si Fernando me da la mano, yo iré con él; si no, ten por sin remedio que tengo de dar mil voces, y hacer mil locuras en este Prado.

JUL.—¡Ea, reyes míos!, que en el Prado y por abril, sólo tienen licencia los rocines.

FER.—¿Que tú me escuchabas, Dorotea?

JUL.—¡Con qué bostezo tan moscatel despiertas del enojo!

DOR.—En el alma me imprimías tus razones. ¿Qué dudas de darme la mano? Dámela, y te perdonaré un bofetón que un día me diste con ella porque alabé un caballero mozo, tan bizarro en la plaza como valiente con los toros; que no fue el de Teágenes a Cariquea sin conocerla: agravio que tú lloraste mucho tiempo y que la misma noche me dabas tu daga para que yo me vengase de la agresora de tan injusto delito.

JUL.—¡Qué disparates hacen y dicen los que aman! Cierto estoy que te la dio porque él lo estaba de que no se la habías de cortar; que con amor tan imitador de Mucio Scévola, ¿quién fuera Porsena?

FER.—¿Qué te podrá negar quien te debe la vida?

FEL.—Id vosotros delante, que ya nos miran.

JUL.—¿Eres tú el que no habías de hablar a Dorotea?

FER.—¿No ves que tengo mi horóscopo en cuadrado y en oposición de Venus, y que hoy la miré a ella en el Tauro y en la Libra?

JUL.—¡Qué cierto es culpar los hombres a la influencia, como si las estrellas hicieran fuerza, siendo la resistencia efecto de la virtud de nuestro albedrío, como lo hicieron el divino Platón y Escipión el Africano!

FER.—Ni yo soy divino, ni romano; pero no sé lo que hicieran, uno filósofo y otro capitán, si vieran a Dorotea. *(Vanse.)*

ESCENA II

Sala en casa de Ludovico

LUDOVICO, CÉSAR

CES.—No vendrá esta mañana a nuestra junta don Fernando.

LUD.—Debe de andar con los pensamientos de su poema; que desvela mucho la dificultad de un principio.

CES.—No sea el poema Dorotea.

LUD.—El ha puesto la honra en no rendirse. Mostradme el soneto que le traíais.

CES.—Es en la nueva lengua.

LUD.—No importa; yo sé un poco de griego.

CES.—Algunos grandes ingenios adornan y visten la lengua castellana; hablando y escribiendo, orando y enseñando, de nuevas frases y figuras retóricas que la embellecen y esmaltan con admirable propiedad, a quien como a maestros (y más a alguno que yo conozco) se debe toda veneración, porque la han honrado, acrecentado, ilustrado y enriquecido con hermosos y no vulgares términos, cuya riqueza, aumento y hermosura reconoce el aplauso de los bien entendidos; pero la mala imitación de otros, por quererse atrever con desordenada ambición a lo que no les es lícito pare monstruos disformes y ridículos. El soneto es burlesco, y dice"

> Pululando de culto, Claudio amigo,
> minotaurista soy desde mañana,
> derelinquo la frase castellana,
> vayan las *Solitudines* conmigo.
>
> Por precursora, desde hoy más me obligo
> al aurora llamar Bautista o Juana,
> chamelote la mar, la ronca rana
> mosca del agua, y sarna de oro al trigo.
>
> Mal afectó de mí, con odio y murrio,
> cáligas diré ya, que no griguiescos,
> como en el tiempo del pastor Bandurrio.
>
> Estos versos, ¿son turcos o tudescos?
> Tú, lector Garibay, si eres bamburrio,
> apláudelos, que son cultidiablescos.

LUD.—¿Queréis queje comentemos, mientras viene Fernando?

CES.—A mí me parece que el argumento de este soneto (Dios vaya conmigo) es emprender esta nueva religión poética algún ingenio arrepentido de su misma patria; mas no querría que nos dijesen que parecemos a los trastejadores, que desde el tejado ajeno van echando a la calle cuanto hallan; allá va una pelota, allá va una bola, allá unas calzas viejas o algún cadáver gato, a quien dieron la muerte los perdigones, y las tejas sepultura.

LUD.—Así son muchos, que cuanto hallan en *Estobeo*, la *Poliantea y Conrado Gisnerio* y otros librotes de lugares comunes, todo lo echan abajo, venga o no venga a propósito.

CES.—Sin pasión digo que muchos de ellos no son dignos de alabanza, aunque yo lo quiero ser de este soneto, porque como la invención es la parte principal del poeta, si no el todo, e invención e imitación sean también una misma cosa, ni lo uno ni lo otro se halla en el que comenta; antes parecen a los horcones de los árboles, que aunque están arrimados a las ramas, no tienen hojas, ni fruto, sino sólo sirven de puntales a la fertilidad ajena, y como si no lo viésemos, nos están diciendo: "Ésta es pera, éste es durazno y éste es membrillo", como el otro pintor que puso a un león trasquilado: "Éste es león rapante".

LUD.—Los que comentan y declaran a los poetas griegos y latinos merecen alabanza y premio, así por las canas de la antigüedad, que los ha hecho inaccesibles, como porque se muestra mejor la erudición de autores y de varias lenguas. Deseo[15] quien escriba sobre Garcilaso; que hasta ahora no le tenemos.

CES.—Grandes poetas son los de esta edad; pero más querrán ellos imprimir sus obras que ilustrar las ajenas. Diego de Mendoza, Vicente Espinel, Marco Antonio de la Vega, Pedro Láinez, el doctor Garay, Fernando de Herrera, los dos Lupercios, don Luis de Góngora, Luis Gálvez Montalvo, el marqués de Auñón, el de Montes Claros, el duque de Francavila, el canónigo Tárraga, el marqués de Peñafiel, que tanta gracia tuvo para los versos castellanos, como se ve en aquellas endechas:

> En tiempo de agravios,
> ¿de qué sirven quejas?
> Que pues no hay orejas,
> ¿para qué son labios?

Francisco de Figueroa y Fernando de Herrera, que entrambos han merecido nombre de divinos; Pedro Padilla, el doctor Campuzano, López

---

[15] El original repite "lud", antes de Deseo.

Maldonado, Miguel Cervantes, el jurado Rofos[16], el doctor Soto, don Alonso de Ercilla, Liñán de Riaza, don Luis de Vargas Manrique, don Francisco de la Cueva y el licenciado Berrio, y este Lope de Vega, que comienza ahora.

LUD.—¿Esos son todos los que hay ahora en España?

CES.—De éstos tengo noticia, y de Bautista de Vivar, monstruo de naturaleza en decir versos de improviso con admirable impulso de las musas, y aquel furor poético que en su *Platón* divide Marsilio Ficino en cuatro partes.

LUD.—¿Cómo?

CES.—El primero es el poético, el segundo el misterioso, el tercero el vaticinio, y el cuarto el amatorio; de las musas es la poesía, el misterio de Dionisio, el vaticinio de Apolo y el amor de Venus. Como esto suceda, hallaréis en el mismo discurso.

LUD.—Paréceme que de estos poetas se han de venir a engendar tantos, que en sola una calle de Madrid haya más que los que ahora decís que escriben en toda España.

CES.—Tal nos podemos prometer de la fertilidad de sus ingenios.

LUD.—¿Qué han impreso hasta ahora?

CES.—*Austriadas, Araucanas, Galateas, Fílidas* y varias *Rimas.* Don Francisco de la Cueva, y Berrio, jurisconsultos gravísimos, de quien pudiéramos decir lo que de Dino y Alciato, intérpretes consultísimos de las leyes y poetas dulcísimos, escribieron comedias que se representaron con general aplauso.

LUD.—¿En qué ha parado el examen de las comedias?

CES.—Su majestad, que Dios guarde, por descargo de su real conciencia, hizo que ventilasen su decencia o indecencia, y han salido por último escrutinio indiferentes, siguiendo a los doctores sagrados que las dan por lícitas, porque adelante no las calumnien e impugnen, aunque se debe advertir que sea con todas las condiciones que tocan a nuestra santa fe y buenas costumbres.

LUD.— Para eso las censura un secretario y las aprueba el Real Consejo.

CES.—Volviendo a nuestro soneto, de que nos hemos divertido, decid algo de este nombre: *culto,* que yo no entiendo su etimología.

CES.—Con deciros que lo fue Garcilaso queda entendido.

LUD.—¿Garcilaso fue culto?

CES.—Aquel poeta es culto que cultiva de suerte su poema que no deja cosa áspera ni oscura, como un labrador un campo; que eso es cultura, aunque ellos dirán que lo toman por ornamento.

---

[16] ¿Rufo?

LUD.—La ley segunda de las cosas que no se tienen por escritas, dice que son iguales lo no entendido y lo que no fue escrito.

CES.—A mí me parece que al nombre *culto* no puede haber etimología que mejor le venga que la limpieza y el despejo de la sentencia libre de la oscuridad, que no es ornamento de la oración la confusión de los términos mal colocados, y la bárbara frase traída de los cabellos con metáfora sobre metáfora.

LUD.—Viciosa es la oración en buena lógica, que se saca por términos oscuros e impropios, y que más oscurece que declara la naturaleza de la cosa definida; y si las que entre sí tienen esencial correspondencia no se pueden definir la una sin la otra, ¿qué relación hará *velera paloma* a las naves para definirlas o describirlas por este término, pues que lo mismo fuera velero cernícalo a un galeón, o velera cigüeña a una fragata?

CES.—¡Qué bien llamó Virgilio a la saeta *volador hierro!*

LUD.—Era Virgilio.

CES.—Pues con todo eso, cuando dijo *líquido fuego* por puro o lúcido, dijo Macrobio que había sido atrevimiento, y le disculpa con que primero lo había dicho Lucrecio.

LUD.—Arato, traducido por Germánico César, llamó a las lluvias del cielo *linfas tenues,* y el gran poeta, *alegres* a las espigas fértiles.

CES.—¡Qué traslación tan propia! Que es como decir que el agua se va riendo.

LUD.—Los términos que definen mal la etimología de los nombres son de todo punto bárbaros, como el que llamó *pecadores* a los herradores, trasladando los yerros de las costumbres al herrar las mulas.

CES.—Un estudiante comía moras, y respondió al que le preguntaba qué hacía: "Manduco sarracenas", trasladando la fruta a la nación del África.

LUD.—No se entienden aquí los que dice Pico Mirandulano, aquel milagro florentino, como lo son todos los ingenios de aquella patria, en su *Heptaplo,* que disfrazan la filosofía con el ornamento de las palabras, porque en los que yo digo falta toda la razón de lo bueno, que consiste en el modo, en la especie y en el orden.

CES.—La demostración, como dice el filósofo, es de las cosas verdaderas; porque de las falsas se puede inferir lo falso y lo verdadero; pero de las verdaderas sólo aquello que es verdadero.

LUD.—César, la prueba se ha de hacer por las cosas más conocidas; que de otra suerte sería confusión y no prueba; porque ha de manifestar el entendimiento y no confundir el entendimiento.

CES.—Parecen proposiciones hipotéticas, que pueden ser y no ser, con cierta condición que las denuncia.

LUD.—Mejor dijerais enigmas; que si Platón envolvió su filosofía en oscuros términos, los poetas, para declarar sus conceptos, deben usar los más fáciles, y para esto pensaba yo que se borraban los primeros delineamientos, que es lo que llaman lima.

CES.—No les parece que se puede levantar la lengua sin frases bárbaras, y es engaño o falta de ingenio, pues lo vemos en otros.

LUD.—Dirán ellos que tienen de su opinión muchos hombres científicos, y que el problema dialéctico es proposición que se propone por entrambas partes de la contradicción.

CES.—De esto quisiera yo que trataran en sus juntas los que en este lugar se llaman ingenios, como lo hacen en Italia en aquellas floridísimas academias; pero juntarse a murmurar los unos de los otros debe traer gusto; pero parece envidia, y en muchos ignorancia.

LUD.—Allí ninguno enseña y todos hablan, por lo que fuera bueno poner en una tablilla: "Aquí se juntan los ingenios", como "Ésta es casa de posadas".

CES.—¿No habéis visto aquel instrumento con que los libreros cortan los libros que encuadernan? Pues ése se llama *ingenio,* y debe de ser por éstos que también cortan papel; pero es la dicha de lo escrito, que no pasan de las márgenes.

LUD.—Dicen algunos que basta la lógica natural para argüir y responder; y que así también para los versos la naturaleza sola, sin estar a los preceptos del arte.

CES.—El arte poética es parte de la filosofía racional, y por eso se cuenta entre las liberales; pero aunque es verdad que tiene principio de la naturaleza, ¿qué bárbaro no sabe que el arte la perfecciona? Verdad es que sin letras hemos visto ingenios; pero dentro de las esferas de su actividad; porque en saliendo de aquel pequeño ámbito donde dan vueltas, es fuerza que se pierdan y que deliren. Pero ya que esta digresión ha sido inexcusable, volvamos a los versos.

LUD.

> Pululando de culto, Claudio amigo,

CES.—Columela nos dirá lo que es *pulular,* por ser propio de los árboles.

LUD.—Así las musas os favorezcan, César, que no hablemos de veras, pues el soneto es de burlas; dejad a Columela y los lugares comunes, ¡malditos ellos sean!, que ya no tengo cabeza para sufrirlos.

CES.—Sea como quisierais. Pero si se ofrece alguna cosa seria o científica, me habéis de perdonar; y ahora digo que pulular de culto es como ser catecúmeno de esta secta, y que es hispanismo muy frecuentado de todos, como por ejemplo: *cabúllome de pato, anda de rebozo, vive de milagro, viste de verde, habla de enfermo, sale de juicio,* y otras cosas a este propósito, porque no digáis que os quiero cansar con el tal Columela. Pero mirad qué divinísima traslación de *pulular* hizo el *Eclesiástico,* hablando de Caleb y de aquellos jueces israelitas, que sus huesos pululaban en los sepulcros, como que de ellos nacían siempre nuevas memorias y descendencias.

ESCENA III

JULIO, LUDOVICO, CÉSAR

JUL.—Estén en buen hora Niso y Euríala, Pílades y Orestes, Damón y Pithias, Escipión y Lelio.

LUD.—¡Oh Julio amigo, seas bien venido! ¿Dónde sin don Fernando?

JUL.—Queda en casa en una ocupación notable. Enviome a que os dijese que vendría lo más presto que le fuese posible.

CES.—Yo aseguro que le han ocupado las musas.

JUL.—No, sino la musa.

CES.—¿Cómo es posible?

JUL.—Así lo fuera decirlo.

CES.—La musa que él invocaba anda fuera del Parnaso con otros pensamientos.

JUL.—Preguntábale Virgilio a la suya que por qué causa había venido Eneas de Troya a Italia. Que esta figura en la retórica es como apostrofe, o antipófora.

CES.—Respondes a tu propósito, y no al mío.

JUL.—Tú quisieras saber quién es la musa, y yo digo que se lo preguntes a ella; que, fuera de ser necesario el secreto, sería larga de contar la historia.

LUD.—Pues haz una braquilogia, como aquel verso:

> Abrasa a París amor,
> roba a Elena, el griego se arma.

JUL.—Pues digo en esa imitación:

> Ausentose Fernando;
> juró, mintió, volvió; rogó llorando.

LUD.—Tú lo has dicho con tu ingenio.

JUL.—A lo menos es inducción por quien de los particulares se puede hacer progreso a los universales.

CES.—Julio, no vienes mal templado para lo que tratábamos, aunque a ti nunca te olvidó la corte de aquellos buenos estudios.

JUL.—¿En qué pasabais el tiempo?

LUD.—Mientras venía Fernando, intentábamos entender un soneto.

JUL.—¿Entenderle?

CES.—¿De qué te admiras?

JUL.—¿Tales ingenios?

LUD.—Toma y lee para ti, y luego nos ayudarás a comentarle.

JUL.—Sin arrogancia leo.

CES.—Extremado ingenio tiene Julio; él y su amo son perpetuos estudiantes.

LUD.—No sé cómo puede Fernando amar y estudiar a un tiempo.

CES.—Parece esa duda al problema del filósofo: ¿cómo se engendran los hermafroditas?

LUD.—Ovidio lo intentó con la fábula de Salmacis y Troco.

CES.—El orador romano dijo en sus *Tusculanas* que ninguna de las perturbaciones del ánimo era más vehemente que el furor del amor, pues ¿cómo puede aplicarse el ánimo turbado a los estudios que requieren estado tan pacífico?

JUL.—Yo he leído y considerado esta bizarra macarronea. ¡Mal año para Merlín Cocayo!

CES.—Aunque llegábamos al segundo verso, ¿qué te parece del primero?

JUL.—Que habla con un amigo suyo.

LUD.—En razón de comentarle, no se excusaban en la palabra *amigo* Luciano y Tulio.

JUL.—Si algo me tocare a mí, no lo pienso probar con la ilustre cáfila de la antigüedad, sino con poetas exquisitos, como los autores modernos, que piensan que es erudición ensartar nombres sin leer los libros.

CES.—¿Cómo dice el segundo verso?

JUL.

Minotaurista soy desde mañana.

CES.—Bien se ve claramente que se burlaba, si confiesa que esta poesía es laberinto, pues él se hace Minotauro.

JUL.—Mal compuesto para de toro y hombre.

LUD.—Esta voz lo es de Minos y Tauro; así se llamaba el hijo de Pasifé, a quien levantó Ovidio, que se enamoró de un toro; que entre las fábulas y apólogos de los poetas, ninguna agravió tanto a las mujeres como esta bestialidad y el caballo de Semíramis; porque el cisne de la hermosa Leda, y la lluvia de oro de la imposible Danae, ya fueron hombres; si bien por alegoría debieron de querer decir que el poder, la fuerza, el interés y la ocasión vencieron a muchas.

CES.—Valientemente la pintó Ausonio.

JUL.—En fin, dice que desde mañana será minotauro.

CES.—Del laberinto de los cultos.

LUD.—Ayúdele el hilo de oro, tan celebrado del epigrama de Estigelio.

CES.—El minotauro traían los romanos en sus banderas por símbolo del secreto.

JUL.—Y aquí también pudieran, que para muchos lo es este género de lengua.

CES.—De la mañana, ¿no diremos algo? Que los comentos no perdonarán cosa tan clara.

LUD.—Pues decid que es la sucesora de la noche, como ella la máscara del día; y si la queréis muy rústica, trasladad el *Moreto* de Virgilio.

JUL.—¡Qué fuera estaba de pintarla Rebotín de Marsella, cuando dijo en sus estrambotes!:

> Lo primero que hago con la aurora,
> ya lo he dicho quitándole dos letras.

LUD.—¿Dónde hallaste ese poeta, Julio?

JUL.—No os metáis en averiguarlo, porque sabed que califican mucho a los que escriben, autores extraordinarios.

LUD.—Y aunque sean clásicos, fuera mejor que dijeran ellos lo que dijeron los autores.

CES.—No tuviera tanta autoridad; que muchas cosas se respetan por antiguas que no igualan con las que ahora vemos.

JUL.—Esa desdicha no la padecen las mujeres, que más las respetan mozas.

LUD.—Dicen que se enfadaba Miguel Angel, aquel escultor romano que dejo igual memoria con sus estatuas, que con sus originales tiene la misma naturaleza.

JUL.—¿De qué se enfadaba?

LUD.—De que anduviesen celebrando los estatuarios antiguos Fidias, Eufanores y Policletos, y que él no tuviese el nombre que merecía, porque no era de aquellos tiempos, haciéndoles ventaja conocida; y para burlarse de la envidia, que es la que siempre sigue a los vivos...

JUL.—Y a veces a los muertos.

LUD.—Hizo una famosa estatua, y, acabada con suma perfección y estudio, quitole un pie y enterota de noche en una villa de un cardenal[17] (así llaman allá los jardines) que a la sazón se edificaba; halláronla a pocos días los ministros de la fábrica, y acudiendo al espectáculo toda Roma, que unos decían que era de Mentor, el que hizo el Júpiter Capitalino y la Diana Efesia; y otros, que de Mironio, el que hizo la Minerva y el Sátiro, de quien Juvenal se acuerda, y algunos que de Telecles[18] y Teodoro; finalmente, los escultores

---

[17] Las ediciones, por errata; "viña de un cardenal".

[18] El original: "Teladeo".

decían que ninguno se podía atrever a hacerle el pie que le faltaba, en todo el mundo. Entonces Micael hizo traer el pie, y poniéndosele a la estatua, les dijo: "Romanos, yo la hice".

JUL.—Ahora viene.

Derelinquo la frase castellana.

CES.—*Derelinquo* es más que *linquo,* porque es dejar de todo punto.

JUL.—Así es verdad, y por eso dijo con propiedad grande Cosme Pajarote, poeta manchego, en su *Zarambaina:*

En viendo que el estío está propincuo
por mí salud las damas derelinquo.

Y porque tan gran mudanza no se podía hacer sin gran favor, remata el cuarteto diciendo:

Vayan las *Solitúdines* conmigo.

CES.—Digo yo que estuvieran allí mejor *las Soledades.*

LUD.—Eso no, porque las voces esdrújulas son hinchazón del verso.

JUL.—No, sino lobanillo.

LUD.—Fuera de ser más culto, está más crespo.

JUL.—El poeta Bartolino de Cordellate usaba mucho de esdrújulos, y así dijo en su *Merendona:*

No quiero más ventura
que tener la bucólica segura.

Pero mejor Carrasco, en las *Cadencias:*

Y tiene una carátula
que la haréis mejor con una espátula.

CES.—El segundo cuarteto, ¿cómo dice?

JUL.

Por precursora, desde hoy más me obligo
a la aurora llamar Bautista o Juana.

Y es bellísima figura, tomando desde el río Jordán la metáfora, y si fuere menester, desde el río Marañón.

LUD.—Me ha hecho Julio reír y acordarme de una comedia de San Cristóbal, donde, describiendo una procesión, el poeta hizo uno de los gigantes al Santo y la tarasca al demonio, cuyos dos versos, paralelos de una estancia, decían:

> Y con estos aceros
> tragaré querubines por sombreros.

CES.—¡Valiente hipérbole!
LUD—Pero mirad qué cultería ésta del mismo poeta:

> Que ya sangre coral, ya carne nieve.

O mirad ésta por el mismo estilo:

> Deja sangre cristal, vidrio embeleco.

LUD.—Prosigue, Julio, para acabar el cuarteto.
JUL.

> Chamelote la mar, la ronca rana,
> mosca del agua, y sarna de oro al trigo.

CES.—¡Notable cosa!
LUD.—Ya sabéis que hay chamelote de flores y chamelote de aguas,
CES.—Los dos he visto.
LUD.—Pues sabed que la tierra es entre cultos chamelote de flores, y la mar chamelote de aguas.
JUL.—No estaba mal dicho, si la voz chamelote no fuera tan áspera.
CES.—Así es verdad, porque muchas cosas de los cultos agradan por la hermosura de las voces, como llamando al ruiseñor *cítara de pluma*, que por la misma razón se había de llamar la cítara *ruiseñor de palo;* pero la bajeza del sonido de estas dos voces no sufre que se diga siendo lo mismo: de suerte que la hermosura de cítara y pluma hace que no se repare en la conveniencia.
JUL.—¿Y si tuviera lo uno y lo otro?
LUD.—Fuera perfecto, poseyendo la forma esencial del concepto mejor materia en las voces, como para la perfección de la hermosura: es opinión de León Hebreo en sus *Diálogos.*
JUL.—Las licencias está que son permitidas, y, como dijo un poeta: "Que los trabajos obligan a lo que un hombre no piensa"; lo mismo también se ha de entender de los consonantes, que aún de las cosas que se engendran, unas son por contingencia y otras por necesidad, como quiere el filósofo, y Quintiliano llamó a esta permisión *fuerza del verso.*

LUD.—Ninguna cosa debe disculpar al buen poeta; piense, borre, advierta, elija y lea mil veces lo que escribe; que rimas se llamaron de *rimar,* que es inquirir y buscar con diligencia; así le usó Cicerón, así Estacio.

CES.—De suerte que no es alabanza no borrar.

JUL.—Oíd lo que respondía en una comedia un poeta a un príncipe, que le preguntaba cómo componía, y veréis con qué facilidad lo dijo todo:

> ¿Cómo compones? Leyendo,
> y lo que leo imitando,
> y lo que imito escribiendo,
> y lo que escribo borrando;
> de lo borrado escogiendo.

CES.—Oíd una curiosidad de Suetonio Tranquilo, que, hablando de que Nerón era poeta, y que machos creían que eran ajenos los versos, y que los vendía por suyos, dice que después de muerto hallaron los cartapacios borrados y los versos sobreescritos; con que se certificaron de que eran suyos; luego en lo borrado se conoce lo que se piensa; que quien no piensa no borra; y así el que rimare hallará lo más perfecto; que de hallar se llamaron los versos *trovas;* y por eso dijo el otro poeta:

> Dios perdone a Castillejo,
> que Bien habló de estas trovas.

LUD.—De ese poeta aún viven sus obras; fue secretario del emperador, y no indigno de fama entre los antiguos: aunque mayor la mereció otro del mismo oficio, que fue Gonzalo Pérez, excelente traductor de Homero, como Gregorio Hernández, de Virgilio. Estos eran hombres de veras, que no aguardaron a que los pasase a su lengua Italia, que primero que los viésemos en ella fue su versión del griego y del latín.

JUL.   Tocado habéis un punto que no ha causado poca risa entre los hombres de buenas letras, digo humanas, que ahora llaman pulidas, si bien no sé la causa.

CES.—¿Qué punto, Julio?

JUL.—Algunas versiones del latín, francés y griego, que, sacándolas del toscano, nos las venden por legítimas.

CES.—Tan malo es eso como vender por propios los estudios ajenos, y los libros que hurtaron a quien los escribió. Pero volviendo al *rimar,* o hallar, que es lo mismo que inventar, y de quien ahora, en Italia y en España, se llaman *Rimas* las obras sueltas, la misma voz manifiesta lo que se debe pensar; y así llamó Cicerón a aquella fuerza oculta de investigar, *invención y pensamiento;* mirad si es menester cuidado, que aún para la oración suelta no quiso Aristóteles que se frecuentasen el yambo y el trocheo, y le cita él mismo.

LUD.—La causa de que los poetas escribiendo prosa mezclen en ella versos medidos, es el uso de escribirlos; de que se enfadan los dos filósofos, y con mucha razón; pero el que fuere poeta natural, no podrá remediar este defecto, si no es con mucho cuidado.

JUL.—Lascivamente trujo el rimar el poeta Simaco. Pero ¿cómo os olvidáis del mar, a quien nuestro soneto llama *Chamelote?*

CES.—Aunque esa voz fuera dulce, era la traslación durísima.

LUD.—Mirandulano dijo que la materia estaba en una cama del mar, en esta esfera de las cosas generables y chamelote.

JUL.—Sí; pero no dijo si había de ser de grana o de chamelote.

LUD.—Salomón aplicó divinamente a las generaciones que van y vienen el flujo y reflujo de las ondas.

JUL.—Yo aseguro que no las hizo de paño de rey ni de picote de Córdoba.

CES.—Desagradaron a Antonio Espelta, en su *Retórica,* las cosas duramente traídas desde lejos, y en una palabra definió Quintiliano la metáfora *hermosa y clara;* ¿qué hará lo que no tiene conveniencia, de que acusa a Licofronte, Gorgias y Alcidamantes en los epítetos y adjetivos?

JUL.—Oíd la *ronca rana* del séptimo verso.

CES.—¿Cómo la llama?

JUL.—*Mosca del agua.*

CES.—¿Por qué causa de conveniencia?

LUD.—Porque es importuna.

CES.—Luego un carro de bueyes, la tolva de un molino, un órgano cuando le templan, y una pulga cuando porfía, ¿serán moscas?

LUD.—Por eso puso *ronca,* porque por su atributo se conociese su importunidad; pero no advirtió cómo Virgilio llamó a los cisnes roncos, y le disculpa Ambrosio Calepino, dando la culpa al estrépito de las alas.

JUL.—*In verbo* pulga, ya que la habéis nombrado, quisiera deciros una canción que hizo el maestro Burguillos a cierta pulga.

CES.—Dila por tu vida, Julio, para que nos descanses de este inexorable soneto, pues ya no vendrá Fernando.

JUL.

> Espíritu lascivo,
> de los reinos de amor libre tirano,
> sutil átomo vivo,
> en picar y color, mostaza en grano;
> para en alguna parte,
> que mal podré, saltando, retratarte.
> Pues la noche defiende
> tu vida a tantos dedos alguaciles,
> no huyas, dulce duende;

que en tus heridas a traición sutiles,
como los celos eres,
que picas y te vas por donde quieres.

 En la tórrida zona
los bárbaros respetan la hermosura
que aún la muerte perdona;
y tú, cruel, inexorable y dura,
más turca que Amurates,
campos de aljófar siembras de granates.

 ¡Oh punto indivisible
de la circunferencia de tu dueño,
arador invisible,
homicida frenética del sueño,
que como delincuente
te pasas a Aragón tan fácilmente!

 ¿Qué gravedad no encuentras?
¿Qué hermosura no asustas? ¿Qué clausura
sacrílega no entras?
¿Qué estrado, qué valor, qué compostura
no asaltas y sarpulles,
y cuando más te agarran te escabulles?

 Corrido un elefante,
dijo a una pulga: "¡Oh gran naturaleza?
¡Mi envidia no te espante!
¿Para qué quiero yo tanta grandeza,
si duermo en la campaña,
y ésta en la holanda, que en azar se baña?

 De hierba me sustento,
y tú de la más pura sangre humana;
en tierra, en agua, en viento
vive todo animal, tú en oro y grana,
de donde miras sola
cuanto circunda la terrestre bola".

 Verdad dijo la fiera,
pues nunca vio Colón, si se compara,
en una y otra esfera,
y aunque por nuevos climas navegara,
a tanta hidrografía
como suele mirar tu fantasía.

 Si la pluma describe
tu cantidad, ¿cuál hombre, aunque rey sea,
tantos palacios vive,
ni en tantas galerías se pasea?

Pero en efecto eres
mala justicia, de torcida mueres.

    Hazaña fue de Alcides
flecharle las arpías a Fineo;
tú, pulga, que resides
en la mesa mayor de mi deseo,
mira que no te inclines
donde te maten flechas de jazmines.

    Pero pimienta viva,
que naces en los reinos orientales;
tenaza fugitiva,
que tienes los candiles por fiscales;
avispa que sin pena
vagas ociosa entre la miel ajena;

    ¿qué venganzas iguales
como hallarte en el hurto, y retorcerte
en yernas de cristales,
porque parezcas en la dulce muerte
a los enamorados,
que mueren retorcidos y estrujados?

    No andes por las ramas
poniendo en nieve cándida lunares,
si bien pulga te llamas
porque sueles morir entre pulgares,
aunque te puso un día
Hernando del Pulgar su valentía.

    ¡Qué necios anduvieron
en sus transformaciones fabulosas
los dioses que se hicieron
cisnes, toros, caballos, fuentes, rosas!
Pues si en ti se volvieran,
¿qué linces Argos sus engaños vieran?

    Filis está enojada
porque eres, pulga, cazador sin miedo
de la legua vedada:
guárdate, pulga, del puñal de un dedo;
Mas ¡ojalá yo fuera
quien entre puertas de marfil muriera!

    Pulga, a los dos nos falta,
a ti mi humano ser, y a mí tu dicha;
pica, repica, salta,
y si morir tuvieres por desdicha,
troquemos el empleo:

yo seré pulga y tú serás deseo.

Mas ya que el diente aplicas,
purpúreo estamparás círculo breve,
seremos, si la picas
saltando por el arco de su nieve,
aunque a mis ojos fuego,
tú el perro, yo el que paga, amor el ciego.

LUD.—¡Qué cosa tan propia de su condición!

CES.—Nunca el maestro Burguillos hizo elección para sus musas de más elevados asuntos.

LUD.—Si aquí le tuviéramos, él nos sacara de muchas dudas en la tremenda esfinge de este soneto.

CES.—¿En qué le dejamos?

JUL.—En que Virgilio llamó a los cisnes *roncos,* y os prometo que me holgué en extremo; porque estoy cansado de esta dulzura y suavidad con que dicen que cantan.

LUD—De ahí le viene esto de *canoro* y *sonoro,* tan ordinarios atributos suyos, como lo veréis en Propercio y otros.

JUL.—Y de todas las aves; que por eso dijo el poeta Filondango Mocuseo...

LUD.—Prodigioso poeta.

JUL.—En su *Lucifereida,* aunque tomado del griego *Calipodio.*

CES.—¡Qué bien se burla!

JUL.

Cántenme búhos, no sonoras aves,
endechas tristes, no canciones graves.

LUD.—Lo único, lo aplaudido, lo grande, aunque yerre sin disculpa, se ha de venerar por acierto.

CES.—La voz de las ranas, o los villanos de Licia que transformó Latona, llamó ronca Ovidio, y las pintó gallardamente, pero no las llamó moscas.

JUL.—Agudamente dijo Zanahorio Caracola en un soneto a una dama gruesa de rostro y flaca de piernas:

Tirsi, como yo soy grosero amante,
más te quisiera rana que gigante.

Luego dice *sarna de oro* al trigo.

CES.—Eso, ¿quién puede entenderlo?

JUL.—Antes es fácil; porque, como la sarna tiene granos, así el trigo, y añadioles *de oro;* que las comparaciones no se entienden *in omnimodan rationem;*

pero debiolo de tomar el poeta deste soneto de la *Sarneida* que escribió
Trancón Gerundio en el libro intitulado *Pupilaje:*

> ¡Qué dulce almíbar masco
> cuando lleno de cólera me rasco!
> Porque parece, aunque después lo lloro,
> que ensarto por las uñas granos de ora.

LUD.—La metáfora ha de ser según la proporción, como el vestido.

CES.—De Gorgias se rió Aristóteles porque llamó *verdes cosas* a las *semillas;*
¿qué hiciera si hubiera visto lo que ahora pasa?

LUD.—*Ceres* llamó Virgilio al trigo, por metonimia.

CES.—De esos tropos leed a Quintiliano, aunque Cipriano los reduce a
once.

JUL.—El primer verso de los tercetos dice:

> Mal afecto de mí, con tedio y murrio.

LUD.—Dice que está mal consigo mismo, por no haber seguido siempre
esta novedad, porque vivir con las costumbres pasadas y hablar con las
palabras presentes le pareció consejo saludable. *Tedio* ya sabéis que es fastidio,
de quien dijo aquel sagrado vate betlehemita, que dormitaba su alma por el
gran tedio, y casi lo mismo el barón de Hus, grande entre los príncipes
orientales, y Cicerón, que hay hombres a quien no causa tedio su grande
infamia. *Murrio* es una voz castellana no poco significativa, si bien no usada;
es finalmente una manera de tristeza, que obliga a traer a un hombre siempre
descontento el rostro, como si dijésemos de los enamorados o maridos, que
por no declarar sus celos andan murrios.

JUL.—Eso es tomado del poeta Magalón de Peatinaquis, en su comento a
la *Gaticida* de Gusarapo Magurnio:

> La cara traigo murria
> de sufrir tu celosa cancamurria.

Y en la comedia llamada *La bella Zaragatona:*

> Ninguna cosa tanto me desmurria
> como mirar damazas de fanfurria.

Porque estas erres son muy significativas y sonoras en nuestra lengua, y
de excelente boato, como *sarria, angurria, tirria* y otras semejantes. Y *tedio* me
ha hecho acordar de un papel de una dama, cuyo principio podré deciros:

"Estoy con tan inusitado tedio, que parece que me estrangulan el corazón los anhélitos de carecer de vuestro amabilísimo consorcio y primoroso gusto.

LUD.—Competir podía seguramente con lo que decía un preceptor de gramática a un pupilo que azotaba: "Numera, pícaro, los flagelos; que si me provocas a iracundia, reiterando las líneas en el pódex, te las haré solfa de antífonas, aunque esmaltes de púrpura las cáligas".

JUL.—Ahí viene bien el verso que se sigue:

Cáligas diré ya, que no griguiescos.

Los griguiescos se llamaron así de *grex gregis,* y la lana del ganado; sino es que vinieron de Grecia: son hábito descansado, aunque las calzas son mejores para las armas, y tengo para mí que las calzas españolas no eran las que se llamaron *cáligas,* sino todo género de medias, como las traían de acero los soldados romanos, y las llaman los franceses *chause de guerre.*

CES.—Cicerón, en la epístola quinta a su amigo Atico, muestra no agradarse de ellas.

LUD.—Los cultos de este tiempo sabrán mucho de calzas, porque todo es calzar estrellas, calzar flores, nubes, noches, soles, y aún ponerle chapines a la luna, como si fueran a propósito para andar buscando a Endimión por el monte Lathmo.

JUL.—Extremadamente dijo Macario de Verdolaga, habiéndole hurtado unas medias y zapatos a su dama, que bañándose en el río, pudo desde unas zarzas:

Tan medias las medias eran,
que las medias calzas son:
y tuvieran más razón
si fundas de flautas fueran:
de los zapatos no siento
cómo diga su primor:
por Dios, que tengo temor
que los echen aposento.

LUD.—Prosigue el soneto.
JUL.

Como en el tiempo del pastor Bandurrio.

CES.—Ese pastor no he oído, ni leído, con haber pasado algunos poetas griegos, latinos, franceses y toscanos.

JUL.—Bandurrio es muy antiguo: fue el primer inventor de las bandurrias, que hoy se llaman de su nombre; es instrumento pequeño, que a guisa de los que lo son, en subiéndosele el humo a las narices, tapará un órgano. Fue Bandurrio llamado Rústico Orfeo, porque habiéndosele muerto su dama, intentó ir a los Campos Elíseos; y habiendo llegado con esta locura una noche a las dehesas Gamenosas, junto a Córdoba, se le antojó qué unas yeguas blancas eran las almas; sacó su bandurria y espantó de manera los ganados, que los yegüeros ignorantes, como si fueran las bacanales de Tracia, le mataron a palos; y aunque no se lamentó a la traza de Orfeo con el gentil epigrama de Fausto Sabeo, no faltó quien le hizo este epitafio:

AQUI YACE BANDURRIO; ¡OH CAMINANTE!,
DETEN EL PASO...

LUD.—Detenedle vos; que estoy tan podrido de ver que en todos los epitafios ha de entrar el caminante, que he jurado no leer ni oír alguno que le tenga.

JUL.—Tenéis mucha razón; porque, fuera de ser cosa tan trivial y ordinaria, es fuerte caso que quiera un poeta que se detenga un caminante que va a sus negocios, a leer lo que a él se le antojó escribir, o en alabanza o en vituperio de aquel difunto. Si va a caballo, ¿cómo se ha de apear, o quién le ha de tener la mula? Y si la sepultura está en iglesia, claro está que no se ha hecho el epitafio para los que van en coche. Si el tal caminante va a pie, ¿para qué se ha de detener a lo que no le importa, para llegar más tarde a la posada?

CES.—Eso, y lo de los antiguos, "séale la tierra leve", me tiene también cansado; pues al difunto no se le puede dar nada de que le echen encima un monte o un necio, que es la cosa más pesada.

LUD.—Así dijo aquel filósofo que se mandó enterrar en el campo, diciéndole sus discípulos que le comerían las aves: a quien replicó que le pusiesen en la mano el báculo; y ellos entonces a él, que si no tenía sentido para apartarlas, que ¿de qué serviría el báculo? A quien dijo: "Pues si no tendré sentido, ¿qué importa que las aves me molesten?"

CES.—¡Qué poco se acordó del caminante aquel valiente que puso en su sepultura: "Aquí yace Velasco Fernández, que nunca tuvo miedo", y respondió el gran duque de Alba, a quien se lo contaba: "Ese hombre nunca llegó a despabilar una vela con las manos".

LUD.—¡Sutil sentencia para dar a entender que nunca se había puesto en las ocasiones de tenerle!

JUL.—El poeta Serpentonio Proculdubio hizo un epitafio a Bonamí, un criado de su majestad, monstruo hermoso de la naturaleza, pues en la mayor pequeñez que puede alcanzar el pensamiento, era perfectísimo, como la nuez de aquel escritor raro, en que puso toda la *Ilíada* de Homero.

DES.—Di, Julio, el epitafio:

Ten el paso, caminante,
a ver lo que no has de ver,
aunque si tienes que hacer,
puedes pasar adelante.
Pero si verlo te place,
tan pequeño yace aquí
el átomo Bonami,
que no se sabe si yace.

Pero sin detener los caminantes, al sepulcro de una dama muy alta, y muy flaca, dijo el maestro Burguillos:

Doña Madama Roanza
tan alta y flaca vivía,
que mandó su señoría
enterrarse en una lanza.
Y aún hubo dificultad,
porque lo alto faltó,
y de lo ancho sobró
la mitad de la mitad.

LUD.—Esto basta para digresión; vamos al verso duodécimo.
GES.—¿Cómo dice?
JUL.

Estos versos, ¿son turcos, o tudescos?

LUD.—Pregunta el autor, haciendo un apóstrofe a sí mismo, si están en lengua turca o tudesca.

JUL.—De los turcos no tenéis que decir más de que está llena de ellos Constantinopla.

CES.—¡Novedad extraña! Perdóneselo Dios a Constantino.

LUD.—Leed al Jobio.

CES.—Leedle vos, que los españoles no le debemos nada, si no son deudas las injurias.

LUD.— Ése escribía por dineros, y los tomó del turco. En eso más parecía mujer ordinaria que cronista.

JUL.—Los tudescos ya sabéis que viven en aquellas partes de Alemania que vos fuereis servido; que a fe que aquí algún escritor trajera fuera de propósito la elección de los emperadores por incidencia. El soneto, finalmente, acaba:

Tú, lector Garibay, si eres bamburrio,
apláudelos, que son cultidiablescos.

CES.—Garibay se toma aquí por vizcaíno, como *Roma pro Romanis,* y *Ceres* por el trigo.

JUL.—*Cultidiablescos* es un compuesto de diablo y culto.

ESCENA IV

DON, FERNANDO, LUDOVICO, CÉSAR, JULIO

FER.—Nadie me culpe; que más fácil me fuera dejar la vida que la ocasión que me ha ocupado.

LUD.—¿De qué es tanta alegría, que parecéis otro?

CES.—¿Qué os puede haber sucedido, que de un Heráclito venís hecho un Demócrito?

FER.—No es para dicho aprisa: victorias son de amor, milagros son de la firmeza, portentos de la voluntad, prodigios de las estrellas, mudanzas de la fortuna, condiciones de los tiempos, efectos de la paciencia, victorias del sufrimiento, y dichas de un desdichado, que suelen venir juntas. Entrad conmigo en mi estudio; que no será mal principio de poema leeros mi suceso.

CES.—¿Qué tiene este hombre, Julio?

JUL.—Lo mismo que antes, mejorado de mayor locura: él os lo dirá todo, aunque por los ojos y las acciones ya os ha dicho la causa.

LUD.—Yo he leído en Aristóteles que una mujer llamada Policrata, de un súbito contento perdió la vida.

CES.—Lo mismo sucedió a Felípides, aquel gran escritor de comedias, que llama *varón nobilísimo* Guidón Bituricense, habiendo vencido en un certamen de poetas, como refiere Aulo Gelio.

LUD.—Y Sócrates el trágico, a quien llama Cicerón *divino,* tuvo la misma muerte.

FER.—El mismo Cicerón dice, en el libro quinto de sus *Tusculanas,* que vivió Demócrito Gelasino, riéndose siempre, ciento nueve años: luego no a todos mató el contento.

JUL.—Sin duda que quieres ser como Juan de los Tiempos, que vivió trescientos sesenta y un años, como refiere Gaguino, pues nació reinando Carlomagno y murió en el cetro de Ludovico el mozo.

FER.—Todo lo puede hacer una felicidad no esperada.

JUL.—De ese Juan de los Tiempos debió tener principio en España la fábula de Juan de Espera-en-Dios y sus cinco blancas.

LUD.—Sosiégate, loco, y di, si puedes, lo que te ha sucedido.

FER.—¿No alaban la religión de Pompilio, la constancia de Régulo, la fortaleza de Catón, la justicia de Arístides, la sabiduría de Sócrates, la piedad de Escipión, la clemencia de Lelio, la perseverancia de Fabio, el brío de Rómulo, la equidad de Zeleuco, la continencia de Curcio, la modestia de Camilo, la humanidad de Pirro, la fortuna de Alejandro, la caridad de Mucio, la audacia[19] de Bruto, la milicia de Tulio, la magnificencia de Anco Marcio, el hábito de Tarquino y la prudencia de Servio? Pues añadan las historias a estos títulos el contento de don Fernando.

JUL.—¡Notable sarta de romanos y griegos!

FER.—¿No llamaron a Escipión el *Africano* porque venció aquella parte del mundo?

LUD.—Por lo mismo llamaron *germánicos* o *británicos* a sus Césares.

FER.—Pues ¿cómo se llamará quien ha vencido los desdenes de Dorotea?

LUD.—Fernando el *Doroteánico*.

FER.—Pues ése es mi nombre, mi dicha y mi historia. Sentaos, y sabréis cuán secretos caminos tiene la fortuna, y cuánta obligación tengo de escribir su alabanza.

LUD.—No lo hagáis; que dijo Tulio que alabar la fortuna era necedad, y vituperarla, soberbia. (*Vanse.*)

ESCENA V

GERARDA, TEODORA

TEO.—No ha vuelto esa muchacha desde esta mañana, que fue con vuestra hija Felipa a pasear el acero, y temo que le ha sucedido alguna cosa.

GER.—Ya tiene edad para no perderse, no tengáis pena; que *niña es Marina, cuando la llevan por el diente a misa.*

TEO. No sé qué me da el corazón, después que está aquí Fernandillo; que, fuera de haber herido a don Bela y sus criados, de que temo que nos resulte algún trabajo, no sé qué mayor que sufrir sus músicas.

GER.—Ya os dije lo que sentía, y lo que habíais de hacer; pero *no des consejo a viejo, ni espulgues camarro prieto.* ¿Para qué la dejáis salir con cuanto quiere?

TEO.—Por no enojarme de una vez.

GER.—*Ni tan yus ni tan sus, ni tu pan en tortas ni tu vino en botas.*

TEO.—Celia me ha traído engañada.

---

[19] Las ediciones: "audiencia".

GER.—*Ni perro negro, ni mozo gallego.*

TEO.—Ella está rica de lisonjas de su ama y necedades de don Bela.

GER.—*El rocín en mayo vuélvese caballo.*

TEO.—Si Fernandillo vuelve, perdidas somos.

GER.—Consolaos de ese miedo con que va con ella Felipa.

TEO.—*Cuando los Pedros están a una, mal para Alvaro de Luna.*

GER.—Pues ¿en qué opinión tenéis a Felipa?

TEO.—De amiga, de mujer y de moza.

GER.—Amiga lo es vuestra, mujer casada y moza es entendida.

TEO.—¿A quién queréis que se parezca un huevo?

GER.—Diréis que a otro.

TEO.—No, sino el alba.

GER.—¿Tan mala opinión tenéis de mí?

TEO.—No es opinión, sino cierta ciencia.

GER.—Comadre, sabed que al rey don Juan de Portugar le trajo una labradora, que le pedía que le perdonase una muerte que su marido había hecho, una cantidad de natas, no estando allí la reina, que sentada con él a la mesa comió muchas. Echose a sus pies la labradora, pidiendo la vida de su marido a entrambos: el rey perdonaba; la reina no quería; a quien él dijo, viéndola tan airada: "Paso, señora; que habéis comido muchas natas".

TEO.—"Ya os entiendo, Gerarda. Callad, que vienen.

ESCENA VI

TEODORA, FELIPA, GERARDA, DOROTEA

DOR.—¿Mas qué me preguntas de dónde vengo?

TEO.   ¿Para qué, viniendo tan colorada?

DOR.—Mal si estoy colorada, mal si estoy descolorida; ¿con qué tengo de contentarte?

TEO.—Con venir a la una.

FEL.—¡Oh, qué sermón hemos oído!

TEO.—Predicaría el padre don Fernando.

FEL.—No, en buena fe, sino un descalzo famoso.

TEO.—¿Qué más descalzo que ese caballero?

DOR.—¡Oh madre! Si le hubiera oído, no pudiera detener las lágrimas.

TEO.—Como esas he llorado yo por su paternidad de ese bendito predicador.

GER.—*Por el cabo de la cuchara sube el gato a la olla.*

DOR.—¡Tú también, Gerarda! ¿No te parece que vengo de donde digo?

GER.—*Ida y venida por en casa de mi tía.*

DOR.—¡Qué propias virtudes de los años mayores, la malicia y la envidia!

GER.—Yo con Felipa hablo, que no contigo, Dorotea: Felipa es mi hija, y la *coz de la yegua no hace mal al potro.*

DOR.—Todas sabemos adagios, Gerarda; y *aunque la lima muerde, alguna vez se le quiebra el diente.*

GER.—¿Métome yo contigo?

DOR.—Dobla, Celia, ese manto; que están de pavana las dos señoras.

GER.—Pues en verdad que no me he desayunado, sino de mis devociones.

DOR.—¡Gerarda, Gerarda! *A carne de lobo, diente de perro.*

GER.—No tienes razón; que harto he procurado sosegar a tu madre.

DOR.—Mi madre no se cansa de levantarme testimonios; por mí no me pesa, sino por tu hija Felipa, que es una santa.

TEO.—*Berzas y nabos, para en uno son entrambos.* Negra, pon aquí la mesa.

DOR.—No quiero comer.

TEO.—¿Para qué, si has comido?

DOR.—El veneno que me has dado.

TEO.—*Uñas de gato y hábito de beato.* Haz pucheros por vida mía.

FEL.—Calla, Dorotea; no levantemos alguna polvareda, que no se vea don Beltrán.

DOR.—Hoy, Felipa, ni pienso llorar ni reñir; que, aunque los extremos del placer suelen ser los principios del pesar, haré agravio a mi alma si con la memoria de tanto bien estoy triste en mi vida.

FEL.—Nadie se acuerda de la mocedad que pasó, sino de la vejez que pasa.

TEO.—No me agrada esta nueva compañía.

GER.—*Tocose Marigüela, y dejose el colodrillo de fuera.*

TEO.—Plegue a Dios, Gerarda, que *sea agua limpia.*

GER.—*Obispo por obispo, séalo don Domingo.*

TEO.—*Las malas tijeras hicieron a mi padre tuerto.*

GER.—Si Dorotea tiene buen natural, Felipa no será parte para estragar sus costumbres.

TEO.—*¿Qué tienen que hacer las bragas con el alcabala de las habas?*

DOR. *(aparte).*—¡Oh felicísima mujer, con qué dicha te levantaste hoy! Ya tus deseos se cumplieron, ya viste el sujeto de tus ansias, el centro de tus pensamientos, cierta de que te adora, cierta de que te estima. Yo vi lágrimas en Fernando cuando más desconfiaba de, su memoria; será mío, aunque pese a esta vieja de mi madre y a la hechicera que la aconseja. No quiero Indias, ni cautivar mis años; ¿qué oro, qué diamantes como mi gusto? ¡Oh mujer felicísima! Yo no me hallé en las mocedades de mi madre; viuda es, y no le pesa de parecer bien. *La mujer del ciego, ¿para quién se afeita?*

TEO.—¿Qué murmuran estas damas?

GER.—Murmuren lo que quisieren; que sólo pueden poner falta en nuestros años, siendo lo que nos sobra.

TEO.—Vuestra Felipa destruye a Dorotea.

GER.—*Quien tiene hijo varón, no dé voces al ladrón.*

TEO.—*Salíame al sol, dije mal, y oí peor.*

GER.—Dorotea es discreta, Felipa es boba; ¿cuál puede engañar a cuál?

TEO.—De sermón dicen que vienen.

GER.—*Las truchas y las mentiras, cuanto mayores tanto mejores.*

TEO.—Temo, Gerarda, temo que no se haya vuelto Dorotea a la amistad de don Fernando; que este mozo tiene gracias de pobre, y ella desvanecimientos de linda.

GER.—*Anillo en dedo, honra sin provecho.* Pero si vos teméis la reconciliación de estos dos amantes, yo que llegue a noticia de don Bela, con que nos amenaza a todas fatal ruina.

TEO.—*Quitósele el suelo al cesto, y perdimos el parentesco.*

GER.—Pues eso no lo dudéis; que no es hombre que sufrirá tan necio agravio; que amor y señorío no quieren compañía.

TEO.—¡Ay, Gerarda! ¡Dorotea contenta, sin venir de la puerta de Guadalajara con tabíes o joyas, y a la una! Vuelto se han a encuadernar a las voluntades pasadas. Muerta soy.

GER.—*Romería de cerca, mucho vino y poca cera.* Examinadla, Teodora; que la dejáis salir con cuanto quiere; y si vuelve a lo que solía, perdiose vuestra casa, rematose vuestra hacienda. *Que costumbres y dineros hacen los hijos caballeros.*

TEO.—*Las llaves en la cinta, y el perro en la cocina.* ¿Qué me importa a mí reñir a Dorotea, si anda con ella Felipa?

GER.—*Ponte buen nombre, Isabel, y casarte has bien.* ¡Ay, Teodora, Teodora! Felipa no la pierde, sino el amor que tiene a don Fernando.

TEO.—*Fuime a palacio, fuí bestia, y vine amo.* Vos me entendéis, Gerarda: amigos tiene Fernandillo, y vuestra hija deseos.

GER.—¿Qué podéis decir de esta moza, que ofenda su virtud y recogimiento? Lo que le succedió antes de casarse ha sucedido a muchas, y para eso estaba yo en el mundo; que en verdad que no lo echó de ver su marido, aunque no era bobo. ¡Moza es por cierto de malos consejos! ¿Qué sermón oye donde no llore? Esta Cuaresma ayunó al traspaso, que la tuve por muerta; un rosario ha hecho de nudos de cordel, para cuando la entierren, qué llegará desde aquí a Roma; por cierto que la noche del desposorio no la podíamos conducir al tálamo entre seis vecinas: mirad vos, ¡qué vergüenza! Así la tuviera Dorotea.

TEO.—Lo más fácil es negar, y lo más difícil defender: tomado me habéis lo fácil y dejádome lo difícil.

GER.—Callad, que escuchan. (*Vanse.*)

ESCENA VII

Calle

MARFISA, CLARA

MAR.—Pues no pierdo el juicio; no le tengo.

CLAR.—La traición es de suerte, que no me permite consolarte; antes bien quisiera añadir sentimientos a los que tienes: acción más desesperada que justa.

MAR.—¡Don Fernando en Madrid, Clara, y tantos días sin verme! ¿Quién duda que le tendrá ocupado y divertido aquella famosa Circe, donde ha comido sueño su entendimiento? No he de quitarme de esta puerta, aunque me lo mande la noche, por más que me afrenten la vecindad y el día. Aquel gentilhombre que hablé es uno de los amigos de don Fernando; que el servir a Lisena, su vecina de Dorotea, los hizo iguales, como en el amor, en la confianza. Preguntome cómo me iba con él, después que había venido de Sevilla; yo le respondí que don Fernando no había venido, y él entonces (como en la corte se usa) me refirió la causa por que se había partido, que eran los celos de un caballero indiano, no mal admitido de su casa, aunque con poco gusto de Dorotea; que no había muerto a nadie; en que conocí que fue invención para sacarme lo que sabes que le di para que se fuese; que en mi vida compré tan barato el gusto de apartarle de aquella ninfa, por cuya ausencia alguna promesa la obliga a un hábito, casto por ironía; sólo el escapulario azul será verdadero, por lo celoso. No sé qué pretendió en esta conversación Fabricio (éste es su nombre); pero ¿para qué lo dudo? Lo que todos los hombres, que cuanto ven codician: debió de querer apartarme del amor de Fernando, que me dio esta carta, que desde el camino le había escrito, con unos versos que a su partida compuso, que todo dice así.

CLAR.—Servirá de entretener la pena de esperarle.

MAR. *(lee).*—"Yo voy, amigo Fabricio, sin alma porque la dejé, y sin vida porque me quiere dejar, y tan acompañado de pensamientos, que como venenos diferentes, compitiendo unos con otros, me sustentan vivo. No he dormido, aunque lo he deseado; principios son de loco, y que ya no soy parte a resistirlos; más vamos Julio y yo en Dorotea, que en el camino; no hablamos en otra cosa desde que amanece, y estoy cierto que no le sucede lo mismo. ¡Gran fortuna de las mujeres, que al primer desaire de sus galanes, hallan quien las sirva, ruegue, divierta, regale y enriquezca! ¡Ay de los hombres, para quien no hay más remedio que no esperarle! Estos versos os dirán más de mí que lo que yo sabía cuando los hice: si hay quien los cante, no me pesará que los oiga Dorotea".

¿Adónde vais, pensamiento,
con pasos tan engañados?
Que no puede bien huir
quien lleva hierros de esclavo.
Si os han de volver por ellos,
¿de qué servirá alejaros?
Que es dar ocasión al dueño
para mayores agravios.
Mirárades lo primero;
que fue pensamiento vano
querer librar en un día.
la prisión de tantos años.
Si es imposible vivir,
mirad que fue necio engaño
ir huyendo de la vida,
pues la dejáis en sus brazos.
Si en lágrimas os fiastes
presumid que no fue llanto,
sino escribir en el agua
la fe del amor pasado.
Si pensáis hallar remedio
donde se han perdido tantos,
o sois cuerdo, pensamiento,
o somos locos entrambos.
Lleváis con vos la memoria
de tantos bienes pasados,
y ¿queréis que se os olvide
lo mismo que vais pensando?
Si yo fuera más discreto,
y vos menos arrojado,

no estuviéramos ahora
yo confuso y vos volando.
Diréis que puedo volver,
pues que no ha tanto que falto,
sin ver que con tal flaqueza
mayor venganza le damos.
Y más quiero yo morir
que no verme despreciado,
pues nunca amor al rendido
trató bien, aunque es hidalgo.
El ver que rendido vuelve
el que se despide airado,
cuando no hiele, asegura
que es en amor grave daño.
Amor, pensamiento, es miedo,
y una vez asegurado,
bien puede ser que se quiera,
mas no que se quiera tanto.
Pues andar con invenciones
no me parece acertado;
que no se llama cautela
la que saben los contrarios.
Nunca de vos me fiara,
pues que me habéis engañado,
sin ver lo que puede amor
favorecido del trato.
Si no pensáis, pensamiento,
otro remedio más sano,
los dos nos hemos perdido
y Amarilis se ha vengado.

CLAR.— Él está muy bien escrito: ¡así estuviera bien empleado!

MAR.—¡Qué cortesano estilo!

CLAR.—¡Y qué descortés contigo! Pero dime, señora: ¿de cuándo acá se llama esta señora Amarilis? Dorotilis había de decir; que a ti, como a Marfisa, te tocó siempre ese nombre.

MAR.—¡Ay, Clara! Por engañarnos a entrambas; que los poetas tienen versos a dos luces, como los cantores villancicos, que con poco que les muden sirven a muchas fiestas.

CLAR.—Guarda la carta; que él y Julio, su postillón, vienen hablando.

ESCENA VIII

JULIO, DON FERNANDO, MARFISA, CLARA

JUL.—¡Mujeres tapadas a nuestra puerta!

FER.—Será algún recado de Dorotea.

JUL.—Habrá reñido su madre la tardanza; que después que has venido andará el palomar alborotado.

FER.—¿Mandan vuestras mercedes alguna cosa de su servicio? Si quieren descansar, casa es de hombre mozo.

MAR.—Y tan mozo, que aún no ha llegado la vergüenza a componer el desenfado de la cara.

FER.—¡Jesús! ¡Marfisa, mi bien, mi señora! ¡Tú a mi puerta! ¿Cómo había yo de hallarte? Que apenas nos quitamos las espuelas cuando fuimos a verte. ¿No es verdad, Julio?

JUL.—Para esa obligación, ¿eran menester, testigos?

CLA.—No, por cierto, que cara tienes tú de jurar falso.

JUL.—Pues, Clara, ¡a tu querido y deseado Julio!...

CLA.—Pues, Julio, ¡a tu aborrecida y olvidada Clara!...

MAR.—Ocho días ha que estás en Madrid; no sé si diga ochenta.

FER.—¡Qué disparate! Lo que ha que vine he andado huyendo de la justicia.

JUL.—Y siempre por los arrabales recónditos.

MAR.—¿Comienza ya la sombra de tus maldades, el aforro de tus insolencias, el Mercurio de tus embajadas, la capa de tus traiciones a echarnos bernardinas?

JUL.—Eso merezco yo por los consejos saludables que le he dado, para que se te muestre agradecido, y el haber venido todo el camino hablando a don Fernando en tu hermosura, entendimiento y gracia; tanto, que una noche le hice componer unos versos al sentimiento de tu partida.

MAR.—Infame, esos versos para Dorotea, su lindísima dama, se escribieron; la del hábito cándido y el escapulario celeste, la del indiano rico, por quien le ha dejado como merece. ¡Esa sí es digna de estos encarecimientos, por firme, por leal, por desinteresada! Para sus celos di yo mi oro, como verdadera y necia, como mujer de bien, que se crió contigo, martirio de mi inocencia. ¡Oh mujeres honradas, qué poco merecéis el amor de tales hombres! A éstos no les obliga la virtud ni el recogimiento, sino los tiros, los agravios, los celos, las competencias, las temas y les desprecios: esto los enamora, y así tienen los fines, los sucesos, las desgracias y el matar los hombres, como aquel por quien te fuiste a Sevilla, Dios le perdone. ¡Qué estocada le diste! Valiente eres de palabra. ¡Mal hayan mis pensamientos, mis firmezas y cuanto he padecido por ti con mis tíos y con mis...!

JUL.—No le dejaron acabar las lágrimas. ¿Qué las miras? ¿Por qué no hablas? ¿Por qué no la consuelas? También llora Clara, y yo estoy consultando los pucheros, si me estarán bien con tantas barbas.

FER.—Marfisa, yo veo claramente la razón que tienes. Corrido, confuso y arrepentido me pusiera a tus pies, y te diera esta daga para que me pasaras mil veces el pecho, si no estuviéramos en la calle. Entra, mi solo bien; que has de ser mi verdadero amor, a pesar de mis mal empleadas locuras, o no he de tener honra ni ser hijo de mis padres. Entra.

MAR.—No lo verán tus ojos; no más burlas. Muchas lágrimas me cuestas, Fernando, muchos trabajos, dulce enemigo mío: ya no puede mi sufrimiento hallar disculpa a tantas sinrazones; sólo te suplico por nuestra crianza y por aquella ternura con que nos prometimos la fe, que tan mal han logrado mis desdichas y tu mal empleadas imaginaciones, que si hallares nuevas de aquella prenda tuya, expósito del furor de mis parientes, me des aviso y licencia para poder cobrarle.

FER.—Espera, señora, espera; por lo menos, no te vayas llorando.

MAR.—Suéltame; que daré voces.

JUL.—Adiós, Clara.

CLA.—Julio, poco tenéis de César: no seré yo vuestra Roma, aunque no soy aguileña. (Vanse las dos.)

FER.—¿Qué te parece de esta desdicha?

JUL.—Que tengo lástima al desprecio que has hecho de tantos méritos. Conozco el amor que Dorotea te ha tenido y dice que te tiene; pero en fin es de otro, y no siendo marido (que se debe sufrir por fuerza), es grande infamia hacer papel de segundo galán, y guardar el respeto a quien no se debe.

FER.—Julio, hago testigo al cielo, a cuanto ha criado, a ti, a mi honra, a este poco entendimiento mío, de. solicitar con todos la venganza de Dorotea, que al fin vino a despedirme, y pagar a Marfisa tan justa deuda.

JUL.—Pues, señor, no sea de súbito; que yo te daré la traza con que el amor de Marfisa te vaya quitando el de Dorotea.

FER.—Con verla rendida se me ha quitado.

JUL.—Templado basta.

FER.—Quitado digo, Julio.

JUL.—Te parecerá a ti con la satisfacción de los brazos; pero es imposible que tan grande amor haya muerto a manos del mismo deseo que había de aumentarle.

FER.—No me pareció que era Dorotea la que yo imaginaba ausente, no tan hermosa, no tan graciosa, no tan entendida; y como quien para que una cosa se limpie la baña en agua, así lo quedé yo en sus lágrimas de mis deseos. Lo que me abrasaba era pensar que estaba enamorada de don Bela; lo que me quitaba el juicio era imaginar la conformidad de sus voluntades; pero en viendo que estaba forzada, violentada, afligida, que le afeaba, que le ponía defectos, que maldecía a su madre, que infamaba a Gerarda, que quería mal a

Celia y que me llamaba su verdad, su pensamiento, su dueño y su amor primero, así se me quitó del alma aquel grave peso que me oprimía, que veían otras cosas mis ojos y escuchaban otras palabras mis oídos: de suerte que, cuando llegó la hora dé partirse, no sólo no me pesó, pero ya lo deseaba.

JUL.—Harás que me vuelva loco y que diga que la filosofía de amor no está entendida en el mundo, pues tantos amorosos afectos, desmayos, ansias, locuras, desesperaciones, celos, deseos y lágrimas han tenido templanza en su mismo centro; lo que parece imposible.

FER.—Si entre los remedios del amor pone Ovidio la consideración de las traiciones de lo que se ama y los daños que resultan, y yo los miro, ¿de qué te admiras?

JUL.—Ya no me admiro; pero deseo que no te engañes; que amor contento huye, y receloso vuelve.

FER.—Yo sé que he topado la rosa de Apuleyo.

JUL.—¿Dónde?

FER.—En Marfisa.

JUL.—Esa merece amor, por firme y por sola; que no puede nadie amar con verdad ni tratar con honra, sustituyendo ausencia; que de galán a galán es el sufrimiento miedo y el respeto infamia.

FER.—Por lo menos diré ahora lo que Catulo a Lesbia:

> De amor y aborrecimiento
> tan igual veneno tomo,
> que si me preguntan cómo,
> no sé más de lo que siento.

CORO DE VENGANZA

ENDECASILABOS FALECIOS

> Amor de ser amado satisfecho,
> cuando agraviado imaginó vengarse,
> templado el fuego, y el furor deshecho,
> adonde pudo arderse, pudo helarse.
> Quien ama y agravió, no vuelva y diga
> que fue violencia ajena la mudanza,
> pues cuando piensa que rendido obliga,
> el agraviado intenta la venganza.
> Quien ofendido vuelve a verse amado,
> ¡cuán fácilmente lo que quiso olvida,
> fingiendo que ama hasta quedar vengado,
> con falso gusto y voluntad fingida!
> Tenga quien agravió justos recelos,

y nunca mire el alma por los labios;
que amistades son dulces sobre celos,
pero siempre fingidas sobre agravios.

ACTO QUINTO

ESCENA I

DON BELA, LAURENCIO

BEL.—Mira qué quiere ese criado del conde, Laurencio.

LAU.—Viene por el caballo que le mandaste para las cañas de estas fiestas; que tiene puestos en él los ojos para salir lucido.

BEL.—¿Por qué no le dijiste que estaba clavado?

LAUR.—Ya se lo dije, y que te pesaba en extremo.

BEL.—Perdido estoy de triste; no sé qué tengo estos días, que no puedo alegrarme.

LAU.—De la tristeza de Dorotea nace la tuya.

BEL.—Pensé que la enterneciera el haberme herido por su causa, y desde entonces pienso que me aborrece.

LAU.—Si este amor se acabase, muchos te desensañarían.

BEL.—¿Pues tú sospechas algo?

LAU.—No lo sé de cierto.

BEL.—Después que te pasé de criado a amigo, has perdido la condición de los que sirven, que parlan cuanto saben; pero, pues ya eres amigo, como tienes licencia de reprenderme, tenia de desengañarme.

LAU.—Examina la tristeza de Dorotea, que ella te dirá la causa; porque si hay. algún peligro, debe de ser con gran secreto; si bien ha días que ni aún sombra de sospecha entra en su casa.

BEL.—Pues de esa manera, ¿qué me queréis, tristezas? ¿Qué me afligís, celos? Laurencio es mi criado y mi amigo, y por la una parte no parla y por la otra no desengaña: luego Dorotea no tiene culpa de mis sospechas. —Dame aquellos papeles, que con la memoria de los estudios de mis primeros años, he hecho un epigrama esta noche, y querría sacarle en limpio.

LAU.—Estos son los papeles. Mucho has borrado.

BEL.—Yo conocí un poeta de maravilloso natural, y borraba tanto, que sólo él entendía sus escritos, y era imposible copiarlos; y ríete, Laurencio, de poeta que no borra. El epigrama dice:

> Miré, señora, la ideal belleza,
> guiándome el amor por vagarosas
> sendas de nueve cielos;
> y absorto en su grandeza,
> las ejemplares formas de las cosas
> bajé a mirar en los humanos velos;

y en la vuestra sensible
contemplé la divina inteligible;
y viendo que conforma
tanta el retrato a su primera forma,
amé vuestra hermosura,
imagen de su luz divina y pura,
haciendo, cuando os veo,
que pueda la razón más que el deseo;
que si por ella sola me gobierno,
amor que todo es alma, será eterno.

LAU.—Está muy bien escrito; pero yo te confieso que no le entiendo, y aún lo dudo del sutil ingenio de Dorotea.

BEL.—Mira, Laurencio: lo que ha de entender Dorotea de mi pluma son las libranzas de los mercaderes para sus galas. Esto, basta que yo lo entienda.

LAU.—Y yo querría.

BEL.—Así como la divina belleza, que con eterna e incomprensible luz resplandece en aquel soberano Artífice, esparce sus rayos, que, descendiendo por todos los cuerpos, ilustra las mentes angélicas, hermosea el alma del universo, y, finalmente, desciende a la materia de los cuerpos donde se revuelven con suave armonía los cielos, resplandece el sol, centellean las estrellas, consérvase puro el fuego, alégrase el aire sereno, gozan su perpetuo curso las instables corrientes de las aguas, la tierra se adorna de diversas flores, árboles y plantas, y últimamente el hombre se admira en los rayos de esta divina belleza, que en la hermosura de las mujeres sobre todas las inferiores criaturas resplandece; así el amor enseña de grado en grado (cuanto es capaz nuestro entendimiento, aspirando a tan alta contemplación) a formar una idea particular, que ama sin divertir el pensamiento fuera de los límites de la razón.

LAU.—¿Qué tienes por idea?

BEL.—La noticia ejemplar de las cosas.

LAU.—De manera que tú me das a entender que amas a Dorotea tan platónicamente, que de la belleza ideal suprema has sacado la contemplación de su hermosura.

BEL.—Quería a lo menos quererla con este propósito; que no sé si he leído en el filósofo, que amor puede ser de entrambas maneras; y quererla con sola el alma es el más verdadero, y para ella lo más seguro.

LAU.—No sé qué traes de ocho días a esta parte, que no pareces el que solías. ¡Tú devoto! ¡Tú contrito! ¡Tú melancólico! Si es divino impulso (quiéralo el cielo), daré de albricias cuanto me ha valido el ir y venir en casa de Dorotea; si es melancolía celosa, guárdate de dar en hiponcondríaco, que perderás el seso y los amigos.

BEL.—¡Ay, Laurencio! ¿Quién hay que tenga entendimiento, que no conozca que es mortal? Traen consigo los deleites por sombra la conciencia, como suelen decir los que han muerto algún hombre a sangre fría, que le traen siempre a cuestas. Dorotea es hermosa únicamente, entendida, y con tantas gracias, que si el hilo de oro de la razón no me saca de este laberinto, creo que hemos de decir al fin de la vida, como aquel rey de la Gran Bretaña: "Todo lo perdimos".

LAU.—No te entristezcas, por Dios; que no estás en mal estado de enmendarte, pues lo conoces. A buen tiempo viene Gerarda: ella te desenfadará con sus vejeces y aún con sus astucias.

ESCENA II

GERARDA, DON BELA, LAURENCIO

GER.—*Donde no está el rey, no le hallan.*

BEL.—¿Me has buscado, madre?

GER.—Y ¡cómo! Díganlo todos esos criados que no salen contigo: al despensero le quité ayer un dolor de muelas que rabiaba como un perro por la canícula.

LAU.—Pensé que las muelas.

GER.—¿Qué dices, Laurencio? Aún no he entrado, y ¡ya me persigues! ¿Saco yo muelas por ventura?

LAU.—No, tía; pero dicen algunas ignorantes que aprovechan para sus mentiras.

GER.—*Esa, don Vasco, rapáosla del casco;* que, en verdad, en verdad, que nunca creí que podían hacer dichosos las alhajas de hombres tan desdichados, que predican en la horca echando la bendición al pueblo con los talones.

LAU.—Mira, madre: cuando más piensas que yo me burlo, más alabo tus habilidades; y tú también me dices a mí las mías cuando sacamos galas a Dorotea, levantándome que me aprovecho, y que voy horro con el mercader.

GER.—*Está el mono en la pared, dice de todos y todos de él.* Hijo Laurencio, *con un lobo no se mata otro.* ¿Cómo calla don Bela, viendo tratar mis tocas honradas con este desafuero? Estoy por decir por ti, que *en casa del ruin la mujer es alguacil.*

BEL.—Madre, luego lloras; no he visto ojos tan tiernos. Dale cuatro reales, Laurencio.

GER.—*Mucho os quiero, Pedro; no os digo lo medio;* no hay aquí para la olla, que hoy come una amiga conmigo.

BEL.—¿Es moza?

GER.—Entre las dos tenemos tres dientes y ciento cuarenta y cinco años. ¡Qué! ¿Pensabas hacer algún peso falso a Dorotea? Dios me libre de tus mañas; siempre la matas a celos. Pues ¡el villano de Laurencio que te encubre, y siempre la anda engañando!

LAU.—¡Yo, tía! ¿Quién te lo ha dicho, si don Bela, mi señor, es tan retirado y yo tan encogido?

GER.—*Entre pupa y burujón, Dios escoja lo mejor.* Todo se sabe, comadre. Pero, volviendo a mi convidada, he aquí la olla. Una libra de carnero, catorce maravedís. Media de vaca, seis: son veinte. De tocino un cuarto, otro de carbón, de perejil y cebollas dos maravedís, y cuatro de aceitunas, es un real cabal. Pues tres reales de vino entre dos mujeres de bien es muy poca manifatura: no hay para dos sorbos. Añade, así Dios te añada los días de la vida.

LAU.—¡Tres reales de vino, valiendo a doce maravedís la azumbre!

GER.—Hermano Laurencio, *en año caro, harnero espeso y cedazo claro.*

BEL.—Dale otros cuatro reales.

GER.—*De la vaca flaca, la lengua y la pata:*

BEL.—Madre, ¿dónde aprendiste tantos refranes?

GER.—Hijo, estos son todos los libros del mundo en quintaesencia; compúsolos el uso y confirmolos la experiencia.

BEL.—Cierto que muchos dellos son tan verdaderos y sentenciosos, que enseñan más en aquel modo lacónico que muchos libros de filósofos antiguos en dilatados discursos. Pero dime, Gerarda: ¿a qué venías?

GER.—Dice Dorotea que no quiere ventanas para los toros, porque está de mala gana, como dicen en Valencia; y porque ella no se quiere holgar cuando se huelgan todos.

LAU.—Buen remedio.

GER.—¿Cómo?

LAU.—Correrle un toro en su aposento.

GER.—¡Oh qué gracia! Dios te bendiga. Toma.

LAU.—¿No te agrada el arbitrio?

GER.—*Dijo mayo a abril: aunque te pese, me he de reír.*

BEL.—Estar triste Dorotea y no ir a los toros..., algo tiene en el campo que le duele.

GER.—¿Qué ha de tener, sino los celos que le das, míralo todo? ¿Piensas que no te vio mirar a las escultoras en la Merced? ¡Por cierto que son muy lindas! No diera yo por ellas para mi traer, si fuera persona de calzas atacadas, una cinta de seda: afeitadillas, bachillerillas, bailadorcillas...

BEL.—¿Aquéllas se afeitan, madre?

GER.—No, sino el alba. Ninguna lo deja en el arca: las blancas para serlo más; que las negras ya está dicho.

BEL.—Yerran mucho, porque más vale ser moza mucho tiempo, que hermosa poco; efecto del solimán que les quita los dientes y les arruga la tez del rostro; sino que el afeite es como el tiempo, que, como quita cada día tan poco, no se siente. Y a la cuenta también se lo pondrá Dorotea.

GER.—No hay regla sin excepción, don Bela; que no se entiende que generalmente se le ponen todas, y no es el afeite cosa que se puede encubrir; que si se acuesta una mujer y amanece otra, ¿cómo lo puede ignorar el que la tiene al lado? Pero volviendo a las ninfas que mirabas, ¡qué mujeres para competir con el reposo de Dorotea! ¡Con aquella gravedad patricia, que parece un clarísimo veneciano; aquella honra del estrado, aquella honestidad por la calle, aquella devoción en la iglesia, aquella libertad en el campo, *y a su tiempo nabos en adviento!* Si la vieras ahora de sirena con el arpa, trayendo aquellos dedos de cuerda en cuerda, que parece que se reían, como que les hacía cosquillas; los cabellos sueltos, que a veces sobre el arpa, envidiosos de las cuerdas, querían serlo, porque los tocase también a ellos; y aún pienso que las cuerdas decían, en lo que sonaban, que les dejasen hacer su oficio, pues ellas no los iban a estorbar cuando se tocaba Dorotea.

BEL.—Madre, muy poética vienes esta mañana.

GER.—Pues en verdad que no me he desayunado, sino es de mis devociones, porque fui a consolar una moza que ha parido y no sabe a quién darlo: pedíame consejo, y de cuatro le dije que al más bobo.

BEL.—¡En buenos pasos andas!

GER.—Hijo, dar consejo al que le ha menester es obra de misericordia.

BEL.—¿Qué cantaba Dorotea?

GER.

> Velador que el castillo velas,
> vélale bien, y mira por ti;
> que velando en él me perdí.

¿Qué te parece cómo alude a tu nombre? Pues ella ha hecho las coplas, mira lo que canta, mira lo que entiende, mira lo que le debes.

BEL.—Dale otros cuatro reales.

GER.—¡Ay, amigo! Sois galán viejo. *El mozo y el gallo un año*: todos sois liberales a los principios; después queréis comer sobre tarja.

BEL.—Gerarda, Gerarda; si hablamos de veras, no soy tan simple que no me haya reportado la mala correspondencia de Dorotea.

GER.—¿Te ha traído Laurencio esos chismes? ¡Pobre Dorotea! Todo el día atada a la labor para hacerte camisas... Ella se lo merece.

BEL.—Perdona, que no lo digo por que te enternezcas, Dale otros cuatro reales.

GER.—Ya son doce: ¡qué lindo número! Soy yo devotísima de los doce apóstoles.

LAU.—Pensé que de los doce pares.

GER.—Llégamelos a los veinticuatro, así lo seas de Sevilla; que tengo empeñada una saya en dieciséis reales.

BEL.—Dáselos, Laurencio, si me dice quién de los galanes que pasean a Dorotea es el más favorecido.

GER.—Tú, bobillo.

BEL.—¿En qué lo ves, madre?

GER.—*En que ése es de la boda que duerme can la novia.*

BEL.—Advierte que no le digas nada a Dorotea.

GER.—Pues dame otros seis reales.

BEL.—Dáselos, y adiós; que me voy a misa. (*Valse.*)

LAU.—Veintiséis llevas, madre.

GER.—Pues algo has de hacer tú: llégamelos a treinta, y te daré diecisiete años sin afeite, sin pedir, sin malicia, y con una cara como una manzana de Nájara.

LAU.—Bien dices, tía; *que la mujer ha de ser como la muleta, la boca sangrienta.*

GER.—Tú verás que yo soy agradecida.

LAU.—¿Y cómo sabes que ha de querer esa moza que dices?

GER.—Porque es de las que tengo en administración, y ¿no reparas en que me ha menester?

LAU.—¿Y es sin duda de diecisiete años?

GER.—Extraño eres; ¿tengo de traerte fe del bautismo? Todas son de la edad que parecen; que a fe que andan por ahí mujeres en zapatos haciendo melindres con el manto, que ha más de cuarenta que dijeron *taita;* pero aquel círculo de una toca bien puesta, encubridora de ladrones pliegues y los cabellos de la que tuvo tabardillo, pollera en arco, y lo resplandeciente del Gran Turco, las hacen niñas, y pasan plaza de novedad a fuerza del desenfado y en. gracia de la bachillería.

LAU.—Dame pena que sea casada esa moza.

GER.—Pues no eres tú el que pierde, sino su marido.

LAU.—Si dura la amistad, forzoso es el peligro.

GER.—*La casada y la ensalada, dos bocados y dejarla.*

LAU.—¿Y si me enamoro?

GER.—Andar a hurtar los ratos que se ocupare el dueño fuera de casa.

LAU.—*El hurtar es cosa linda, si colgasen por la, pretina.*

GER.—*Hombres tan mirados no jueguen a los dados.*

LAU.—Siempre tuve respeto al matrimonio.

GER.—Paréceme de perlas, y más si te has de casar; porque muchos que han ofendido casados, lo pagan cuando lo son.

LAU.—Si el que mata con hierro muere a hierro, el que mata con la madera que sabes, bien puede temer lo mismo; quisiera yo un entretenimiento a medio traer, libre de polvo y de paja y de toda fullería.

GER.—Pareces hábito, que informas de limpieza.

LAU.—Ojea tu catálogo, y mira a cuántas hojas está alguna desocupada de riesgos, humilde de rostro, novicia de semblante, y, sobrebisoña de pedir, diestra de guardar decoro.

GER.—Pensé que sólo eras indiano en el dar, y también lo eres en el pedir.

LAU.—¿Por qué piensas que los indianos son tan recatados?

GER.—Por lo que les cuesta.

LAU.—No, por cierto: sino porque son discretos.

GER.—Ahora bien: yo quiero contentarte.

LAU.—Habrás recorrido el manual de tus cuentas.

GER.—En la Casa del Campo hay una fuente del dios de las aguas, a cuyos lados están dos nichos y dos ninfas en ellos de mármol blanco; vamos allá esta tarde, y escogerás la que te agradare.

LAU.—Si no te hubiera dado los cuatro reales, no te los diera.

GER.—Si eso te pesa, tómalos.

LAU.—¡Higas a mí!

GER.—Pues ¿qué pensabas, escuderazo?

LAU.—¡Oh, vieja desollada!

GER.—Cuando se acaben estos amores sabremos quién lo queda.

LAU.—Sí; pero estás a peligro.

GER.—¿De qué, mis ojos?

LAU.—De obispar, mi alma.

GER.—Si eso fuera peligro, no lo pretendieran tantos.

LAU.—*Hazte boba, Séneca de Segovia.*

GER.—Laurencio, poco a poco; que también hay de mi oficio entre vosotros.

LAU.—El que sirve no es tercero, sino criado.

GER.—Yo conozco alguno que tiene recetas de remendar doncellas de la Vera, con. otros embustes, destilaciones y hierbas.

LAU.—Le habrás tú enseñado.

GER.—Hombre compuesto de lacayo y mayordomo, respeta mis tocas, o si no...

LAU.—Gerarda, ya soy duro para chupado.

GER.—Pícaro, con torreznos me unto; que soy de las montañas de Burgos.

LAU.—Ahí es donde andan ellas.

GER.—Y vos en las de Judea, mal nacido.

LAU.—Vieja centésima, mira que soy tataranieto de un embajador de Persia.

GER.—Pues poneos el turbante de vuestro abuelo.

LAU.—Con letras de oro tengo un privilegio rodado.

GER.—Ya sé yo que si no rodara, no le alcanzaríais.

LAU.—Yo no soy de los que se ponen nombres que no tienen.

GER.—En siendo un hombre hijo de padre extranjero, se gradúa de caballero, y lo sustenta hasta que le descubre por quien es la infamia de las costumbres.

LAU.—De tal lengua, tales palabras. Estoy...

GER.—Quedo; que tengo un conocido poeta de mal hacer, que en granizando consonantes, no teme vivos ni perdona muertos.

LAU.—Y yo una conocida de tanta habilidad, que te dará lo empatado, aunque te digan doscientos a las espaldas.

GER.—No llegues a mis días.

LAU.—Aunque los eches en la calle, nadie llegará a ellos.

GER.—Bien sé por qué me aborreces.

LAU.—¿Por qué?

GER.—Porque los criados como tú son como los perros; que muerden a los pobres porque piensan que les vienen a quitar lo que les toca a ellos. A fe que no te me atrevías tú cuanto me había menester don Bela.

LAU.—También quiero que sepas que los terceros son como los ochos y nueves, que vienen atados e iguales en la baraja, y en queriendo jugar, los echan en la calle.

GER.—Ya lo sé yo, Laurencio, y que siempre son tantas las ingratitudes después del recibir, como fueron las reverencias antes del alcanzar, y las sumisiones al pretender. (Vanse.)

ESCENA III

CÉSAR, DON FERNANDO, JULIO

CES.—Templando está su instrumento don Fernando: desde aquí, porque no le deje, quiero escuchar lo que canta.

FER.—Malas primas.

JUL.—No hay cuerda buena:

FER.—Mira lo que dices; que no es cuerda la que es mala.

JUL.—¿De esto sacas alegorías?

FER.—Dorotea fue la causa.

JUL.—¿Ya es mala Dorotea?

FER.—Tú lo sabes.

JUL.—Hasta que no digas mal de Dorotea, no tengo de creer que la has olvidado.

FER.—Pues digo que es un ángel.

JUL.—Tampoco.

FER.—Pues ¿cómo ha de ser?

JUL.—No decir bien ni mal de Dorotea; que el que ha olvidado lo que amaba, no dice mal ni bien de lo que olvida: bien, porque ya no ama, y mal, porque no se venga.

FER.—Pues vengarse, ¿es amor?

JUL.—No, sino desesperación amorosa; y acuérdate de lo que de Medea escribe Ovidio, que, habiéndose casado Jasón con otra, se la mató con dos hijos y puso fuego a sus casas.

FER.

Si tuvieras, aldeana,
la condición como el talle,
fueras reina de tu aldea,
tuvieras vasallos grandes.
Opuesta al sol de tus ojos
la luna de tu donaire,
la tierra de tu aspereza
forma eclipses, sombras hace.
¿Eres tú la bien prendida,
aunque es mejor que te llamen
la que cuanto mira prende,
y tiene celos del aire?
Si no puede tu belleza
de ti misma asegurarte,
¿qué hará mi amor, Amarilis,
que para tus celos baste?
El día, aldeana bella
que bajas del monte al valle,
¿qué envidias no te aseguran
tu hermosura y mis verdades?
Las zagalas que te miran
apenas dicen que saben
adónde pones los pies;
tan breves estampas hacen.
Todas envidian tu brío
y en tus galas, siempre iguales,
aprenden cuidados todas
de los descuidos que traes.
Pareces la primavera,
que las floras y las aves
todas despiertan al verte,

y al sol de tus ojos salen.
Mal hayan los arroyuelos
si cuando por ellos pases,
no murmuraren alegres.
¡Que tengas celos de nadie
siendo así! ¿Por qué te ofendes
en presumir que me agrade
quien tiene envidia de ti
y se precia de imitarte?
No gastes mal tantas perlas
no llores más, no me mates;
que pienso que tus estrellas
se están dividiendo en partes.
Baste el enojo, Amarilis,
sal por tu vida a escucharme:
que a las niñas de tus ojos
quiero cantar, porque callen:
"No lloréis, ojuelos,
porque no es razón
que llore de celos
quien mata de amor.
Quien puede matar
no intente morir,
si hace con reír
más que con llorar.
Si queréis vengar
los que muerto habéis,
¿por qué no tenéis
de mí compasión?
No lloréis, etc."

CES—No dejéis el instrumento, Fernando, por mi vida.

FER.—Les habían dado licencia los versos a las cuerdas para que descansasen.

CES.—Está tan bien cantado como escrito.

FER.—No son jueces los gustos en las habilidades de los amigos.

CES.—Haced cuenta que no lo soy para las vuestras.

FER.—Arte divino es la música.

CES.—Danle por inventor a Mercurio y otros a Aristógeno; pero lo cierto es que lo fue amor, porque la armonía es canto, el canto es concordia del son grave y del agudo, y la concordia fue instituida de amor; porque con aquella recíproca benevolencia, se sigue el efecto de la música, que es el deleite. Esta unión amorosa llamó Marsilio Ficino ministra suya: así la bella Lamia enloqueció de amor al gran Demetrio.

FER.—¿Qué os habéis hecho estos días?

CES.—He estado ausente y cuidadoso de vuestros sucesos. ¿Cómo os va de las fortunas de Dorotea? Que en este tiempo que he faltado de la corte, deben de haber sido para los dos notables, si no me han engañado las estrellas.

FER.—Luego ¿remitís vuestras conjeturas a los planetas? Nunca me ha persuadido esta ciencia a su crédito.

CES.—Por lo menos es más fácil saberlo de vuestra boca.

FER.—Ya no hay amor de Dorotea.

CES.—Antes me persuadiré que no hay movimiento en aquellos dos luminosos presidentes del día y de la noche; porque vos y Dorotea tenéis la luna en la duodécima parte de los peces, en dignidad de Venus; como por lo contrario, si sucediese Venus al tardo y frígido Saturno, y le tuviesen dos en un mismo grado.

FER.—Pues debe de haber sucedido, y vos no lo habéis mirado bien. Para la inteligencia de lo cual os suplico no os tengáis por deservido de estarme atento; por ventura daréis por bien empleado el silencio. Por vuestra curiosidad y estudio en todas materias veréis los admirables efectos de las condiciones de nuestra naturaleza, y por qué caminos tan extraños tiene imperio sobre nuestra mayor firmeza la inconstancia.

CES.—No sólo tendré gusto de estar atento, pero os rendiré por el favor infinitas gracias.

FER.—Advierte, Julio, que para todos los amigos estoy fuera de casa, excepto Ludovico.

JUL.—Mejor es que tú salgas a la ventana y se lo digas como el otro filósofo. Pero llamen y vuélvanse; que responder y no estar yo contigo, dará sospecha de que te has negado.

FER.—Ya supiste, señor César, antes de vuestra partida a la montaña, lo que os referí a vos y a Ludovico, que me había sucedido en el Prado una mañana del abril pasado con Dorotea.

JUL.—Con ese tiempo vuelves a errar las leyes de la tragedia.

FER.—Perdone la fábula, pues por su gusto en esta ocasión se casó con la historia.

CES.—Bien me acuerdo del regocijo con que veníais de tan alegre triunfo, como si en el carro de amor fuerais vos el cónsul y los desdenes fingidos de Dorotea los despojos de la victoria.

FER.—¡Oh amor! Si en alguna ocasión has parecido niño, como te pintan, ésta se aventaja a todas con exceso jamás oído. Apenas, César, conocí que Dorotea me tenía el mismo amor que antes que me partiese a Sevilla, cuando comenzó mi espíritu a sosegarse, mi corazón a suspenderse, y todas las acciones de hombre cuerdo y prudente volvieron a la patria del entendimiento, de donde las había desterrado la inquietud de imaginarme aborrecido; porque estaban de la manera que suelen los hierros de un reloj deshecho, que, volviendo a poner cada uno en su lugar, obra concertadamente su armonía.

CES.—¡Extraña condición de amor! ¡Que quiera maltratado, y con la seguridad olvide!

FER.—Al paso, finalmente, que Dorotea me iba descubriendo su pecho, iba yo sosegando el mío, y como se abrasaba en mis brazos de aquellos antiguos deseos, yo me helaba en los suyos.

CES.—De dos maneras dice Marsilio Fecino, sobre Platón, que se cura amor, una por naturaleza y otra por diligencia: la que es por naturaleza, se hace por ciertos intervalos de tiempo, lo que conviene también a todas las enfermedades; la que por diligencia, consiste en la diversión del entendimiento o en otras ocupaciones o en otros sujetos. La inquietud de los amantes tanto persevera cuanto dura aquella infección de la sangre, que, como por fascinación metida en las entrañas, permanece oprimiendo el corazón con aquel grave cuidado; porque de él pasa a las venas, de las venas a los miembros, y hasta que del todo se templa es imposible que cese la inquietud en que viven. Todo esto quiere espacio de tiempo, y en los hombres melancólicos mayor que en los joviales y alegres, y más si tienen a Saturno con Marte retrógrado o al sol opuesto.

FER.—¡Qué presto os vais a la profesión!

CES.—Quien tuviere en su nacimiento a Venus en la casa de Saturno, o mirare la Luna vehementísimamente, tarde sanará de la enfermedad de amor.

JUL.—Holgárame de saber cómo se hace esa sangría, aunque no estoy enamorado de Celia.

CES.—Lee todo aquel capítulo, Julio, que es de lo más curioso que vi en mi vida, y verás entre aquellos consejos cómo se han de pensar los defectos, de lo que se ama, cómo se ha de guardar de que se acerquen mucho las luces de los ojos, cómo se ha de aplicar el ánimo a muchos y graves negocios, cómo se ha de procurar disminuir la sangre, cómo se ha de usar del vino para que se críe nueva y nuevos espíritus, cómo se ha de hacer ejercicio hasta llegar a sudar para abrir los poros; y, sobre todo, lo que los médicos aconsejan para presidio del corazón y alimento del cerebro; que todo lo dijo Lucrecio en cuatro versos.

FER.—Yo no quise esperar a la naturaleza, por desconfianza de la costumbre; y así, me puse en manos de la diligencia.

CES.—¿De qué suerte?

FER.—Un día, César, estaba mi honra considerando la bajeza de mi pensamiento en hablar y querer a Dorotea, como los hombres viles que, por aprovecharse del interés de las mujeres, sufren la posesión de los otros, ocupando aquel tiempo que la dejan, y guardándose de que no los conozcan; y fue tanto el corrimiento, que me pareció que todos me miraban, y que todos me tenían en poco, como acontece al que ha hecho algún delito secretamente, que siempre imagina que hablan de él, aunque sea diferente la materia; y afrentado de mí mismo (que el que es hombre de bien no ha menester que le digan lo que hace mal para que le salgan colores, cuando esté más solo), determiné dos cosas: tomar venganza de la libertad de Dorotea, y curarme en salud para que no me hallase el mal desapercibido; todo lo cual ejecuté fácilmente.

CES.—¡Fácilmente, cosa tan difícil!

FER.—Criámonos juntos Marfisa y yo, como otras veces habéis oído; y aunque es verdad que fue el primer sujeto de mi amor en la primavera de mis años, su malogrado casamiento y la hermosura de Dorotea me olvidaron a un tiempo de sus méritos, como si jamás la hubieran visto mis ojos.

CES.—¡Qué inconstancia!

FER.—Sea verdad que, volviendo a nuestra casa por la intempestiva muerte de su marido, volvió a mirarme, pero sin efecto alguno de los que presumía el amor pasado; porque un sujeto es imposible que tenga más de una forma, y no puede obrar acción alguna faltando la potencia.

CES.—Todo lo creo de la bizarría y gracia de Dorotea.

FER.—Entretenía yo a Marfisa; pero vanamente, porque luego conoció mi engaño, si bien le toleraba cuerda, por no darme a entender que la desestimaba: de suerte que entre los dos vivía la amistad por cuenta de la llaneza y de la crianza.

CES.—¡Qué prudente mujer! O no estaba celosa.

FER.—Yo, César, después de lo referido, como el arte se hace de muchas experiencias, y la tenía tan grande por cinco cursos en la universidad de amor, peregrino estudiante hice resolución de amar a Marfisa, sin dejar a Dorotea, hasta que con el trato y el favor de mi buen deseo convaleciese de todo punto.

CES.—¡Extraña industria para mitigar el amor repartiendo el gusto!

FER.—Conocía Dorotea menos vivos mis afectos, y con serena templanza aquellas ansias de verla por instantes.

CES.—Nacidas por ventura de aquella larga fábula que en su *Convite de amor* Platón escribe; pues, divididos los que primero fueron unos, ahora buscan sus mitades.

FER.—Como Dorotea no penetraba la causa, dormían los celos, engañados del agravio que resultaba en mi honor de la amistad injusta de don Bela; y no se engañaba en parte, pues era la ocasión porque yo intentaba aborrecerla, con las prevenciones de los remedios, fundados en la asistencia a la hermosura y entendimiento de Marfisa, que, aunque no era como las gracias de Dorotea, tenía más de señora y de recatada. Bien quisiera Dorotea quererme solo; pero ya no podía ser, ni el interés la dejaba.

JUL.—Y más con los dos alanos de Gerarda y Felipa; que las mujeres más yerran por los consejos de las amigas que por sus propias flaquezas.

FER.—De Teodora, su madre, no quiero quejarme, pues sólo fue ocupada en la permisión; pero las otras en la solicitud.

JUL.—Es Gerarda, si no lo sabéis, la quintaesencia de la astucia, el término de la invención, y la mayor maestra del concierto que ha tenido el imposible gusto de la vejez después de la lasciva mocedad. Felipa es su hija, pollo de esta lechuza, cuyos actos y circunstancias la prometen el mismo grado.

FER.—A espaldas de esta gente, que refiere Julio, me veía Dorotea, fiándose de Celia, moza de buena intención, y que tomaba con suavidad humana, y no con grifo desalumbramiento.

JUL.—Harto comedida era de lo que no la daban.

FER.—Pareciole a Dorotea ayudar a mis galas por modo de sufragio, y alcancé bajamente una cadena y algunos escudos naturales de Méjico, como si ya fuéramos a la parte del desollamiento indiano, o por lo menos horros.

JUL.—Medio tomó que ha vencido maridos, cuanto más galanes; no diré yo jueces, que mentiría.

FER.—Como el vernos tenía intercadencias, era forzoso escribirnos, y por que fuese sin advertimiento de don Bela, a quien yo había herido una noche, que tuvo celos de mi voz, como yo de sus manos, y se quiso acreditar de la espada con Dorotea, tan enemiga de ella, que solía cantar al arpa:

> Dadivoso le quiero yo,
> que valiente no.

Para lo cual (que en fin era necesario para conservar nuestra amistad y excusar los efectos de la venganza de su herida), yo llegaba a su puerta en hábito de pobre a las diez horas todas las noches. Salía Celia, la criada que os he referido, a darme limosna; y en el pan o el dinero traía el papel que me daba y le llevaba el que yo traía. Era esto con beneplácito de Teodora, tanto, que me llamaban el pobre de casa: y tenían razón, que don Bela era el rico; que así estaba repartido aquel encantamiento.

CES.—¡Oh, si hubierais empleado ese cuidado en aquel amor de la divina belleza que en nuestra mente asiste, por cuya gracia seguimos los oficios de la piedad y los estudios de la filosofía y justicia!

FER.—¡Qué metido estáis en el amor socrático! Ya de los platónicos me cupo el ínfimo; pero si cuanto vive ama, y lo que más parece que repugna es por amor naturalmente, y no por odio, ¿qué os admiráis de esta fuerza que el mismo filósofo llamó demonio? Amor es nudo perpetuo y cópula del mundo, inmóvil sustento de sus partes y firme fundamento de su máquina. El fuego no huye del agua por odio que la tiene, antes por amor propio, rehusando que no le mate con su frialdad, ni ella le apaga porque le aborrece, sino por acrecentarse a sí solicita convirtiéndole en su materia misma.

JUL.—Dejad, por Dios, paradojas e impertinencias, que ya sabe don Fernando que el tacto no es parte del amor, ni afecto del amante, sino un deseo de la hermosura y una servil perturbación del hombre.

CES.—Prosigue el suceso, y perdona el haberte divertido.

FER.—Hacer yo el disfraz del pobre, y no Julio, debe ser ya objeción que tácitamente me pone vuestro entendimiento; pero respondo que muchas veces podía hablarla, echándome en el suelo debajo de la reja de su ventana, que confinaba con la tierra lo que podía ocupar tendido en ella un hombre: y así lo estaba yo, fingiéndome dormido. Salía Dorotea, y ocupando en pie toda la reja, me hablaba, levantando yo el rostro al resplandor de su hermosura.

JUL.—Así pintan al enemigo común a los pies del ángel.

FER.—En este sitio me hallaba don Bela algunas noches, y sin hacer casó de mí, llamaba seguro y entraba, confiado. ¡Mirad a lo que me había traído mi fortuna!: que en una casa donde había sido señor absoluto cinco años, apenas me concedían lugar para reclinar el cuerpo las piedras de la calle, donde me servía de dosel la reja.

CES.—¡Qué victoria de Dorotea, teneros a los pies más humilde, más pobre y más afligido que el Tamorlán a Bayaceto!

JUL.—Y la jaula de la reja, pues tenía Dorotea los pies sobre ella.

FER.—Era esto con tanto peligro de la vida y de otros sucesos, que, pasando por allí la justicia una de aquellas noches, me hicieron levantar y llevaron a la cárcel, por más que Dorotea afirmaba que era un pobre que en aquella casa favorecían, acreditando lo mismo Teodora y Celia, Felipa y las esclavas, que salieron a las voces: mas el cruel ministro (que pocos dejan de serlo), porque desde que las telas de las arañas cogen las moscas viles, dejándose romper de los animales mayores, algunos de los que digo, que no todos, ejercitan el imperio en miserables y se humillan y rinden a los poderosos; y así, no hubo remedio de darles crédito porque no les dieron oro. A título, en efecto, de ladrón me llevaron hasta la calle de Toledo; porque, quitándome un sombrero viejo y un paño con que parecía pobre, descubrí el cabello de que era rico, por más que lo negaba el hábito: mas como se divirtiesen en una alojería, y los criados quedasen a la puerta, al tiempo que ellos quisieron beber, encomendé a mis pies el peligro y al beneficio de mi aliento la reputación.

CES.—Fuerte suceso para un hombre conocido y que deseaba guardarse de don Bela.

FER.—Aliento y pies lo hicieron tan valerosamente, que como el perro de Ganimedes, se quedaron los esbirros mirando el águila. Pero volviendo de esta digresión a la historia (que ninguna deja de tener sus episodios, ni se ofende la buena retórica como no sean largos), sabed, César, que Marfisa tuvo gusto de hacerme una camisa, que fue como aquella de la hermosa Deyanira con la sangre del Centauro, aunque faltó en mi suceso la imitación de Alcides.

CES.—Pues ¿a qué propósito?

FER.—Para que saliese galán de randas amarillas o amacigadas, uso nuevo, como habéis visto: esto me previno con un papel que decía así:

"Si no temes que te pida cuenta la señora Dorotea de la novedad de una camisa que te estoy acabando, dame licencia, Fernando, que te la envíe; que bien merezco que me des este gusto por la sangre que me han sacado las agujas, divertida en que te la has de poner; pero si ha de ser para descomponer vuestra paz, la dejaré comenzada; que no quiero ser causa de que riña contigo, envidiosa de las diligencias que has de hacer para desenojarla".

Replicaba yo a estos celos y a esta novedad de traje por modestia; que, aunque me visto bien, no querría que fuese con nota, puesto que todo tiene disculpa en los pocos años; mas no para la envidia, que también muerde un vestido como un entendimiento: a cuya desdicha están infelizmente sujetos los hombres que tienen alguna gracia, si los acompaña buena persona; porque no puede sufrir este enemigo de sí mismo que los que tienen ingenio tengan buen talle, ni los que tienen buen talle tengan ingenio.

CES.—Eso es certísimo, y que los querrían desproporcionados y mal hechos, como si la naturaleza de las almas obrase con perfección por instrumentos imperfectos.

JUL.—Harán argumento de que la armonía (como dice el filósofo) se compone de contrarios.

FER.—El mismo afirma que conocer la naturaleza del alma, la sustancia y los accidentes es muy difícil; y así, no sabremos con certidumbre la condición de sus operaciones.

CES.—Si donde llama perfección del alma a la filosofía, nos dijera cómo había de ser el cuerpo, supiéramos en cuáles obraba con más virtud, porque la unida es más fuerte.

FER.—No se habla de la cantidad, sino de la proporción.

CES.—Proseguid vuestro suceso.

FER.—En la porfía de no tomar el presente, venció Marfisa, y acabada la camisa por sus manos, cuya labor competía con la hermosura, me la envió con una esclava y con un papel, que, habiéndole leído y respondido, puse en la faltriquera con descuido. ¡Oh, cuánto cuidado quieren papeles!

CES.—En ellos suele consistir la perdición de los hombres.

JUL.—Por eso dice el adagio castellano: *Médicos errados, papeles mal guardados y mujeres atrevidas, quitan las vidas.*

FER.—Llegó la noche de aquel día; y escribiendo a Dorotea, puse el papel en el mismo lugar que estaba el de Marfisa, y al darle a Celia se trocaron de suerte, que le di el de Marfisa, y me volví con el de Dorotea.

CES.—Perdonadme; que fue extraña ignorancia llevarlos juntos.

FER.—Nunca yo me he puesto en el número de los que saben.

JUL.—Eso es decir que sabes; porque, si no supieras, creyeras que sabías.

CES.—Los días pasados vi un libro en el estudio de un amigo, que se llamaba *Verdades averiguadas;* abrile y decía la segunda hoja:

> Catálogo de los que no saben:
> Muchos.
> Memoria de los que saben:
> Pocos.

Y a esta traza lacónica diversas verdades.

FER.—Aunque confieso el yerro, agradezco a mi fortuna el haber errado; porque, como el corazón es lo primero que vive y lo último que muere, así en el amor lo primero es el deseo y lo último la venganza.

CES.—Pensé que queríais decir con el discreto Boscán:

> Justa fue mi perdición;
> de mis males soy contento.

FER.—Ahora veréis, César, si fue acertar por yerro: no bien me acostaba para esperar la mañana, en que Dorotea, por el que me dieron suyo cuando di a Celia el papel de Marfisa, prometía verme, cuando los golpes de la ventana y Julio me advirtieron de que estaban allí Felipa y Celia. Pensé que se me había pasado la noche en esta imaginación, y que venía Dorotea al concierto; lo que fue tan al contrario, que, entrando las dos que digo, me enseñaron el papel de Marfisa, y me dijeron que no había sido en mi descuido, sino desprecio, añadiendo todas las injurias que las enseñó la ira y las permitió mi modestia.

JUL.—¡Oh, si nos hubiera hecho la naturaleza como a las cigarras, que no cantan jamás las hembras!

FER.—¿Quién lo dice?

JUL.—Aristóteles, por lo menos.

CES.—Y ¿qué habíamos de hacer los hombres, si solos nosotros habláramos y siempre callaran ellas?

JUL.—Entenderlas por señas.

CES.—Peor fuera eso; porque, enojadas, nos sacaran los ojos.

FER.—Yo disculpaba, César, el descuido, pero no el delito; mas no pudiendo satisfacerlas, me hallé consolado y di gracias a mi fortuna, que por tan extraño camino me había dado venganza de Dorotea.

CES.—Pues ¿qué teníais por venganza?

JUL.—Parece esa pregunta al problema de Aristóteles, que por qué los hombres no nacían con cola. Y responde que porque son animales que se sientan.

CES.—¿Quién dirá que es respuesta de Aristóteles?

FER.—Fueron y vinieron papeles de una parte a otra, y llegó a extremo lo abrasado de Dorotea, que se contentaba para las paces con que le diese la camisa o la rasgase a sus ojos. Esta satisfacción me pareció indigna de mi obligación a mujer tan principal como Marfisa, y no habiendo remedio de otra suerte para confirmar las paces, de que a mí ya se me daba menos... ¡Oh tiempo! ¡Oh amor vengado! ¡Oh mudanzas de fortuna! ¡Oh condición humana! Donde viene también lo que dijo en aquel soneto el ilustre portugués Luis de Camoes:

> Mudanse os tempos, mudanse as vontades,
> mudase o ser, mudase a confianza;
> todo mundo he composto da mudanza,
> tomando sempre novas qualidades.

Púseme, en fin, la camisa en el más festivo día que tiene el año. No podía determinar Dorotea desde una ventana, donde estaba, el color de las randas; y con súbita pasión de celos bajó a la calle, y entre la confusión de la gente que iba mirando las telas e imágenes de que estaba adornada, llegó adonde yo iba con otros amigos, siguiendo a Marfisa y olvidando a Dorotea. Referiros el coloquio era cansaros. Habló con celos, respondí sin amor; fuese corrida y quedé vengado, y más cuando vi las lagrimillas, ya no perlas, que pedían favor a las pestañas para que no las dejasen caer al rostro, ya no jazmines, ya no claveles.

CES.—No lo creyera menos que de vuestra boca. ¿Y continuáis el amor de Marfisa?

FER.—Con el mayor que puedo le agradezco haber sido el templo de mi remedio, la imagen de mi salud y el último asilo de mis desgracias.

CES.—¿Es posible que no hay en vos reliquias del amor de Dorotea?

FER.—Ni apenas las señales que suelen quedar de las heridas.

CES.—Guardaos no os engañe el gusto de la venganza, y la mal curada herida reverdezca; que si volvéis, no ha de haber estrago que no haga en vos. Seréis su Troya, seréis Numancia, seréis Sagunto; no ha de quedar en el edificio de vuestra vida piedra sobre piedra.

FER.—Yo me guardaré de eso; ni creo que ella fuera tan cruel, cuando yo pudiera llegar a estado tan humilde.

CES.—Sola una cosa dijo Eurípides que creía de las mujeres.

FER.—¿Y cuál era, César?

CES.—Que una vez muertas no podían volver a resucitar.

FER.—No dejará Dorotea sus Indias, ni yo la puedo servir con ellas, que ya sabéis que el derecho las llama género avarísimo.

CES.—No le pongáis faltas; que pensaré que la queréis.

FER.—Tenéis razón, y más por el dicho vulgar que las iras de los amantes son reintegración del amor; pero yo os aseguro de ese peligro.

CES.—¿No ha hecho Dorotea más diligencia?

FER.—El cerco de Pompilio.

CES.—¿Qué respondisteis?

FER.—Un papel con más tinieblas que los versos de Licofronte, para que le leyese y no lo entendiese, como la poesía de estos tiempos, que los que la escriben son los que menos la entienden; pero hacedme una merced, así tengáis más dicha con Felisarda que yo he tenido con Dorotea.

CES.—Yo soy amigo vuestro hasta las aras. ¿En qué os sirvo?

FER.—Alzad una figura para que veamos qué fin prometen estos sucesos.

CES.—Interrogaciones no se pueden hacer, y es muy justo prohibirlas; pero yo tengo hecha una figura de vuestro nacimiento, y sólo me faltaba juzgarla. A mi posada voy, y si no viniere a la tarde a veros, vendré mañana, porque tengo que llevar un epigrama que lie escrito a los felicísimos casamientos de la excelentísima señora doña Vitoria Colona y el conde de Melgar, hijo del gran almirante de Castilla don Luis Enríquez de Cabrera, que, como sabéis, entró ayer en esta corte, donde fue recibida con tanto aplauso, que no se ha visto en Madrid más alegre día ni más lucido de galas. Era el Prado un jardín de caballeros y damas, donde fue notable la bizarría del duque de Pastrana, príncipe de Asculi y conde de Castañeda; y entre las señoras, la marquesa de Auñón, doña Antonia de Bolaños y doña Isabel Manrique.

FER.—Habéis nombrado las tres gracias, hijas de Júpiter y compañeras de Venus; y si se hubiera de añadir la cuarta, como lo hicieron Homero y Estacio, poned a Marfisa en lugar de Pasitea. Ésas son las tres diosas de la competencia de Paris.

CES.—A Marfisa daremos también el premio; que ya no me parece que gustaréis de que le tenga Dorotea.

FER.—Yo os aseguro que no faltó ese día del Prado; que, fuera de la primera jerarquía de las damas, no cedería ventaja a Lucrecia la romana ni a la troyana Elena.

CES.—Allí anduvo (a lo que yo sospecho), deseosa de daros celos con nuevas galas.

FER.—Ya es tarde, César. Pero, volviendo a la señora doña Victoria, ¿por dónde os ha tocado celebrarla?

CES.—Dejando aparte su generosa grandeza, que como sol hermoso reverbera en el espejo de toda Italia, el ilustrísimo cardenal Ascanio Colona, su hermano, estudiando en Alcalá, favorecía los ingenios y estimaba mi ignorancia.

FER.—Campo dilatado se os ofrecía, si hubiereis de tratar de las grandezas de su excelentísimo padre Marco Antonio Colona, y de la señora doña Juana de Aragón, su madre, cuyo valor tanto se ha mostrado en los enojos del pontífice, de donde resultaron por su defensa los de nuestro rey católico, y ver Roma en sus muros las banderas del duque de Alba, pacíficas en el sagrado respeto, y victoriosas sin ejecución en la fuerza del agravio. Decid el epigrama.

CES.

> La siempre excelsa, grave y gran columna,
> sobre cuya cerviz tan firme estuvo
> la gloria de los césares, que tuvo
> en siete montes su primera cuna;
>   contra la envidia opuesta a la fortuna,
> que su rueda magnánima detuvo,
> cuando del sol la línea de oro anduvo,
> hizo de todas sus victorias una.
>   Esta, que fue de la ciudad sagrada
> gloria y honor, para mayor memoria
> a la casa de Enríquez se traslada;
>   que, sustentando en sucesiva gloria
> los arcos de su maquina dorada,
> será columna de inmortal Victoria.

Y me voy, porque no me digáis lo que os parece. *(Vase.)*

JUL.—Ya que se fue César, ¿para qué quieres andar en pronósticos? Que si bien esta ciencia fue tan estimada de los antiguos, otros muchos la despreciaron por temeraria, como lo es todo lo que trata de futuros contingentes.

FER.—La fe que el vulgo ignorante pone en ella, como si fuese hablando con el adagio de los trípodas, piensan que no puede faltar lo que por la mayor parte sucede tan al contrario de lo que los hombres piensan; y así lo verás en Cornelio Tácito, que llama a los adivinos engañadores e infieles, de quien son innumerables los ejemplos, como indignos de crédito sus sentidos equívocos; si bien Séneca, hablando de los años de Claudio, no los desprecia, como prolijamente Faborino en Gelio. O cosas adversas o prósperas, dicen los astrólogos; si prósperas y salen falsas, ¿qué mayor desdicha que estarlas esperando? Si adversas y mienten, ¿qué mayor miseria que estarlas temiendo? Porque si son ambiguas y dudosas, valiéndose ce esta invención para interpretarlas después de los sucesos, es como no haberlas dicho.

JUL.—Cuanto me vas diciendo, y otras infinitas autoridades, he visto en Levinio Lemno, libro *De verdadera y falsa astrología;* y siendo así que conoces que es fábula, ¿por qué la preguntas?

FER.—Por ir con el infinito número de los que desean saber o vicio o virtud de nuestra naturaleza.

JUL.—Por las ciencias lo dijo el filósofo, que no por las fábulas.

FER.—Si te digo que no lo creo, ¿qué me quieres?

JUL.—Que no quieras lo que no crees; que en razón de lo que tú mismo propones, me holgaré que leas lo que siente Cicerón en el libro once de *Adivinación,* acerca de la oscuridad con que estos hombres predicen los futuros contingentes, para acomodarlos después con artificio a lo que dijeron con ignorancia; y por eso también diría de la sibila Virgilio que dejó sus versos escondidos en una cueva.

FER.—¿Qué tienen que ver, Julio, con los astrólogos los que Ambrosio llama fanáticos o pitones, de quien Amiano Marcelino dijo que el sol, alma del mundo, difundía en las suyas aquellas centellas vehementes con que pronosticaban? Yo sólo creo la verdad divina, a quien siempre fueron desagradables.

JUL.—Eso es prudencia, y lo demás, engaño; que ya no es el tiempo de la sibila que respondía en Delfos, como Diodoro escribe; de quien el poeta Homero hurtó para sus libros tantos versos. (*Vanse.*)

ESCENA IV

Sala en casa de Teodora

DOROTEA, GERARDA

GER.—¿Tienes juicio, Dorotea? ¿Qué es esto? ¡Tú llorando todo el día! ¡Tú inquieta toda la noche! ¿Qué novedad te obliga? ¿Qué suceso tan triste marchita poderoso la flor de tu juventud y la alegría de tu conversación, que lo era de tu casa y de tus amigas? ¡Tú descompuesta! ¡Tú los cabellos desordenados! ¡Tú por lavar la cara!

DOR.—Déjame, tía, que no hay agua de rostro como las lágrimas.

GER.—Por los pecados, hija; pero no por los sucesos humanos.

DOR.—Esos son los pecados.

GER.—Es verdad; pero bien sé yo que no lloras por penitencia, sino por no haberla hecho.

DOR.—Y eso, ¿no es arrepentimiento?

GER.—Bien sé yo de qué le tienes.

DOR.—¿De qué, Gerarda?

GER.—De haber empleado mal tanta hermosura, tan rico entendimiento y tantas gracias; pero dalas a Dios de que te ha traído a tiempo que lo conoces.

DOR.—No fueran ellas mal empleadas si fueran bien agradecidas.

GER.—¡Por cierto que se acabaron en él los hombres! Sí, sí: manca le quedó la mano a la naturaleza. ¿Hízole con modelo? ¿Costole estudio? ¡Gentil Narciso! Mirárasle tú con mis ojos. ¿Qué tenía bueno?

DOR.—Luego ¿no es don Fernando gentil hombre?

GER.—No por cierto, niña, mirado a partes; sino que a vosotras la invención os engaña, el embeleco y la elevación, las lagrimillas mujeriles, los suspiros a medio puchero, como muchacho acabado de azotar, que ha perdido el habla.

DOR.—Mientras un hombre no tiene bozo, no le están mal las lágrimas; que los hombres no lloran descompuestos, sino con dulce embuste.

GER.—De cualquier manera es de mujeres.

DOR.—Las almas ni son mujeres ni hombres, y ¿por qué lloró Jacob cuando vio a Raquel?

GER.—Niña, niña, las mujeres no han de saber de historias ni de lágrimas, sino de hacer vainillas.

DOR.—Nunca he visto las que tú haces.

GER.—¿En qué andas? ¿Qué sacas de ese escritorio? Parece retrato. ¿Mas que sé de quién es? Muestra, muestra.

DOR.—Luego le verás, Gerarda; ve ahora, por tu vida, y consuela a mi madre, que está llorando de verme triste, y entretenla mientras escribo dos palabras.

GER.—Voy a obedecerte; que a lo que yo imagino, entrambas habéis menester consuelo.

DOR.—Salid, salid, verdadero traslado del hombre más traidor que tiene el mundo; salid, que quiero hacer justicia de vos, como el toro, que se venga en la capa cuando se le huye el hombre. ¿Sois vos el que me engañasteis con los tiernos años que aquí tenéis, no presumiendo yo que se mudara vuestro dueño cuando fueran mayores? ¿Qué me miráis con aquella falsa risa que os puso Felipe en esos ojos? ¿Qué decís? ¿Por qué no habláis? ¿Por qué no respondéis? Que quien sabe mirar, bien puede responder. Con estos ojos miráis a Marfisa, y con esta boca me engañáis a mí: ¡qué mucho que ella os quiera y que padezca yo! Aquí dice: "Esclavo de Dorotea". Esclavo, no; fugitivo, sí. ¿Qué leo? ¿Qué miro, qué dilato la venganza justa de estos engaños, de estas traiciones, de estas crueldades, de estos dulces venenos de mis sentidos? ¿Adónde estaba mi entendimiento cuando me fié de diecisiete años? ¿Para qué criaba yo un áspid en mi pecho? Para que cuando grande me sirviese de lo mismo que a la reina de Egipto por Antonio. Aquel bozo que nació en mis labios con el enamorado anhélito de mis suspiros, sirve a los de Marfisa de lisonja, entre los requiebros de sus amores y la burla de mis verdades. ¡A éste llevé yo los cabellos que por su causa me quitó mi madre! ¡Oh madre, qué bien hacías! Tú aquéllos y yo éstos, no quedarán en mi frente, porque te agradaron, porque decías que nunca cosa ponía en paz tus deseos como verlos revueltos; y llamándome tu autora, al salir la del cielo, con amorosos requiebros, como los pajarillos a la puerta de sus nidos, me dabas, a imitación de sus voces, los buenos días. ¡Triste de mí! ¿Cómo pienso en esto? ¿Por ventura imagina que su retrato será la espada de Eneas para la reina Dido? ¿Quién fue tan necio en el mundo que se entretuvo con la copa en que le dieron veneno? ¿Este hablaba de esta suerte? ¿Este con tales humildades ganó dichoso el imperio de una voluntad tan libre? ¡Ay, infeliz de mí! Que sólo parezco hermosa en ser desdichada, como Marfisa parece que no lo es en ser dichosa. Mas ¿para qué llamo yo dichosa a quien tan presto mudará de fortuna la inconstante naturaleza de los hombres? Porque si ahora esta victoria la provoca a risa, desde los acentos de ella la convido a las mismas lágrimas. ¡Oh, quién pudiera, coma romper este retrato, hacer en el del alma el mismo, castigo! ¡Jesús! ¡Qué fuerte se hace! Pues, perro, ¿tú te resistes? Pero no; que mi flaqueza es la que no tiene fuerza para romperle, porque lo intento con las manos de amor, y amor es niño. De esta vez le rompo: quiero volver los ojos a otra parte. Rompile. ¡Victoria! Lo mismo haré con su ejemplo del que tengo en el alma.—Celia, Celia...

ESCENA V

CELIA, DOROTEA

CEL.—Señora, señora.

DOR.—¡Victoria, victoria! Rompí el retrato de don Fernando.

CEL.—Mataste el moro de Carlos V cuando tenía entre los pies aquel hidalgo sevillano.

DOR.—¿Luego te parece poco?

CEL.—Romper un naipe, ¿es mucho? ¡Miren qué valiente Céspedes, que rompía juntas cuatro barajas!

DOR.—Luego ¿no es más un hombre?

CEL.—Tirar puedes la barra con don Jerónimo de Alanza o con el valiente don Félix Arias.

DOR.—Pues yo he pensado que Hércules no hizo más desquijarando el león Nemeo a toda aquella tierra pavoroso, ni Sansón en romper las cuerdas con que estaba atado, o en derribar a brazos de aquel famoso templo las dóricas columnas, que entre basas de pórfido y capiteles de bronce pensaban competir con la eternidad de los celestes polos.

CEL.—De una puñada he leído yo que derribó Milón un toro.

DOR.—Más hice yo en romper este naipe. Al león de Lisímaco saqué la lengua; muerta me han de hallar el corazón de Aristómenes.

CEL.—¿Dónde has leído tantas historias? Esas medras nos dejará Fernando.

DOR—¿Qué miras? ¿Qué tanteas?

CEL.—Aún se pueden juntar estas mitades.

DOR.—Para juntarlas, mejor fuera no haberlas apartado.

CEL.—¿Para qué rasgas esos papeles?

DOR.—Bien dices. Trae una vela.

CEL.—Encenderé una bujía.

DOR.—¡Oh falsos papeles, oh mentiras discretas, o engaños disfrazados, o palabras venenosas, áspides en flores y cédulas falsas, donde no había crédito; engañadores de amor, que obligábades la voluntad que no teníades! ¿Por qué me engañastes? ¿Por qué me adormecistes? ¿Por qué fuistes los terceros de mi perdición? Aquí me pagaréis lo que habéis mentido, lo que me habéis engañado, quedando hechos cenizas para que no quede memoria de mi fuego ni reliquia de vuestro engaño. Llega, Celia, la bujía.

CEL.—Ponlos presto. ¿Para qué los miras?

DOR.—Oye éste solo:

"Tu papel me ha dado Celia, en que me culpas y me disculpas: cúlpasme de no verte y discúlpasme con la aspereza de la noche. Yo fui, Dorotea, a verte; que para mi amoroso fuego no hay en los Alpes nieve: senteme en aquella piedra que otras veces; salió Celia a la ventana, y cuando pensé que me abría debía decirte que no me hallaba, tanta era la nieve que me cubría. Con todo eso, esperé dudoso; más por padecer por ti que porque esperase que volvería; y porque creas que. esto es verdad, mira el cuadro alto de tu ventana, en que hallarás tu nombre, que con un yeso que quité de la pared, con la daga, pude escribirle. Notable fue el frío; mi amor y él compitieron; pero venció mi amor, y esperé tanto que porque no me perdieses no pensé morirme. Volví a casa, donde me riñó Julio, que estaba durmiendo al fuego, como si él trujera la nieve y yo fuera el dormido. Para que volviese en mí fueron muchos remedios necesarios, y si no fuera por no haberte visto, tuviera por mejor suerte obligado. Roldán estuvo conmigo toda la noche, pagadle la lealtad en algún regalo, aunque me costó su compañía ocuparme harta parte de la capa. ¡Oh, si me vieras mejor que suelo pintarme en los versos, pastor cubierto de nieve, con el ganado de mis pensamientos y el perro al lado!"

¿Esto pasaba este hombre por mí?

CEL.—No te eleves, por Dios; que estoy de prisa.

DOR.—¡Oh, si tuviérades vida, para que sintiérades el justo efecto de mi venganza! Llega, Celia, la bujía; tendrasla tú, y yo los iré quemando.

CEL.—Aunque es papel de nieve, vaya al fuego.

DOR.—Vaya; pero escucha.

CEL.—Si te paras a leerlos, a la noche no habremos quemado la quinta parte.

DOR.—No sé más deste principio.

CEL.—¿Cómo dice?

DOR. *(lee).*—"¡Qué gallarda saliste hoy, divina Dorotea, a matar hombres y mujeres, unos de amor y otras de envidia! Y para que hubiese muerte para mí, dísteme celos, y tales celos, que me pesó de verte tan hermosa". Vaya al fuego.

CEL.—Vaya. ¿Otro lees? ¿Cuándo acabaremos?

DOR.—Fiad en hombres.

CEL.—Lo mismo dicen ellos, y los unos y los otros tienen razón; pero ¿qué fin te prometías de amor, que no le tiene en el casamiento, donde la posesión acaba con él o con la vida?

DOR.—Este parece soneto.

CEL.—Quémale por eso sólo.

DOR.—Mal estás con poetas.

CEL.—Con los de infame lengua y pluma; no con los bien nacidos y doctos.

DOR.

> Quejosas, Dorotea, están las flores,
> que los colores las habéis hurtado;
> y la frígida nieve se ha quejado
> de que mayores son vuestros rigores.
>
> Quejoso está el amor, que los amores
> se han remitido a vuestro pecho helado,
> y el sol, que en vuestros ojos abrasado
> desprecia los laureles vencedores.
>
> Quejosa esta de vos naturaleza
> por vuestra condición áspera y dura,
> que para humana os dio tanta belleza.
>
> O menos perfección o más blandura;
> que a presumir de vos tanta dureza,
> ¿cómo os pudiera dar tanta hermosura?

CEL.—Qué bien escrito y qué claro; pero este poeta no era bueno para mujer.

DOR.—¿Por qué?

CEL.—Porque tenía mucha facilidad. Pero ¿cómo, queriéndole tanto, se quejaba de tu condición?

DOR.—Estaba enojado entonces.

CEL.—Y enojado ¡te alababa y encarecía! Ese sí que es poeta, y no unos satíricos ignorantes y fanáticos, que a los mismos que los alaban deshonran.

DOR.—Los honrados, Celia, son espejos de los infames, y como en su cristal se ven tan feos, manchan con aliento sucio la claridad que los ofende. Pero oye aqueste.

CEL.—Despacio lo has tomado. ¡Oh amantes locos! Aún en la misma pena se deleitan.

DOR. *(lee).*—"Plegue a Dios, mi bien, que si conozco esa mujer que dices..."

CEL.—¿Celitos?

DOR.—No me quejaba yo de balde. Vaya al fuego.

CEL.—Vaya.

DOR.—Este sólo, éste solo.

CEL.—Más parece que te quemas tú que los papeles.

DOR.—"Amaneció el alba, y no a mis ojos, y díjele yo que para qué salía."

CEL.—No leas esas boberías, por tu vida, que también hay amores rancios como perniles.

DOR.—Vaya al fuego.

CEL.—Vaya; pero mira que se acaba la bujía.

DOR.—"Hoy dice Felipe de Liaño que irá a retratarte, y yo le digo que dónde ha de hallar colores. No hay para qué avisarte que estés hermosa, que a todas horas está eso negociado; pésame que este pintor sea tan gentil hombre, que os retratéis el uno al otro".

¡Ay, Celia! Esto me parecía bien entonces. ¡Qué extrañas necedades! Vaya al fuego.

CEL.—Vaya; pero está cierta, señora, que no hay cosa que más necia parezca que un papel de amores fuera de la ocasión o acabado el juego. Mas así Dios te guarde, que los quememos juntos; que tengo que almidonar tres o cuatro abaninos de cadeneta, y me reñirá tu madre.

ESCENA VI

GERARDA, DOROTEA

GER.—¡Agua, agua! ¡Jesús! ¿Qué incendio es este?

DOR.—¿Tú pides agua, tía? ¿Qué novedad es ésta?

GER.—¡Papeles! Juráralo yo, muchacha.

DOR.—Árdese Troya.

¡Fuego, fuego!, dan voces; ¡fuego!, suena,
y sólo París dice: "Abrase a Elena".

DOR.—¿Es canción nueva?

GER.—Esto cantan ahora los músicos del duque de Alba.

Arded, mentiras, arded;
que yo no os puedo valer.

GER.—Ya entiendo lo que castigas.

DOR.—Aquí dio fin la historia.

GER.—*Contra peón hecho dama, no para pieza en la tabla.*

DOR.—Pues que rompí el retrato, ¿qué mucho que quemase los papeles?

GER.—*Coscorrón de la hornera, no tiene pena.* ¿Cuánto va que te arrepientes?

DOR.—Estoy ya muy consolada.

GER.—*Colorada, mas no de suyo, que de la costanilla lo trujo.*

DOR.—Tía, contigo yo no he menester invenciones, que fuera muy ocioso desaire. Confieso que me muero; pero ¿qué tengo de hacer si un traidor me ha engañado, y me hablaba y enamoraba con falsedad, hasta hallar ocasión para vengarse de mí por lo que sabes de don Bela?

GER.—*Cojo, y no de espina; calvo, y no de tiña; ciego, y no de nube; no hay maldad que no encubre.* Pero ¿qué puedes echar menos, siendo tan pobre don Fernando?

DOR.—Su talle, su entendimiento, sus caricias, sus amores; que de todos estos actos se hace el alma un hábito tan estrecho, que es imposible quitarle sin romperle.

GER.—¡Qué de bachillerías que te ha enseñado! Pero si te hallas, hija, en el estado que dices, intenta tu remedio y tu venganza.

DOR.—¿Yo cómo puedo?

GER.—¿Qué me darás y le haré venir a tu casa como un cordero?

DOR.—Gerarda, si es por mal camino, Dios me libre de que tal intente. Fuera de que yo no sé qué mujer de juicio se vale de hechicerías; que es afrenta grande que lo que no pudieron los méritos lo puedan las violencias.

GER.—Hija, Dorotea, *hágase el milagro*, y... etcétera.

DOR.—Arda ese etcétera en el infierno; y ya te digo, tía, si quieres entenderlo, que fuera de la ofensa de Dios, que esto es en primer lugar, no me quiero tener en tan poco que afrente con esas bajezas mi cara, mi entendimiento, mis gracias y mis pocos años; y de los dos remedios, mejor fuera rogarle que forzarle: ni hallo cosa que se le pueda decir a una mujer más afrentosa que llamarla hechicera.

GER.—Mira que te oigo.

DOR.—Pues tía, ¿éreslo tú?

GER.—Por curiosidad supe algo; pero ya ni por el pensamiento: y te puedo jurar con verdad que ha más de seis días que no he tomado las habas en la mano.

DOR.—No lo hagas, Gerarda; escarmienta en el castigo de alguna que tú conoces.

GER.—Mira, niña: bien se puede atraer la voluntad con hierbas y piedras naturalmente.

DOR.—¡Ay, tía! ¡Qué grande engaño querer que la virtud dé las cosas que tienen cuerpo se imprima en las potencias del alma! Con eso engañan los que os enseñan a las mujeres ignorantes para sus intereses y mentiras, y para tanta desventura de los hombres.

GER.—¡Ay niña, niña! No harás casa con azulejos; ándate a amor por amor, y a pelo por pelo, y al cabo, al cabo, moría fea y nacer hermosa. *Más vale rostro bermejo que corazón negro.* No te manques en el establo; que *mejor es dejar a los enemigos que pedir a los amigos.* Don Bela está celoso; no sé qué le han dicho, y él lo ha visto en su tristeza; si él te deja, y Fernandillo se está con su Marfisa, *¿qué has de hacer, mano sobre mano, como mujer de escribano?* Cuando yo era moza leí en Garcilaso aquello de: "En tanto que de rosa y azucena..." ¿Piensas que el tiempo duerme cuando nosotros? Pues engáñaste, niña, que tres cosas no durmieron eternamente.

DOR.—¿Cuáles, Gerarda?

GER.—Los días, los censos y los agravios.

DOR.—Calla, madre, que viene Laurencio con algún recado de don Bela.

GER.—*Malo Medellín, bueno Medellín, hele aquí viene Lázaro Martín.*

DOR.—Traerame algún papel de desafío.

ESCENA VII

LAURENCIO, DOROTEA, GERARDA

LAU.—¿Qué humo es éste? ¡Qué gentil pastilla! ¡Esto en vuestra casa, señora Dorotea, donde dice mi amo que se retrató el paraíso, los olores de la India oriental, donde nacen el clavo y la canela, y espira más fino el ámbar que en los mares de la Florida!

GER.—Hermano Laurencio, habemos quemado un poco de tela vieja para sacarle la plata.

LAU.—Creo, Gerarda, que has leído la *Alquimia,* del Trevisano; pero si te digo la verdad, yo pensé que chamuscabas algún vasallo del hijo pródigo, que para lo que bebes ésa es tu *Alquimia.*

GER.—Laurencio, Laurencio, *más vale dar buen trueno que dinero a maese Pedro;* den gracias a Dios los hombres, que no nacieron con nuestros achaques.

LAU.—También tenemos algunos.

GER.—¿Los hombres? ¿Cuáles?

LAU.—Sufrir los vuestros cuando estáis con ellos. ¿Hay cosa más cruel que veros desmayadas, haciendo más ruido con la garganta que un pavo cuando se eriza, el ver la confusión de las criadas, la solicitud de las vecinas, las plumas de perdiz quemadas, y andar buscando ruda, y más si es a media noche?

GER.—Y eso ¿de qué nace, bellacos, insolentes y arrogantes, sino de las pesadumbres que nos dais cuando venís de la casa de juego y de la otra, el sombrero hasta las narices, como celada borgoñona; y luego, sobre si está bien guisado o mal guisado, echar la mesa en el suelo, tornar a tomar la capa y volverse a la querencia? Pero no averigüemos culpas: dinos ahora a lo que vienes, y si está tu amo todavía enojadito. ¡Qué gran ofensa, hablar Dorótica una palabra con un conocido! No, sino dar ocasión a que la tengan por descortés, le digan una libertad o le hagan una sátira.

LAU.—Mi amo no está enojado, sino que anda con pesadumbre.

DOR.—Y ¿de qué es la pesadumbre?

LAU.—Había prometido a ciertos señores a Pie de Hierro para el juego de cañas de mañana, y hale clavado el herrador; y como se ha disculpado, le han escrito un papel tan atrevido, que está perdiendo el seso. Este te traigo, y tengo que hablarte.

DOR.—Muestra, que con dificultad seremos amigos.

GER.—*Paz de gallego, tenía por agüero.*

ESCENA VIII

DON FERNANDO, CÉSAR, JULIO

FER.—¿Tan infaustas cosas pronostica esa figura, que no queréis decírmelas?

CES.—Tan infaustas.

JUL.—Bien sabe don Fernando que no he de creerlas.

FER.—Miradlo en aquel lugar de Jeremías: "No seáis como los gentiles, ni aprendáis sus caminos, ni temáis las señales del cielo; porque las leyes de los pueblos son vanidades".

JUL.—Lo mismo dice Isaías por los que se daban a la curiosa observación de las estrellas: "Sálvente los adivinos del cielo que contemplan las estrellas, para anunciar las cosas futuras, porque ya, como si fueran aristas, los ha consumido el fuego".

CES.—Bien lo veo, Julio; bien conozco y sé que la misma Verdad dijo que no fuésemos solícitos en inquirir la observación de las cosas futuras; y os aseguro que siempre me desagradaron y parecieron temerarias las predicciones de lo que Dios inescrutable tiene prescrito en su mente eterna. Esto estudié en mi tierna edad, del doctísimo portugués Juan Bautista

Labaña, y sólo tal vez juzgo por curiosidad, y no de otra suerte, algún nacimiento; pero no respondo a las interrogaciones por ningún caso. El hombre no se hizo por las estrellas, ni el libre albedrío les puede estar sujeto.

FER.—La astrología y tales ciencias dijo Agustino que eran más para ejercitar los ingenios que para iluminar las mentes de los hombres a la verdadera sabiduría.

JUL.—Su detestación hallaréis en el mismo tomo primero, y en el octavo contra los vanos astrólogos una invectiva.

CES.—Pues con ese advertimiento diré, por sola curiosidad, lo que en este juicio me parece, dejando en su lugar todo lo que toca al divino respeto. Vos, don Fernando, seréis notablemente perseguido de Dorotea y de su madre en la cárcel, donde os han de tener preso; el fin de esta prisión os promete destierro del reino; pero antes de lo cual serviréis una doncella, que se ha de inclinar a vuestra fama y persona, con quien os casaréis con poco gusto de vuestros deudos y los suyos. Esta acompañará vuestros destierros y cuidados con gran lealtad, y ánimo para toda adversidad constante; morirá a siete años de este suceso, y con excesivo sentimiento vuestro daréis la vuelta a la corte, viuda ya Dorotea, que os solicitará para marido; pero no saldrá con ello, porque podrá más que su riqueza vuestra honra, y que sus amores y caricias, vuestra venganza.

FER.—¡Extraños desatinos!

CES.—Vos tenéis muy desdichada la parte de la fortuna en los amores; sabed que os esperan inmensos trabajos por su causa; guardaos de alguna que os ha de dar hechizos; si bien saldréis de todo con oraciones a Dios, en otro estado del que ahora tenéis.

FER.—Cuando eso llegase a ser, siendo como es tan dudoso, me valdré de ese remedio, porque es el verdadero, y vanos los de los hombres, en quien no se ha de tener confianza; porque, según la Verdad Divina, ni aún en los príncipes se ha de hallar salud.

CES.—Uno os ha de estimar y favorecer mucho, cuyo amor conservaréis hasta el fin de vuestra vida, que aquí parece larga.

FER.—¿Qué vida con trabajos fue breve?

JUL.—El fin de la ciencia especulativa es la verdad, y de la práctica, la obra.

FER.—Así lo enseña el filósofo en su *Metafísica.*

JUL.—César dice lo que contiene el juicio de esta figura, y don Fernando pondrá en ejecución con su albedrío el remedio de tan cruel pronóstico.

FER.—Dice una ley que cuando la verdad y la ficción concurren juntas (y aunque no lo dijera), se ha de guardar a la verdad el decoro que de derecho divino y humano se le debe; y otra dice que es imposible que sea infinito el efecto donde es finita la causa. Bien creo que me habéis entendido.

CES.—Yo os responderé lo que en otra parte dice.

FER.—¿Cómo?

CES.—Que aquello que tácitamente puede ser entendido se tiene por declarado. Ya sé que tenéis verdadero ánimo de poneros en salvo de todos los pensamientos de Dorotea, con que me satisfacéis que cesando la causa cesará el efecto; pero en los *Físicos* dijo Aristóteles que el fin es lo primero en la intención y lo último en la ejecución. ¡Plega a Dios, Fernando, que os portéis de suerte que se den por vencidas vuestras estrellas de la virtud de vuestro albedrío, contra el cual ninguna cosa es fuerte sino él mismo! Que no hay teoría de planetas contra la virtud invencible, freno poderoso de las invasiones molestas del apetito, cuyos efectos vencieron con ella tantos filósofos. Pero si este sagrado se llama la señora Marfisa, y la virtud de esta defensa dar ocasión a Dorotea para desesperados celos, nunca os tendré por seguro; que, aunque no lo advirtiera Juvenal, es infalible que ningún animal (por fiero que sea) gusta más de la venganza que la mujer.

FER.—Bien sé que consiste la paz de mis pensamientos en dejar por algún tiempo la patria; y así pienso trocar las letras por las armas en esta jornada que nuestro rey intenta a Inglaterra. Pero, ya que os acordastes de Marfisa, ¿cómo no me decís algo en el juicio de este pronóstico?

CES.—Admírome de que preguntéis curioso aquello a que no habéis de dar crédito, desengañado.

FER.—Ya vamos advertidos de que todo cuanto podéis hallar en las estrellas se remite a la primera causa de las causas; que lo que es primero ninguna cosa puede tener delante de sí, como dice el proemio de los *Digestos*. Hablad en Marfisa, reservando (como nos manda la verdadera ley que profesamos) a la divina Sabiduría lo futuro, y a la Omnipotencia la disposición.

CES.—Con ese advertimiento, digo, Fernando, que Marfisa se casará con un hombre de letras segunda vez, que con un honroso oficio saldrá fuera de estos reinos; enviudará presto, y, casándose con un soldado de nuestra patria, será muy desdichada.

FER.—¿De qué forma?

CES.—Que la ha de matar de celos de un amigo suyo.

FER.—¡Qué trágico estáis y qué sangriento! ¡Qué rigurosamente habéis puesto los aspectos de este cuadrángulo! ¿Ninguno impide tales sucesos? ¿Ninguno se mira benévolo de trino? No os preguntaré más en mi vida. ¡Jesús! ¡Qué tristeza me habéis causado! ¡Marfisa muerta y fuera de la patria!

CES.—Ahora veréis que el humano deseo abraza mejor la lisonja mentirosa que la verdad segura; no porque esto lo sea, pero porque si yo os dijera que vos habíades de heredar cien mil ducados y Marfisa un título, aunque lo tuviérades por mentira, me lo agradeceríades.

JUL.—Conocí yo un caballero (hombre ya de muchos años) que saliendo un día galán, a su parecer, porque fue de los que deseaban encubrirlos, preguntó a un pajecillo que tenía si le parecía iba bien puesto. El tal paje (como se usa, y porque el pan de los señores cría lisonjas en los criados, como lombrices en los niños) le dijo: "Prometo a vuestra merced que va tan gallardo que parece de veintidós años". A quien respondió el caballero: "Juanico, bien sé que mientes; pero por vida del rey que me huelgo de oírtelo decir".

CES.—Dice Julio muy bien, y bien hayan los gitanos, que no han dicho a hombre mal suceso; todos han de ser ricos, todos bien queridos de sus damas, todos venturosos, a todos ha de venir cierta cantidad de plata de las Indias y todos han de vivir infinitos años.

JUL.—Añadid a eso la gracia de los astrólogos de almanaques, que juzgan los temporales por los días, que en diciendo que ha de llover hace sol, y en prometiendo serenidad hay un diluvio de agua; y después de decir que habrá muchas enfermedades y pendencias por mujeres, como si fuese novedad lo uno y lo otro, y que será buen año de lentejas y de cañas de azúcar, y que ha de morir un turco, donde hay infinito número, ponen muy descansados: "Dios, sobre todo". Que si en lo demás dijesen la verdad que en esto, era cargo de conciencia que no valiese un pronóstico mil ducados.

FER.—No puedo volver en mí con saber que esto es incierto, de la tragedia que César promete a Marfisa: así es el corazón cobarde, cuando ama, y la duda poderosa para temer la desdicha. ¡Yo preso! ¡Yo desterrado! ¡Marfisa muerta!

CES.—Dejad, Fernando, esas necias imaginaciones, y vamos a oír misa, donde pidáis a Dios su divino auxilio para reformar vuestros pasos, con que os libraréis de todo; y agradecedle el entendimiento que os ha dado con amarle y temerle; que la corona de la sabiduría es el temor de Dios. Volved los ojos a tantos amigos muertos y muchos de vuestros años; y para que no volváis a Dorotea, no os enlacéis con Marfisa; que no sale del peligro el que entra en mayor peligro; y para que sepáis lo que la una y la otra pretenden de vos, leed con atención el capítulo séptimo de los *Proverbios*.

ESCENA IX

DOROTEA, CELIA

DOR.—Dame aquel arpa, Celia.

CEL.—De buen humor te levantas; no querría que te sucediese lo que al tiempo; que *arreboles de la mañana, a la noche san de agua*.

DOR.—Segurísima estoy de que por culpa mía se mude el tiempo. Mi amor paró en celos, mis celos en furia, mi furia en locura, mi locura en rabia, mi rabia en deseos de venganza, mi venganza en lágrimas, y mis lágrimas en arrojar por los ojos el veneno del corazón. Quédese aquel ingrato con su Marfisa; que si don Bela quiere favorecerme, pues ya es cierta la nueva de que Calidonio, mi marido, es muerto en Lima, trocaré estas galas a un hábito, y daré con prudencia esto que los hombres llaman gracias al Autor de ellas, que ni puede engañar ni faltar, ni dejar de agradecer; que, volviendo los ojos a lo pasado, ¿qué tengo yo, Celia, de la amistad de Fernando, sino el arrepentimiento de mi ignorancia? Aquellos papeles, cuyas letras quemadas, blancas entre lo negro del papel, me ponían miedo, y haber echado cinco años por la ventana de mi apetito en la calle de mi deshonra. La hermosura no vuelve, la edad siempre pasa; posada es nuestra vida, correo el tiempo, flor la juventud, el nacer deuda, el dueño pide, la enfermedad ejecuta, la muerte cobra.

CEL.—Dicen que los sucesos adversos son muchas veces causa de la enmienda de las costumbres; en que se ve lucir la providencia del cielo y cuánto desea su divino Autor la reducción de nuestros pecados a su servicio. ¡Ay, señora! ¡Qué grande es el engaño de la hermosura! Más mujeres ha perdido por los oídos que por los ojos; más daño les ha hecho siempre el oír alabanzas que el mirar gentilezas. ¡Dichosa la que, como tú ahora, en el principio de su vida previene los cuidados de su muerte! Ya me parece que te veo, toca sobre toca, guarnecida esa cara del resplandor de tus virtudes, tan lejos del mundo como has estado dentro.

DOR.—Notables sois las que servís: todo lo aprobáis. ¡Qué hechas tenéis las lisonjas para todo, aplicando el ánimo indiferente a lo bueno o a lo malo que se os propone! ¡Extraño caso, que también hay lisonjas a lo divino! Si te dijera que fuéramos a inquietar a Fernando, ya te hubieras bajado el enfaldo, puesto el manto en los hombros, y con zapatos de huir y alcanzar, puesto en la calle la obediencia.

CEL.—Si quieres que vamos, ¿para qué me lo dices con invenciones?

DOR.—¡Yo, Celia! ¡Plega a Dios!...

CEL.—No pliegues, ni jures, si quieres que te crea; que ha una hora que estás martillando esas clavijas, templando más que las cuerdas del arpa las locuras del pensamiento.

DOR.—He quitado dos o tres, porque falseaban en los bemoles.

CEL.—Esos debían de ser los pensamientos de don Fernando.

DOR.—Bien dices, Celia, que la ciencia de la música (como me decía mi maestro Enrique) no está en la facilidad de los dedos, ni en la voz entonada, sino en el alma, que es lo que llaman teórica. Pero dime: ¿qué hace mi madre?

CEL.—Allá está tratando con Felipa de vender estas esclavas; que dice que son buenas y extremadas, pero que para su casa es mucho toldo.

DOR.—¿Y qué le aconseja Felipa?

CEL.—Que no lo haga, que se enojará don Bela.

DOR.—Ya he templado.

CEL.—Que tú lo estés, deseo.

DOR.

Si todo lo acaba el tiempo
¿cómo dura mi tormento?
Si tantas dificultades

como mi amor ha tenido,
no solicitan olvido
a la fe de mis verdades;

si penas, si soledades
adorando mi porfía;
si toda esperanza mía
nace monte y muere viento,
¿cómo dura mi tormento?
Mis penas y mi valor
hacen honra el porfiar
quién antes se ha de acabar,
o mi tormento o mi amor.
Piden al tiempo favor,
y él, que todo lo consume,
se espanta cuando presume
de inmortal mi pensamiento:
¿cómo dura mi tormento?

Puesto que tan mal me trata,
estimo tanto mi mal,

que apelo al alma inmortal,
si mi tormento me mata;
que fuera a mi pena ingrata
si menos gloria me fuera,
ni quisiera, si quisiera
saber de mi pensamiento
¿cómo dura mi tormento?
Para, el mal que estoy sufriendo.
¿qué podrá el tiempo pasando.
si cuando pasa volando
mi amor le va deteniendo?
Pues si viviendo o muriendo
doy ocasión a mi mal
para que viva inmortal,
en vano saber intento
cómo dura mi tormento.

CEL.—Aquí sí que entraba como nacido aquello de los libros de los pastores, que se paró el aire, que se abrieron las flores, los pimpollos de las hojas y que se desató el nácar de la verde cárcel de los botones, aromatizando el aire; que callaron los sonoros cristales de los arroyos, que aprendieron las filomenas de las selvas dulces pasos. Pero, señora, nunca te he oído estos versos ni este tono. ¿Quién los hizo?

DOR.—Los versos, Celia, yo, y el tono, aquel excelente músico Juan de Palomares, competidor insigne del famoso Juan Blas de Castro, que dividieron entre los dos la lira, árbitro Apolo.

CEL.—¿Tú hiciste estos versos?

DOR.—¿Pues no ves cómo hablan en nombre de mujer?

CEL.—Ahora creo que amor fue el primer inventor de la poesía.

DOR.—La ira y el amor son nuestras dos pasiones principales; pues dime, Celia, si dijeron los antiguos que la ira los hacía, ¿por qué no serán más fáciles al amor, que se queja de lo que padece en dulcísimas consonancias?

ESCENA X

GERARDA, DOROTEA

GER.—¡Tú cantando, tú alegre, tú vestida de gala, Dorotea! ¡Tú tocada con cintas verdes! ¡Tú cadena y joyas! ¿Qué novedad es esta? ¿Qué ha sucedido? ¿Qué te has hallado, niña? ¡Qué diferente que estás de lo que estos días! Lucido se te ha el regalo. *Bien haya pan que presta, y moza que le come.*

DOR.—Tía, no son todos los tiempos unos: de los nublados sale el sol, y de las tormentas la bonanza.

GER.—¿Tienes algún papel humilde de don Fernando? ¿Quiere venir a verte? ¿Date satisfacción de los agravios de Marfisa? ¿Hay décimas concetiles, soneto relevante o romance brillador con su villancico a la postrero o lamentable estribo como aquello de "¿Filis me ha muerto?" Que te dará mucha honra.

DOR.—De rúa traes el gusto, madre Gerarda. Siéntate, siéntate y dime de dónde vienes.

GER.—Sácasme del propósito. Yo, hija de mis ojos, me levanté buena; di gracias al Señor de la salud y de haber nacido en tierra de cristianos. Mira tú si yo fuera ahora Jarifa Rodríguez o Daraxa González, mujer de Zulema Pérez o de Zacatín Hernández, ¿qué fuera de mí? Pues era cierto que me había de llevar esta desdicha al infierno, envuelta en una almalafa. Luego me puse el manto y fui a misa; no la he perdido día con salud, desde que tengo uso de razón. Fuime desde allí en casa de la Marina, que es buena mujer, de rudo y menudo, por ahorrar de poner la olla; hallela que estaba sembrando unas valerianas para unas amigas, atando en la raíz un hilo de oro con unas perlas.

DOR.—¡Qué extraños embelecos y necedades!

GER.—Lavose las manos, hizo unos torreznillos de a cuatro en libra, y en verdad que comenzó el almuerzo a las siete, y que vengo ahora, porque tenía una botilla de tres azumbres, y como no había agua en casa, fue menester toda.

DOR.—¿Toda, toda?

GER.—Más estrujada la dejamos que cuero que aprietan con sogas para sacarle la trementina; y aún, si no me acuerdo mal, enviamos enfrente por otro traguillo, que llaman de refacción, porque siempre la Marina vive cerca no de quien mire, sino de quien mida; que nunca en las tabernas hay ventanas, y cuantos salen de allí salen sin ojos. Díjele que te guardase un gato negro que ha parido la "Moronda"; que no hay en Madrid animal de tanto precio: más vale que si fuera de algalia.

DOR.—No me traigas esas cosas, tía, que hacen sospechosas las casas con gatos negros, y son muy sucios.

GER.—¡Qué melindroseta eres, rapacilla! En verdad que hay mil amigas que esperaban el parto de la gata.

DOR.—Contaríanle las faltas.

GER.—Ahora bien; volvamos a coger el hilo de nuestro cuento, que nos habernos detenido más que los tejedores en darle el nudo. Cuéntame lo que hay de Fernando; dime todo lo que pasa; que por ventura me debes algunas palabras en tu favor. ¡Qué! ¿Me miras y te ríes? Bueno, bueno, deja el arpa y dame parte de tu alegría; que como tú estés contenta, más que se ahorque don Bela; *que más vale haceña parada que amigo molinero;* y yo apostaré que dice aquel bobillo, polligallo, quiérelo todo: *"Por el alabado dejé el conocido, y vime arrepentido"*.

DOR.—¿Piensas, tía, sacarme con invención lo que tengo en el pensamiento?

GER.—No, hija, sino aconsejarte que vivas y te goces; que la mayor distracción es poner la capa como viniere el viento. Quiere lo que quisieres, y no repares en intereses; *que mi hija hermosa, el lunes a Toro y el martes a Zamora*.

DOR.—No te desveles, tía, que no he tenido papel de don Fernando, ni le quiero. Vete con Dios y déjame; que esta alegría exterior es el oro de las píldoras y el membrillo de los jarabes.

GER.—No te lo digo yo por que te enojes; que bien puedes agradar a don Bela y querer a Fernando; que un rico es muy a propósito para no saber lo que pasa, y un pobre para sufrir lo que pasare; que *por eso se vende la vaca, porque unos quieren la pierna y otros la falda*.

DOR.—Para eso, Gerarda, es menester nacer a propósito.

GER.—Que todo se aprende, hija, y no hay cosa que nos sea más fácil que engañar a los hombres; de que ellos tienen la culpa, porque, como nos han privado el estudio de las ciencias, en que pudiéramos divertir nuestros ingenios sutiles, sólo estudiamos una, que es la de engañarlos; y como no hay más de un libro, todas le sabemos de memoria.

DOR.—Nunca yo le he visto.

GER.—Pues es excelente lectura y de famosos capítulos.

DOR.—Dime los títulos siquiera.

GER.—De fingir amor al rico y no disgustar al pobre.

De desmayarse a su tiempo y llorar sin causa.

De pedir, alabando lo que se pide.

De alabar feos y de desvanecer lindos.

De presentar poco para sacar mucho.

De dar celos al libré y al colérico satisfacciones.

De tener dos puertas a diferentes calles.

De la exhortación a las criadas en el secreto de los agravios.

De encubrir defectos y descubrir perfecciones.

De instruir una tía para que estorbe entrando.

De hacer que no sabe nada una madre y fingir temerla.

De negar ofensas y levantar que se las hacen.

De tener amigos poderosos y agradar maldicientes.

De mudar el nombre y huir poetas.

De entretener la esperanza con los principios.

De dilatar los postres hasta que nadie se alabe de la costa.

De doctrinar mulatas y gastar olores.

De mirar dormido y reír con donaire.

De estudiar vocablos y aprender bailes.

De encajar cuentos y hacerse de los godos.

Del hábito provocativo, y limpieza cuidadosa.

Del andar en coche y parecer señora.

Y de no enamorarse por ningún acontecimiento, porque todo va perdido; sin otros muchos capítulos de mayor importancia.

DOR.—Te prometo que me has hecho reír de todo gusto, aunque estoy tan triste que me pongo cosas alegres por huir de mí misma.

GER.—Pues no se dirá por ti que *la mujer y la camuesa por su mal se afeitan.*

DOR.—¡Ay, Gerarda! Si hablamos de veras, ¿qué viene a ser esta vida, sino un breve camino para la muerte? Si don Bela quiere, tú verás estos pies que celebrabas, trocar las zapatillas de ámbar en groseras sandalias de cordeles; estos rizos cortados, y estos colores y guarniciones de oro, en sayal pardo. ¿Quién hay que sepa si ha de anochecer la mañana que se levanta? Toda la vida es un día: ayer fuiste moza y hoy no te atreves a tomar el espejo; por no ser la primera que te aborrezcas: más justo es agradecer los desengaños que la hermosura. Todo llega, todo cansa, todo se acaba.

GER.—¡Ay, hija Dorotea! Conmigo hablas, que no sé si amaneceré viva. Las lágrimas me has traído del corazón a los ojos. Conozco (aunque tarde) mis engaños. Dios te ha puesto las palabras en la boca.

ESCENA XI

LAURENCIO, DOROTEA, FELIPA, GERARDA, TEODORA, CELIA

LAU.—No sé cómo tendré ojos para mirarte en tan lastimosa tragedia, ánimo para hablarte en tan miserable suceso, ni aliento para decirte, Dorotea, la mayor desgracia que ha sucedido a hombre de cuantos ha tenido desdichados el mundo, desde que la resolución soberbia de la ira ejecutó las armas de la inocencia, el poder en la humildad y quedó la injusta venganza introducida en la honra.

DOR.—¡Ay, Dios! Laurencio, si no te viera las lágrimas en los ojos, que traes más sangrientos que la más fina púrpura, no pudiera persuadirme a que no me engañaban tus palabras; pero ¿qué palabras con lágrimas no fueron verdaderas en los hombres? Quita el lienzo del rostro, esfuerza el aliento; que en tanto que nos hablas, Gerarda y yo lloraremos por ti.

GER.—¡Y cómo si lloraremos! Habla, hijo; que tienes nuestras vidas colgadas en el hilo del agua de tus lágrimas.

LAU.—¡Ay, Dorotea! ¡Ay, Gerarda! Acábese mi vida en acabando de referiros la causa de que soy trágico y desdichado nuncio, más lloroso y con más razón de dolor que en el *Hipólito* de Séneca. Ya os había dicho que mi señor don Bela había prometido a ciertos señores graves a Pie de Hierro, más desdichado caballo que el de Seyano: clavole el herrero (que fue el primer yerro de este suceso), no pudo por esta causa servir a la fiesta; escribiéronle que lo había hecho de industria, por no prestarle, en desprecio de quien le había pedido y con infamia de su palabra, que es la mayor de todas entre españoles; a cuyo papel respondió la modestia y calló la deshonra, que consultando con el temor el agravio, erró el consejo, porque, no contentándose la ira de la satisfacción de la inocencia, vinieron a nuestra casa dos hermanos y le llamaron con un paje. Bajó al patio don Bela, con solo una ropa de levantar que tenía puesta, y sin otra defensa de su persona más que la verdad del caso. ¡Oh, cuánto yerra quien se fía de la soberbia de la ira en confianza de la razón! No porque no es justo, mas por la temeraria violencia de la condición humana. A pocas palabras, finalmente, que le dijeron... No sé cómo ahora pasen adelante las mías, si no desocupa el camino a la lengua para formarlas el confuso tropel de los sollozo? y el espeso diluvio de las lágrimas; pero ¿qué me detengo mirando vuestro sentimiento?

DOR.—Habla, Laurencio, que me matas.

LAU.—Sacaron las espadas, y entre los dos le han muerto.

DOR.—¡Jesús! ¡Qué crueles hombres!

GER.—¡Ay, Laurencio! Bien pudieras excusar tan encarecido estilo de contar una desgracia; que bastaban las palabras sin las lágrimas y los sentimientos sin los sollozos. Tenla esa mano, que le ha dado mal de corazón. Tenla, que se hará pedazos, mientras voy por agua.

LAU.—Si con agua ha de volver, ¿qué más viva que la de mis ojos cae sobre los suyos? ¡Ah, señora Dorotea!

ESCENA XII

TEODORA, FELIPA, CELIA, LAURENCIO, LA FAMA

TEO.—¿Qué voces son aquéllas, Felipa, y qué ruido? ¿Quién ha caído en la cueva?

FEL.—¡Ay, señora! Es la voz de mi madre, que iba por agua para Dorotea, que se ha desmayado.

TEO.—¿No había de dónde más cerca pudiera traerla? ¡Qué buena diligencia para un desmayo!

FEL.—Baja, Celia; que me ha faltado el ánimo.

CEL.—Tampoco yo le tengo. ¡Oh miserable espectáculo! Gerarda es muerta; mas ¿quién dijera que buscando agua?

FEL.—¿Donaires, Celia? Pues no se lo debías.

CEL.—Dios sabe lo que siento. Reposa en paz, catedrática de amor, Séneca del concierto, consejera del pedir, consultora del dar, y la que mejor ha entendido en el mundo la práctica de las mujeres y el desuello de los hombres.

FEL.—¿Qué vas diciendo por la escalera, mujer sin alma? En otra cantes lo que en ésta rezas. ¡Ay, dulce madre mía!

CEL.—Antes era salada.

FEL.—¡Cómo han quedado aquellas honradas tocas!

CEL.—Las tocas sanas; ¡así lo estuviera la cabeza! Pero puédese consolar, que murió cayendo, como aquellos a quien levanta la fortuna.

FEL.—Sentenciada te veas. ¡Ahora sentencias!

CEL.—Nunca creí como ahora la santidad de Gerarda: el jarro en que iba por el agua no se ha quebrado.

TEO.—Tan afligida me veo que no acierto a preguntarte, Laurencio, la causa deste desmayo. ¡Niña, a niña!

DOR.—¡Ay Dios, qué de desdichas!

CEL.—¿A qué mujer llamaran niña que no volviera del otro mundo?

DOR.—Madre, ¿qué quiere? Mire ese afligido mozo llorando, y sabrá que su señor don Bela ha muerto.

CEL.—Y que Gerarda le fue a buscar, para saber si le dejaba algún dinero.

TEO.—¡Tu señor muerto, Laurencio! ¿Aquel Alejandro indiano, aquel caballero dadivoso, aquel galán lucido, aquel entendidísimo cortesano?

LAU.—Ese mismo, Teodora, para que veas qué se puede fiar de esto que llaman vida, pues ninguno (como dijo un sabio) la imaginó tan breve, que pensase morir el día que lo estaba imaginando.

No hay cosa más incierta que saber el lugar donde nos ha de hallar la muerte, ni más discreta que esperarla en todos.

LA FAMA.—Senado, ésta es LA DOROTEA, este fin tuvieron don Bela, Marfisa y Gerarda; lo que resta fueron trabajos de don Fernando. No quiso el poeta faltar a la verdad, porque lo fue la historia. Si ha cumplido con el nombre, advertid el ejemplo a cuyo efecto se ha escrito, y dadle aplauso.

CORO DEL EJEMPLO

ALCMANIOS EURIPIDEOS

Este fin a tus desvelos,
loca juventud, alcanza,
porque amor engendra celos,
celos, envidia y venganza;
así marchitan los cielos
la más florida esperanza.
Cuanto el ejemplo es mayor,
provoca a más escarmiento,
todo deleite es dolor
y todo placer tormento;

que el más verdadero amor
se vuelve aborrecimiento.
Cuando del amor lascivo
el trágico fin contemplo,
no sólo al deleite escribo,
pero sentencioso templo
la doctrina en lo festivo
y en el engaño el ejemplo.

FIN

EPÍLOGO

Lectionem sine ulla delectatione negligo.[1]
(Cicerón., 2.ª Tusculans)

Todo lo que contiene LA DOROTEA se sujeta a la corrección de la santa católica romana Iglesia, y a la censura de los mayores, desde la primera hasta la letra última.

FRAY LOPE FELIX DE VEGA CARPIO

---

[1] "El placer de la lectura, sin negligencia."

EL CRÍTICO y EDITOR - Juan Bautista Bergua

Juan Bautista Bergua nació en España en 1892. Ya desde joven sobresalió por su capacidad para el estudio y su determinación para el trabajo. A los 16 años empezó la universidad y obtuvo el título de abogado en tan sólo dos años. Fascinado por los idiomas, en especial los clásicos, latín y griego, llegó a convertirse en un célebre crítico literario, traductor de una gran colección de obras de la literatura clásica y en un especialista en filosofía y religiones del mundo. A lo largo de su extraordinaria vida tradujo por primera vez al español las más importantes obras de la antigüedad, además de ser autor de numerosos títulos propios.

SU LIBRERÍA, LA EDITORIAL Y LA "GENERACIÓN DEL 27"

Juan B. Bergua fundó la Librería-Editorial Bergua en 1927, luego Ediciones Ibéricas y Clásicos Bergua. Quiso que la lectura de España dejara de ser una afición elitista. Publicó títulos importantes a precios asequibles a todos, entre otros, los diálogos de Platón, las obras de Darwin, Sócrates, Pitágoras, Séneca, Descartes, Voltaire, Erasmo de Rotterdam, Nietzsche, Kant y los poemas épicos de La Ilíada, La Odisea y La Eneida. Se atrevió con colecciones de las grandes obras eróticas, filosóficas, políticas, y la literatura y poesía castellana. Su librería fue un epicentro cultural para los aficionados a literatura, y sus compañeros fueron conocidos autores y poetas como Valle-Inclán, Machado y los de la Generación del 27.

EL PARTIDO COMUNISTA LIBRE ESPAÑOL Y LAS AMENAZAS DE LA IZQUIERDA

Poco antes de la Guerra Civil Española, en los años 30, Juan B. Bergua publicó varios títulos sobre el comunismo. El éxito, mucho mayor de lo esperado, le llevó a fundar el Partido Comunista Libre Español que llegaría a tener mas de 12.000 afiliados, superando en número al Partido Comunista prosoviético oficial existente. Su carrera política no duró mucho después que estos últimos le amenazaran de muerte viéndose obligado a esconderse en Getafe.

LA CENSURA, QUEMA DE LIBROS Y SENTENCIA DE MUERTE DE LA DERECHA

Juan B. Bergua ofreció a la sociedad española la oportunidad de conocer otras culturas, la literatura universal y las religiones del mundo, algo peligrosamente progresivo durante esta época en España.

En el 1936 el ejército nacionalista de General Franco llegó hasta Getafe, donde Bergua tenía los almacenes de la editorial. Fue capturado, encarcelado y sentenciado a muerte por los Falangistas, la extrema derecha.

Mientras estuvo en la cárcel temiendo su fusilamiento, los falangistas quemaron miles de libros de sus almacenes por encontrarlos contradictorios a la Censura, todas las existencias de las colecciones de la Historia de Las Religiones y la Mitología Universal, los libros sagrados de los muertos de los Egipcios y Tibetanos, las traducciones de El Corán, El Avesta de Zoroastrismo, Los Vedas (hinduismo), las enseñanzas de Confucio y El Mito de Jesús de Georg Brandes, entre otros.

Aparte de los libros religiosos y políticos, los falangistas quemaron otras colecciones como Los Grandes Hitos Del Pensamiento. Ardieron 40.000 ejemplares de La Crítica de la Razón Pura de Kant, y miles de libros más de la filosofía y la literatura clásica universal. La pérdida de su negocio fue un golpe tremendo, el fin de tantos esfuerzos y el sustento para él y su familia…fue una gran pérdida también para el pueblo español.

PROTEGIDO POR GENERAL MOLA Y EXILIADO A FRANCIA

Cuando General Emilio Mola, jefe del Ejército del Norte nacionalista y gran amigo de Bergua, recibe el telegrama de su detención en Getafe intercede inmediatamente para evitar su fusilamiento. Le fue alternando en cárceles según el peligro en cada momento. No hay que olvidar que durante la guerra civil, los falangistas iban a buscar a los "rojos peligrosos" a las cárceles, o a sus casas, y los llevaban en camiones a las afueras de las ciudades para fusilarlos.

–El General y "El Rojo"–Su amistad venia de cuando Mola había sido Director General de Seguridad antes de la guerra civil. En 1931, tras la proclamación de la Segunda República, Mola se refugió durante casi tres meses en casa de Bergua y para solventar sus dificultades económicas Bergua publicó sus memorias. Mola fue encarcelado, pero en 1934 regresó al ejército nacionalista y en 1936 encabezó el golpe de estado contra la República que dio origen a la Guerra Civil Española. Mola fue nombrado jefe del Ejército del Norte de España, mientras Franco controlaba el Sur.

Tras la muerte de Mola en 1937, su coronel ayudante dio a Bergua un salvoconducto con el que pudo escapar a Francia. Allí siguió traduciendo y escribiendo sus libros y comentarios. En 1959, después de 22 años de exilio, el escritor regresó a España y a sus 65 años comenzó a publicar de nuevo hasta su fallecimiento en 1991. Juan Bautista Bergua llegó a su fin casi centenario.

Escritor, traductor y maestro de la literatura clásica, todas sus traducciones están acompañadas de extensas y exhaustivas anotaciones referentes a la obra original. Gracias a su dedicado esfuerzo y su cuidado en los detalles, nos sumerge con su prosa clara y su perspicaz sentido del humor en las grandes obras de la literatura universal con prólogos y notas fundamentales para su entendimiento y disfrute.

Cultura unde abiit, libertas nunquam redit.
Donde no hay cultura, la libertad no existe.

LA CRÍTICA LITERARIA
www.LaCriticaLiteraria.com

TODO SOBRE LITERATURA CLÁSICA, RELIGIÓN, MITOLOGÍA, POESÍA, FILOSOFÍA...

La Crítica Literaria es la librería y distribuidor oficial de Ediciones Ibéricas, Clásicos Bergua y la Librería-Editorial Bergua fundada en 1927 por Juan Bautista Bergua, crítico literario y célebre autor de una gran colección de obras de la literatura clásica.

Nuestra página web, LaCriticaLiteraria.com, es el portal al mundo de la literatura clásica, la religión, la mitología, la poesía y la filosofía. Ofrecemos al lector libros de calidad de las editoriales más competentes.

LEER LOS LIBROS GRATIS ONLINE
www.LaCriticaLiteraria.com

La Crítica Literaria no sólo está dedicada a la venta de libros nacional e internacional, también permite al lector la oportunidad de leer la colección de Ediciones Ibéricas gratis online, acceso gratuito a más que 100.000 páginas de estas obras literarias.

LaCriticaLiteraria.com ofrece al lector un importante fondo cultural y un mayor conocimiento de la literatura clásica universal con experto análisis y crítica. También permite leer y conocer nuestros libros antes de la adquisición, y tener la facilidad de compra online en forma de libros tradicionales y libros digitales (ebooks).

COLECCIÓN LA CRÍTICA LITERARIA

Nuestra nueva **"Colección La Crítica Literaria"** ofrece lo mejor de los clásicos y análisis de la literatura universal con traducciones, prólogos, resúmenes y anotaciones originales, fundamentales para el entendimiento de las obras más importantes de la antigüedad.

Disfrute de su experiencia con nosotros.

www.LaCriticaLiteraria.com

www.ingramcontent.com/pod-product-compliance
Lightning Source LLC
Chambersburg PA
CBHW020951180626
46814CB00003B/1036